U0448989

陈楸帆——著

伪造者Z

孟繁华　张清华/主编

情感共同体
80后作家大系
80
山东文艺出版社

山东文艺出版社

图书在版编目（CIP）数据

伪造者Z / 陈楸帆著. —济南：山东文艺出版社，2023.6
（情感共同体·80后作家大系 / 孟繁华，张清华主编）
ISBN 978-7-5329-6877-0

Ⅰ.①伪… Ⅱ.①陈… Ⅲ.①中篇小说—小说集—中国—当代 Ⅳ.①I247.5

中国国家版本馆CIP数据核字（2023）第063730号

伪造者Z
WEIZAOZHE Z

陈楸帆　著

主管单位	山东出版传媒股份有限公司
出版发行	山东文艺出版社
社　　址	山东省济南市英雄山路189号
邮　　编	250002
网　　址	www.sdwypress.com
读者服务	0531-82098776（总编室）
	0531-82098775（市场营销部）
电子邮箱	sdwy@sdpress.com.cn
印　　刷	肥城源盛印刷有限公司
开　　本	710毫米×1000毫米　1/16
印　　张	18
字　　数	232千
版　　次	2023年6月第1版
印　　次	2023年6月第1次印刷
书　　号	ISBN 978 - 7 - 5329 - 6877 - 0
定　　价	66.00元

版权专有，侵权必究。如有图书质量问题，请与出版社联系调换。

总序
80后：一个情感共同体

孟繁华　张清华

"情感共同体"，是新近兴起的历史学流派——情感史研究的概念。这个历史学研究流派被称为史学研究的新方向，它在考量客观事实的同时，还关注到人的道德、行为、信仰与情感等因素。美国学者苏珊·麦特和彼得·斯特恩斯指出，对情感的研究改变了历史书写的话语——不再专注于理性角色的构造，而情感研究已有的成果已经让史家看到，不但情感塑造了历史，而且情感本身也有历史。当然，研究历史与情感的关系和研究文学与情感的关系，是完全不同的两回事。借助历史研究的"情感共同体"概念，意在说明，这个共同体是一个真实的存在，而并非空穴来风。

将80后作家群体看作一个"情感共同体"，当然也只是一个比喻，一如我们此前将70后看作"身份共同体"一样。任何比喻都是有欠缺的，但可以将比喻对象更形象地呈现出来。另一方面，即便是80后本身，他们也从不同的方面将作家看作一个"共同体"。80后有代表性的批评家杨庆祥，写了《80后，怎么办》一书，引起很大反响，特别是在80后群体中，反响更强烈。张悦然说："十年前80后主要是一种反叛形象，主要写的是叛逆青春，那时候的80后肯定不需要《80后，怎么办》这本书。但是到了现在，变化非常大。我的问题在于，这代人是不是变得太快了一点，好像青春结束得太早了一点，一下子就进入了一种很委顿的中年的状态里面。正是在这样快速的消失当中，我们这一代人需要停下来审视自己。"由此可见，杨庆祥的困惑切中了一代人的思想脉络。他书中提出的问题，比如"失败的实感""历史虚无主义""抵抗的假面""沉默的'复数'""从小资产阶级梦中惊醒""我们这一代没有真正的青春""我依然属于弱势群体""能够受到一些公平的待遇就可以了"等，因有极大的"共情性"，而受到了同代人的关注。这是80后内部对"情感共同体"认同的一个佐证。但无论如何，杨庆祥还比较客观。他终究还认为"我们是比50后、60后和70后更幸福的一代人"。这当然是另外一个话题。

　　在现代社会里，每个人都是当然的单个主体，但每一代人也必定有某种共性，虽然这共性也是被建构和解释出来的。80后的共性是什么？也许很难说清楚，杨庆祥的阐释或许也不能说服所有人。要想为他们找一个最大的"公约数"，确乎很难。但是，从某种意义上来说，这一代人有着相似的文化与社会境遇，却是事实。这种境遇在我们看来，或许就是一种历史的"错位感"与"迟到感"。他们成长的阶段，刚好是中国社会迅猛变革与走向市场化的年代，他们的童年与青春时代，经历了中国社会价值观的剧烈转换；而等到他们长成的时候，中国的社会已历经世纪之交，进入了一个阶层逐渐固化、机遇相对减少的时期。相对优越的成长环境、比较早地受到关注，与成年后的某种失落之间的落差，带给了这一代人特有的困惑与迷茫。

　　从这个意义上，与其说他们是一个"情感共同体"，不如说是"经验共同体"，只是这样说不够清晰和强烈而已。要想说得有效，而不只是"求正确"的话，那么"情感共同体"是一个必要和不得已的强调。但是须知，在情感体验与情感表达之间，也同样存在着巨大的差异，人的个性差异在文学表达中，尤其有决定性的作用，更何况，人所表达的情感，也未必是他内心感受到的真情实感。所以，从根本上说，即便是同代人，他们的创作也未必在同一个声音频道里。因此，恰是这些相同和差异，一起构成了这代人的整体特征。我们必须承认，现在我们讨论的80后作家，与刚刚出道时的80后作家已经非常不同。对那时的80后作家，社会和文学界都有不一样的看法，比如有的人认为，他们过早地被市场裹挟和被书商包装了，他们没有经历上几代作家所经历的那些制度性的历练，所以在他们之中也就"看不到跟经典写作接轨的作者"。同时还有一种看法，就是他们除了书写个人成长经验之外，很难进行真正的"创作"，对社会问题和社会公共事务还不具备处理的能力。

然而时过境迁，经过十多年的锤炼和努力，以及社会不同方面的合力培育，现在的80后已经蔚为大观，且早已实现了"纯文学"意义上的承前启后，逐渐成熟并走向了文学创作和批评的一线。为了培养文学批评队伍，中国现代文学馆已先后邀请了十余届客座研究员，这些人中的相当一部分是80后，十余届中已有数十人，其规模已足以令人生畏。更有第三届客座研究员，还将他们自己命名为"十二铜人"，显然隐含了自我认同的情感关系。鲁迅文学院多次举办"青年作家高级研修班"，参加者也多为80后。更有专门以培养"文学新锐"为己任的文学刊物或栏目，比如专门举荐文学新锐的《西湖》杂志，以及《人民文学》的"新浪潮"，《十月》的"小说新干线"，《北京文学》的"新人自荐"，《作家》的"处女作"，《天涯》的"新人工作间"，《民族文学》的"本刊新人"，《中国作家》的"新实力"等等，都培养了一大批80后作家。正如80后青年批评家行超所说，最近的这二十年，既是中国社会经济、文化思潮、价值取向发生巨大转变的二十年，也是80后一代从青春期的少男少女成长为家庭支柱和社会中坚力量的二十年。80后一代在生理和精神上的全面成长，必然导致如今的80后文学与此前呈现出若干显见的变化，世纪之交那种与市场需求、商业逻辑等相纠缠的青春文学，已逐渐在他们笔下消失，取而代之的，是在内容、主题、艺术手法等多方面都变得更加成熟、更加复杂的多样性的写作。到今天，在纯文学刊物、出版市场、网络文学等各个文学场域，80后作家都占有重要的位置。而这代人写作历程中所经历的变化，恰恰构成了中国文学在新世纪发展流变的一个面向。

从诗歌领域来看，80后的一代，似乎已经没有当年70后登场时那种明显的策略意识。他们既不急于标张自我文化身份的独异性，也不刻意强调与前代的继承性，在诗风上是相当"稳健"的一代。从社会身份看，他们也主要有两类，一类是"学院派"的，一类是"非学院派"的——隐藏于社会各界与三教九流，但共同点是，文化素养都相对较高。其中"非学院派"的一类在写作上更接地气，像丁成、阿斐、唐不遇，还有女诗人中的郑小琼、李成恩，他们都是现实感非常强的诗人，当然表达个性都各自有鲜明特点；而茱萸、胡桑、严彬、王东东则都属学者型的诗人，有很强的学院背景和诗学素养，他们的写作可以说都非常自信，有从容不迫的气度，既充满知性，同时又不掉书袋，殊为难得。这两类诗人，并没有像"第三代"那样分为"民间写作"和"知识分子写作"，他们几乎已经消弭了这些对立和差异。即使是像郑小琼这种出身底层、从"打工诗人"群体中成长起来的写作者，也体现出良好的素养，也写过许多具有先锋气质的，以及"纯粹植物"意义上的诗歌。

总体上，80后一代的文学评论家、小说家、诗人、散文家，已经全面覆盖当代中国文学的各个场域。为了推动这个文学群体的健康发展，鼓励青年作家创作，我们在编辑"身份共同体·70后作家大系"之后，应出版社之约，不得不继续勉力集合"情感共同体·80后作家大系"，深感使命难违，与有荣焉。但实在说，又恐因为年龄阻隔、代沟之障，对他们的理解和阐释其力难逮，说出外行话来，令方家和晚辈嗤笑。所以，多不如少，与其在这里喋喋不休，不如让读者自去判断。

致敬山东文艺出版社的朋友们,他们高瞻远瞩的文学眼光和情怀令我们感佩不已;也致意80后的青年才俊,他们的积极响应也令我们倍感欣慰。让我们一起努力,继续为中国当代文学的发展添砖加瓦。

是为序。

目　录

总　序　80后：一个情感共同体 …………　1

巴　鳞 …………　1

丽江的鱼儿们 …………　31

无债之人 …………　47

犹在镜中 …………　97

云爱人 …………　121

匣中祠堂 …………　147

伪造者Z …………　159

赢家圣地 …………　185

后　记　算法与梦境，或文学的未来 …………　267

巴鳞

> 我用我的视觉来判断你的视觉，用我的听觉来判断你的听觉，用我的理智来判断你的理智，用我的愤恨来判断你的愤恨，用我的爱来判断你的爱。我没有、也不可能有任何其他的方法来判断它们。
>
> ——亚当·斯密《道德情操论》

巴鳞身上涂着厚厚的一层凝胶，再裹上只有几个纳米薄的贴身半透明膜，来自热带的黝黑皮肤经过几次折射，星空般深不可测。我看见闪着蓝白光的微型传感器漂浮在凝胶气泡间，如同一颗颗行将熄灭的恒星，如同他眼中小小的我。

"别怕，放松点，很快就好。"我安慰他，巴鳞就像听懂了一样，表情有所放松，眼睑处堆叠起皱纹，那道伤疤也没那么明显了。

他老了，已不像当年，尽管他这一族人的真实年龄我从来没搞清楚过。

助手将巴鳞扶上万向感应云台，在他腰部系上弹性拘束带，无论他往哪个方向、以何种速度跑动，云台都会自动调节履带的方向与速度，保证用户不位移不摔倒。

我接过助手的头盔，亲手为巴鳞戴上，他那灯泡般鼓起的惊骇的双眼隐没在黑暗里。

"你会没事的。"我用低得没人听得见的声音重复,就像在安慰我自己。

头盔上的红灯开始闪烁,加速,过了那么三五秒钟,突然变成绿色。

巴鳞像是中了什么咒语般全身一僵,活像是听见了磨刀石霍霍作响的羔羊。

1

那是我十三岁那年的一个夏夜,空气湿热黏稠,鼻孔里充斥着台风前夜的霉锈味。

我趴在祖屋客厅的地上,尽量舒展整个身体,像壁虎般紧贴凉爽的绿纹镶嵌石砖,直到这块区域被我的体温焐得很热,再就势一滚,寻找下一块阵地。

背后传来熟悉的皮鞋敲地声,雷厉风行,一板一眼,在空旷的大厅里回荡。我知道是谁,可依然趴在地上,用屁股对着来人。

"就知道你在这里,怎么不进新厝吹空调啊?"

父亲的口气温柔得不像他。他说的新厝是祖屋背后新盖的三层楼房,全套进口的家具、电器,装修也是镇上最时髦的,还特地为我辟出来一间大书房。

"不喜欢新厝。"

"你个不识好歹的傻子!"他猛地拔高了嗓门,又赶紧低声咕哝几句。

我知道他在跟祖宗们道歉,便从地板上昂起脑袋,望着香案上供奉的祖宗灵位和墙上的黑白画像,看他们是否有所反应。

祖宗们看起来无动于衷。

父亲长叹了口气:"阿鹏,我没忘记你的生日,从岭北运货回来,高速路上遇到事故,所以才迟了两天。"

我挪动了下身子,像条泥鳅般打了个滚,换到另一块冰凉的地砖。

父亲那充满烟味儿的呼吸靠近我,近乎耳语般哀求:"礼物我早就准备好了,这可是有钱都买不到的哟!"

他拍了两下手,另一种脚步声出现了,是肉掌直接拍打在石砖上的声音,细密、湿润,像是某种刚从海里上岸的两栖类动物。

我一下子坐了起来,眼睛循着声音的方向看过去。在父亲的身后,藻绿色花纹地砖上,立着一个黑色的影子,门外膏黄色的灯光勾勒出那生灵的轮廓,如此瘦小,却有着不合比例的硕大头颅,就像是镇上肉铺挂在店门口木棍上的羊头。

影子又往前迈了两步,我这才发现,原来那不是逆光造成的剪影效果。那个人,如果可以称其为人的话,浑身上下都像涂上了一层不反光的黑漆,像是在一个平滑正常的世界里裂开一道缝,所有的光都被这道人形的缝给吞噬掉了,除了两个反光点,那是他那对略微凸起的双眼。

现在我看得更清楚了,这的的确确是一个男孩,他浑身赤裸,只用类似棕榈与树皮的编织物遮挡下身,他的头颅也并没有那么大,只因为盘起两个羊角般怪异的发髻,才显得尺寸惊人。他一直不安地研究着脚底下的砖块接缝,脚趾不停地蠕动,发出昆虫般的抓挠声。

"狍鸮族,从南海几个边缘小岛捉到的,估计他们这辈子都没踩过地板。"

我失神地望着他,这个或许与我年纪相仿的男孩,他身上的某种东西让我感觉怪异,尤其是父亲将他作为礼物这件事。

"我看不出来他有什么好玩的,还不如给我养条狗。"

父亲猛烈地咳嗽起来。

"傻子,这可比狗贵多了。如果不是亲眼看到,你老子可不会当这个冤大头。真的是太怪了……"他的嗓音变得缥缈起来。

一阵沙沙声由远而近,我打了个冷战,起风了。

风带来男孩身上浓烈的腥气,让我立刻想起了某种熟悉的鱼类,一种瘦长、铁乌的廉价海鱼。

我想这倒是很适合作为一个名字。

2

父亲早已把我的人生规划到了四十五岁。

十八岁上一个省内的商科大学,离家不能超过三小时火车车程。

大学期间不得谈恋爱,他早已为我物色好了对象,他的生意伙伴老罗的女儿,生辰八字都已经算好了。

毕业之后结婚,二十五岁前要小孩,二十八岁要第二个,酌情要第三个(取决于前两个婴儿的性别)。

要第一个小孩的同时开始接触父亲公司的业务,他会带着我拜访所有的合作伙伴和上下游关系(多数是他的老战友)。

孩子怎么办?有他妈呀(瞧,他已经默认是个男孩了),有老人,还可以请几个保姆。

三十岁全面接手林氏茶叶公司,在这之前的五年内,我必须掌握关于茶叶的辨别、烘制和交易知识,同时熟悉所有合作伙伴和竞争对手的喜好与弱点。

接下来的十五年,我将在退休父亲的辅佐下,带领家族企业开枝散叶,走出本省,走向全国,运气好的话,甚至可以进军海外市场。这是他一直想追求却又瞻前顾后的人生终极目标。

在我四十五岁的时候,我的第一个孩子也差不多要大学毕业了,我将像父亲一样,提前为他物色好一个妻子。

在父亲的宇宙里，万物就像是咬合精确、运转良好的齿轮，生生不息。每当我与他就这个话题展开争论时，他总是搬出我的爷爷、他的爷爷、我爷爷的爷爷，总之，指着祖屋一墙的先人们骂我忘本。

他说："我们林家人都是这么过来的，除非你不姓林。"

有时候，我怀疑自己是否真的生活在二十一世纪。

3

我叫他巴鳞，巴在土语里是"鱼"的意思，巴鳞就是有鳞的鱼。

可他看起来还是更像一只羊，尤其是当他扬起两个大发髻，望向远方海平线的时候。父亲说，狍鹗族人的方位感特别强，即便被蒙上眼睛，捆上手脚，扔进船舱，飘过汪洋大海，再日夜颠簸经过多少道转卖，他们依然能够准确地找到故乡的方位，尽管他们的故土在最近的边境争端中仍然归属不明。

"那我们是不是得把他拴住，就像用链子拴住土狗一样？"我问父亲。

父亲怪异地笑了，他说："狍鹗族比咱们还认命，他们相信这一切都是神灵的安排，所以他们不会逃跑。"

巴鳞渐渐地熟悉了周围的环境，父亲把原来养鸡的寮屋重新布置了一下，当作他的住处。巴鳞花了很长时间才搞懂床垫是用来睡觉的，但他还是更愿意直接睡在粗粝的沙石地上。他几乎什么都吃，甚至把我们吃剩的鸡骨头都嚼得只剩渣子。我们几个小孩经常蹲在寮屋外面看他怎么吃东西，也只有这时候，我才得以看清巴鳞的牙齿，如鲨鱼般尖利细密的倒三角形，毫不费力地把嘴里的一切撕得稀烂。

我总是控制不住去想象，那口利齿咬在身上的感觉，然后心里一哆嗦，有种疼却又上瘾的复杂感受。

巴鳞从来没有开口说过话，即便是面对我们的各种挑逗，他也是紧闭着双唇,一语不发,用那双灯泡般的凸眼盯着我们,直到我们放弃尝试。

终于有一天,巴鳞吃饱了饭之后,慢悠悠地钻出寮屋,瘦小的身体挺着饱胀的肚子,像一根长了虫瘿的黑色树枝。我们几个小孩正在玩捉水鬼的游戏,巴鳞晃晃悠悠地在离我们不远处停下,颇为好奇地看着我们的举动。

"捞虾洗衫,玻璃刺脚丫。"我们边喊着,边假装是在河边捕捞的渔夫,从砖块垒成的河岸上,往并不存在的河里,试探性地伸出一条腿,点一点河水,再收回去。

而扮演水鬼的孩子则来回奔忙,徒劳地想要抓住渔夫伸进河水里的脚丫,只有这样,水鬼才能上岸变成人类,而被抓住的孩子则成为新的水鬼。

没人注意到巴鳞是什么时候开始加入游戏的,直到隔壁家的小娜突然停下,用手指了指。我看到巴鳞正在模仿水鬼的动作,左扑右抱,只不过他面对的不是渔夫,而是空气。小孩子经常会模仿其他人说话的语调、表情或肢体语言,来取乐或激怒对方,可巴鳞所做的和我以往见过的都不一样。

我开始觉察出哪里不对劲了。

巴鳞的动作,和扮演水鬼的阿辉几乎是同步的,我说几乎,是因为单凭肉眼已无法判断两者之间是否存在细微的延迟。巴鳞就像是阿辉在五米开外凭空多出来的影子,每一个转身,每一次伸手,甚至每一回因为扑空而沮丧的停顿,都复制得完美无缺,毫不费力。

我不知道他是如何做到的,就像是完全不用经过大脑。

阿辉终于停了下来,因为所有人都在看着巴鳞。

阿辉走向巴鳞,巴鳞也走向阿辉,就连脚后跟拖地的小细节都一模一样。

阿辉:"你为什么要学我!"

巴鳞同时张着嘴，蹦出来的却是一堆乱七八糟的音节，像是坏掉的收音机。

阿辉推了巴鳞一把，但同时也被巴鳞推开。

其他人都看着这出荒唐的闹剧，这可比捉水鬼好玩多了。

"打啊！"不知道谁喊了一句，阿辉扑上去和巴鳞扭抱成一团，这种打法也颇为有趣，因为两个人的动作都是同步的，所以很快谁都动弹不了了，只是大眼瞪小眼。

"好啦好啦，闹够了就该回家了！"一只大手把两个人从地上拎起来，又强行把他们分开，像是拆散了一对连体婴儿。

是父亲！

阿辉忿忿不平地朝地上唾了一口，和其他家小孩一起作鸟兽散。

这回巴鳞没有跟着做，似乎某个开关被关上了。

父亲带着笑意看了我一眼，那眼神似乎在说，现在你知道哪儿好玩了吧？

4

"我们可以把人脑看作一个机器，笼统地说来，它只干三件事：感知、思考还有运动控制。如果用计算机打比方，感知就是输入，思考就是中间的各种运算，而运动控制就是输出，它是人脑能和外界进行交互的唯一方式。想想看为什么？"

在老吕接手我们班之前，打死我也没法相信，这是一个体育老师说出来的话。

老吕是个传奇，他个头不高，大概一米七二的样子，小平头，夏天可以看到他身上鼓鼓的肌肉。据说他是从国外留学回来的。

当时我们都很奇怪，为什么留过洋的人要到这座小破乡镇中学来当老师。后来听说他是家中独子，父亲重病在床，母亲走得早，没有其他亲戚能够照顾老人，老人又不愿意离开家乡，说狐死首丘。无奈之下，他只能先过来谋一份教职，他的专业方向是运动控制学，校长想当然地让他当了体育老师。

老吕和其他老师不一样，和我们一起厮混打闹，就像是好哥们儿。

我问过他，为什么要回来？

他说："有句老话叫父母在，不远游。我都远游十几年了，父母都快不在了，也该为他们想想了。"

我又问他："等父母都不在了，你会走吗？"

老吕皱了皱眉头，像是刻意不去想这个问题，他绕了个大圈子，说："在我研究的领域里有一个老前辈叫 Donald Broadbent，他曾经说过，控制人的行为比控制刺激他们的因素要难得多，因此在运动控制领域很难产生类似于'A 导致 B'的科学规律。"

"所以？"我知道他压根儿没想回答我。

"没人知道会怎么样。"他点点头，长吸了一口烟。

"放屁！"我接过他手里的烟头。

所有人都觉得他待不了太久，结果，老吕从我初二教到了高三，还娶了个本地媳妇生了娃。正应了他自己那句话。

5

我们开始用的是大头针，后来改成用从打火机上拆下来的电子点火器，咔嚓一按，就能蹦出一道蓝白色的电弧。

父亲觉得这样做比较文明。

有人教父亲一招，如果希望巴鳞模仿谁，就让巴鳞和那人四目对视，然后给巴鳞"刺激一下"，等到他身体一僵，眼神一转动，连接就算完成了。他们说，这是狍鸮族特有的习俗。

巴鳞给我们带来了无数的欢乐。

我从小就喜欢看街头戏人表演，无论是皮影戏、布袋戏还是扯线木偶。我总会好奇地钻进后台，看他们如何操纵手中无生命的玩偶，演出牵动人心的爱恨情仇，对年幼的我来说，这就像法术一样。而在巴鳞身上，我终于有机会实践自己的法术。

我跳舞，他也跳舞；我打拳，他也打拳。原本我羞于在亲戚朋友面前展示的一切，如今却似乎借助巴鳞的身体，成为可以广而告之的演出项目。

我让巴鳞模仿喝醉了酒的父亲，我让他模仿镇上各色人等，然后我们躲在一旁笑得满地打滚，直到被家长拿着晾衣竿在后面追着打。

巴鳞也能模仿动物，猫、狗、牛、羊、猪都没问题，鸡鸭不太行，鱼完全不行。

他有时会蹲在祖屋外偷看电视里播放的节目，尤其喜欢关于动物的纪录片。当看见动物被猎杀时，巴鳞的身体会无法克制地抽搐起来，就好像被撕开腹腔内脏横流的是他一样。

巴鳞也有累的时候，那时他模仿动作就越来越慢，误差也越来越大，像是松了发条的铁皮人，或者是电池快用光的玩具汽车，最后就是一屁股坐在地上，怎么踢他也不动弹。解决方法只有一个，让他吃，死命地吃。

除此之外，他从来没有流露出一丝抗拒或者不快。在当时的我看来，巴鳞和那些用牛皮、玻璃纸、布料或木头做成的人偶并没有太大的区别，只是忠实地执行操纵者的旨意，本身并不携带任何情绪，甚至是一种下意识的条件反射。

直到我们厌烦了单人游戏，开始创造出更加复杂而残酷的多人玩法。

我们先猜拳排好顺序，赢的人可以首先操纵巴鳞，去和猜输的小孩对打，再根据输赢进行轮换。

我猜赢了。

这种感觉真是太酷了！我就像一个坐镇后方的司令，指挥着士兵在战场上厮杀，挥拳、躲避、飞腿、回旋踢……因为拉开了距离，我可以更清楚地看清对方的意图和举动，从而做出更合理的攻击动作。更因为所有的疼痛都由巴鳞承受了，我毫无心理负担，能够放开手脚大举反扑。

我感觉自己胜券在握。

但不知为何，所有的动作传递到巴鳞身上似乎都丧失了力道，丝毫无法震慑对方，更谈不上伤害。很快巴鳞便被压倒在地上，饱受痛揍。

"咬他，咬他！"我做出撕咬的动作，我知道他那口尖牙的威力。

可巴鳞似乎断了线般无动于衷，拳头不停地落下，他的脸颊肿起。

"噗！"我朝地上一吐，表示认输。

换我上场，成为那个和巴鳞对打的人。我恶狠狠地盯着他，他的脸上流着血，眼眶肿胀，但双眼仍然一如既往地无神平静。我被激怒了。

我观察着操控者阿辉的动作，我熟悉他打架的习惯，先迈左脚，再出右拳。我可以出其不意扫他下盘，把他放翻在地，只要他一倒地，基本上战斗就可以宣告结束了。

阿辉左脚迅速前移，来了！我正想蹲下，怎料巴鳞用脚扬起一阵沙土，迷住我的眼睛，接着，便是一个扫堂腿将我放倒。我眯缝着双眼，双手护头，准备迎接暴风骤雨般的拳头。

事情并不像我想象的那样。巴鳞的拳头落下来了，却软绵绵的，一点力气都没有。我以为巴鳞累了，但很快发现不是这么回事，阿辉本身出拳是又准又狠的，但巴鳞刻意收住了拳势，让力道在我身上软着陆。拳头毫无预兆地停下了，一个暖乎乎臭烘烘的东西贴到我脸上。

周围响起一阵哄笑声，我突然明白过来，一股热浪涌上头顶。

那是巴鳞的屁股。

阿辉肯定知道巴鳞无法输出有效打击，才使出这么卑鄙的招数。

我狠力推开巴鳞，一个鲤鱼打挺，将他反制住，压在身下。我眼睛刺痛，泪水直流，屈辱夹杂着愤怒。巴鳞看着我，肿胀的眼睛里也溢满了泪水，似乎懂得我此时此刻的感受。

我突然回过神来，高高地举起拳头。他只是在模仿。

"你为什么不使劲？！"

拳头砸在巴鳞那瘦削的身体上，像是击中了一块易碎的空心木板，咚咚作响。

"为什么不打我？"

我的指节感受到了他紧闭双唇下松动的牙齿。

"为什么？"

我听见嘶啦一声脆响，巴鳞右侧眉骨裂开了一道长长的口子，一直延伸到眼睑上方，深黑皮肤下露出粉白色的脂肪，鲜红的血汩汩地往外涌着，很快在沙地上凝成小小的一摊。

他身上又多了一种腥气。

我吓坏了，退开几步，其他小孩也呆住了。

尘土散去，巴鳞像被割了喉的羊羔蜷曲在地上，用仅存的左眼斜睨着我，依然没有丝毫感情的流露。就在这一刻，我第一次感觉到，他和我一样，是个有血有肉甚至是有灵魂的人类。

这一刻只维持了短短数秒，我近乎本能地意识到，如果之前的我无法像对待一个人那样去对待巴鳞，那么今后也不能。

我掸掸裤子上的灰土，头也不回地挤入人群。

6

我进入 Ghost 模式，体验被囚禁在 VR 套装中的巴鳞所体验到的一切。

我／巴鳞置身于一座风光旖旎的热带岛屿，环境设计师根据我的建议糅合了诸多中国南方海岛上的景观及植被特点，光照角度和色温也都尽量贴合当地经纬度。

我想让巴鳞感觉像是回了家，但这丝毫没有减轻他的恐慌。

视野所及猛烈地旋转，天空、沙地、不远处的海洋、错落的藤萝植物，还有不时出现的虚拟躯体，像素粗粝的灰色多边形尚待优化。

我感到眩晕，这是视觉与身体运动不同步所导致的晕动症，眼睛告诉大脑你在动，但前庭系统却告诉大脑你没动，两种信号的冲突让人不适。但对于巴鳞，我们采用最好的技术将信号延迟缩短到五毫秒以内，并用动作捕捉技术同步他的肉身与虚拟身体运动，在万向感应云台上，他可以自由跑动，位置却不会移动半分。

我们就像对待一位头等舱客人，呵护备至。

巴鳞一动不动地站在那里，他无法理解眼前的这个世界，与几分钟前那个空旷明亮的房间之间的关系。

"这不行，我们必须让他动起来！"我对耳麦那端的操控人员吼道。

巴鳞突然回过头，全景环绕立体声让他觉察到身后的动静。郁郁葱葱的森林开始震动，一群鸟儿飞离树梢，似乎有什么巨大的物体在树木间穿行摩擦，由远而近。巴鳞一动不动地凝视着那片灌木。

一群巨大的史前生物蜂拥而出，即便是常识缺乏如我也能看出，它们不属于同一个地质时代。操控人员调用了数据库里现成的模型，试图让巴鳞奔跑起来。

他像根木桩般站在那里，任由霸王龙、剑齿虎、古蜻蜓、新巴士鳄和各种古怪的节肢动物迎面扑来，又呼啸着穿过他的身体。这是物理模拟引擎的一个，但如果完全拟真，又恐怕实验者承受不了如此强烈的感官冲击。

这还没有完。

巴鳞脚下的地面开始震动、开裂，树木开始七歪八倒地折断，火山喷发，滚烫猩红的岩浆从地表迸射出来，汇聚成暗血色的河流，海上掀起数十米高的巨浪，翻滚着朝我们站立的位置袭来。

"我说，这有点儿过了吧？"我对着耳麦说，似乎能听见那端传来的窃笑。

想象一个原始人被抛掷在这样一个世界末日的舞台中央，他会是一种什么样的感受。他会认为自己是为整个人类承担罪愆的救世主，还是已然陷入一种感官崩塌的疯狂境地？

又或者，像巴鳞一样，无动于衷？

突然我明白了事情的真相。我退出 Ghost 模式，摘下巴鳞的头盔，传感器如密密麻麻的珍珠凝满黑色头颅，而他双目紧闭，四周的皱纹深得像是昆虫的触须。

"今天就到这里吧。"我无力叹息，想起多年前痛揍他的那个下午。

7

我与父亲间的战事随着分班临近日渐升温。

按照他的大计划，我应该报考文科，政治或者历史，可我对这俩学科毫无兴趣。我想报物理，至少也得是生物，用老吕的话说就是能够解决"根本性问题"的学科。

父亲对此嗤之以鼻，他指了指几栋家产，还有铺满晒谷场的茶叶，在阳光下碎金闪亮。

"还有比养家糊口更根本的问题吗？"

这就叫对牛弹琴。

我放弃了说服父亲的尝试，我有我的计划。通过老吕的关系，我获得了老师的默许，平时跟着文科班上语数英大课，再溜到理科班上专业小课，中间难免有些课程冲突，我也只能有所取舍，再用课余时间补上。老师也不傻，与其要一个不情不愿的中等偏下的文科考生，不如放手赌一把，兴许还能放颗卫星，出个状元。

我本以为可以瞒过忙碌在外的父亲，把导火索留到填报志愿的最后一刻点燃。当时的我实在太天真了。

填报志愿的那天，所有人都拿到了志愿表，除了我。我以为老师搞错了。

"你爸已经帮你填好了！"老师故作轻描淡写，他不敢直视我的双眼。

我不知道自己是怎么回的家，我像失魂的野狗逛遍了镇里的大街小巷，最后鬼使神差地回到祖屋前。

父亲正在逗巴鳞取乐，他不知道从哪儿翻出一套破旧的衣服，套在巴鳞身上显得宽大臃肿，活像一只偷穿人类衣服的猴子。他又开始当年的那一套把戏，指挥巴鳞立正、稍息、向左向右看齐、原地踏步走……在我刚上小学那会儿，他特别喜欢像个指挥官一样喊着口号操练我，而这却是我最深恶痛绝的事情。

已经很多年没有重温这一幕了，看起来父亲找到了一个新的下属。

一个绝对服从的士兵。

"一二一，一二一，向前踏步——走！"巴鳞随着他的口令和示范有模有样地踏着步子，过长的裤子在地上沾满了泥土。

"你根本不希望我上大学，对吗？"我站在他们俩中间，责问父亲。

"向右看齐！"父亲头一侧，迈着小碎步向右边挪动，我听见身后传来同样节奏的脚步声。

"所以你早就知道了，只是为了让我没有反悔的机会！"

"原地踏步——走！"

我愤怒地转身按住巴鳞，不让他再愚蠢地踏步，但他似乎无法控制自己，裤腿在地上啪啦啪啦地扬起尘土。

我捧着他的脑袋，让他和我四目对视，一只手掏出电子点火器，蓝白色的弧光在巴鳞太阳穴边炸开，他发出类似婴儿般的惊叫。

我通过他的眼神确信，他现在已经属于我。

"你没有权力控制我！你眼里只有你的生意，你有考虑过我的前途吗？"

巴鳞随着气急败坏的我转着圈，指着父亲吼叫着，渐行渐近。

"这大学我是上定了，而且要考我自己填报的志愿！"我咬了咬牙，巴鳞的手指几乎已经要戳到父亲的身上，"你知道吗，这辈子我最不想成为的人就是你！"

父亲之前意气风发的军姿完全不见了，他像遭了霜打的庄稼，耷拉着头，表情中夹杂着一丝悲哀。我以为他会反击，像以前的他一样，可他并没有。

"我知道，我一直都知道，你不想一生都走着别人给你铺好的路……"父亲的声音越来越低，几乎要听不见了，"像极了我年轻时的样子，可我没有别的选择……"

"所以你想让我照着你的人生再活一遍吗？"

父亲突然双膝一软，我以为他要摔倒，可他却抱住了巴鳞。

"你不能走！你以为我不知道吗，出去的人，哪有再回来的？"

我操纵着巴鳞奋力挣脱父亲的怀抱，就好像他紧紧抱住的人是我。而这样的待遇，自我有记忆之日起，就未曾享受过。

"幼稚！你应该睁大眼睛，好好看看外面的世界了。"

巴鳞像是个失心疯的发条玩具，四肢乱打，衣服被扯得乱七八糟，露出那黝黑无光的皮肤。

"你说这话时简直和你妈一模一样。"又一朵蓝白色的火光在巴鳞头上炸开，他突然停止了挣扎，像是久别重逢的爱人般紧紧抱住父亲。

"你是想像她一样丢下我不管吗？"

我愣住了。

我从来没有从这个角度想过父亲的感受，我一直以为他是因为自私和狭隘才不愿意我走得太远，却没有想过他是因为害怕失去。母亲离开时我还太小，并没有给我造成太大的伤害，但对于父亲，恐怕却是一生的阴影。

我沉默着走近拥抱着巴鳞的父亲，弯下腰，轻抚他已不再笔挺的脊背。这或许是我们之间所能达到的亲密的极限。

这时，我看到了巴鳞紧闭的眼角流出的泪水。那一瞬间，我动摇了。

也许在这一动作的背后，除了控制之外，还有爱。

8

有一些知识我但愿自己能在十七岁之前懂得。

比方说，人类脑部的主要结构都和运动有关，包括小脑、基底核、脑干、皮层上的运动区以及感知区对运动区的直接投射等等。

比方说，小脑是脑部神经元最多的结构。在人类进化中，小脑皮层随着前额叶的快速增大而同步增大。

比方说，任何需要和外界进行的信息或物理上的交互，无论是肢体动作、操作工具、打手势、说话、使眼色、做表情，最终都需要通过激活一系列的肌肉来实现。

比方说，一条手臂上有26条肌肉，每条肌肉平均有100个运动单元，由一条运动神经和它所连接的肌纤维组成。因此，光控制一条胳膊的运动，就至少有2的2600次方种可能性，这已经远远超出了宇宙中原子的数量。

人类的运动如此复杂而微妙，每一个看似漫不经意的动作中都包含了海量的数据运算分析与决策执行，以至于目前最先进的机器人尚无法达到三岁小孩的运动水平。

更不要说动作中所隐藏的信息、情感与文化符号。

在前往高铁车站的路上，父亲一直保持沉默，只是紧紧地拎着我的行李箱。北上的列车终于出现在我们眼前，崭新、光亮、线条流畅，像是一松闸就会滑进遥不可测的未知。

我和父亲没能达成共识，如果我一意孤行，他将不会承担我上学期间的生活费用。

"除非你答应回来。"他说。

我的目光穿过他，就像是看见了未来，那是属于我自己的未来。为此，我将成为白色羊群里那一头被永远放逐的黑羊。

"爸，多保重。"

我迫不及待地拉起行李箱要上车，可父亲并没有松手，行李箱尴尬地在半空中悬停着，终于还是重重地落了地。

我正要发火，父亲啪的一声在我面前立正，鞠了个躬，然后一言不发地转身走人。

我望着他渐渐远去的背影，五味杂陈。

9

"真没想到我们竟然会折在一个野人手里。"课题组组长，也是我的导师欧阳笑里藏刀，他拍拍我的肩膀，"没事儿啊，再琢磨琢磨，还有时间。"

我太了解欧阳了，他这话的潜台词就是"我们没时间了"。

如果再挖深一层，则是："你的想法，你的项目，那么，能不能按时毕业，你自己看着办。"

至于他自己前期占用我们多少时间精力，去应付他在外面接下的乱七八糟的私活儿，欧阳是绝不会提的。

我痛苦地挠挠头，目光落在被关进粉红宠物屋里的巴鳞身上，他面目呆滞地望着地板，似乎还没有从刺激中恢复过来。这颜色搭配很滑稽，可我笑不出来。

如果是老吕会怎么办？这个想法很自然地跳了出来。

一切的源头都来自他当年闲聊扯出的"A 导致 B"的问题。

传统理论认为，运动控制是通过存储好的运动程序完成的。当人要完成某一个运动任务时，运动皮层选取储存的某一个运动程序来执行，程序就像自动钢琴琴谱一样，告诉皮层和脊髓的运动区该如何激活，皮层和脊髓再控制肌肉的激活，完成任务。

那么问题来了，同一个运动有无数种执行方式，大脑难道需要储存无数种运动程序？

还记得那条运动可能性超过了全宇宙原子数量的胳膊吗？

2002 年一个数学家提出一套理论，试图解决这个问题。

他的基本思想是，人的运动控制是大脑求一个最优解的问题。所谓最优是针对某些运动指标，比如精度最大化、能量损耗最小化、控制努力度最小化等等。

而在这一过程中，人脑会借助于小脑，在运动指令还没有到达肌肉之前，对运动结果进行预测，然后与真实感知系统发回来的反馈相结合，帮助大脑进行评估及调整动作指令。

最简单的例子就是，上下楼梯时我们经常会因为算错台阶数而踩空，如果反馈调整及时，人就不会摔跤，而反馈往往是带有噪声和延时的。

Todorov 的数学模型符合前人在行为学和神经学上的已知证据，可以用来解释各种各样的运动现象，甚至只要提供某一些物理限制条件，便可以预测其运动模式，比如说八条腿的生物在冥王星重力环境下如何跳跃。

好莱坞用他的模型来驱动虚拟形象的运动引擎，便能"自主"产生出许多像人一样流畅自然的动作。

当我进入大学时，Todorov模型已经成为教科书上的经典，我们通过各种实验不断地验证其正确性。

直到有一天，我和老吕在邮件里谈到了巴鳞。

我自从上大学之后和老吕就开始了电子邮件来往，他像一个有求必应的人工智能机器人，我总能从他那里得到答案，无论是关乎学业、人际关系还是情感。我们总会长篇累牍地讨论一些在旁人看来不可思议的问题，例如"用技术制造出来的灵魂出窍体验是否侵犯了宗教的属灵性"。

当然，我们都心照不宣地避开关于我父亲的事情。

老吕说巴鳞被卖给了镇上的另一家人，我知道那家暴发户，风评不是很好，经常会干出一些炫耀财力却又匪夷所思的荒唐事。

我隐约知道父亲的生意做得不好，可没想到差到这个地步。

我刻意转移话题聊到Todorov模型，突然一个想法从我脑中蹦出。巴鳞能够进行如此精确的运动模仿，如果让他重复两组完全相同的动作，一组是下意识的模仿，而一组是自主行为，那么这两者是否经历了完全相同的神经控制过程？

从数学上来说，最优解只有一个，可中间求解的过程呢？

老吕足足过了三天才给我回信，一改之前汪洋恣肆的风格，他只写了短短几行字：

> 我想你提出了一个非常重要的问题，也许连你自己都没意识到有多重要。如果我们无法在神经活动层面上将机械模仿与自主行为区分开，那么这个问题就是：
>
> 自由意志真的存在吗？

收到信后，我激动得彻夜难眠。我花了两个星期设计实验原型，又花了更多的时间研究技术上的可行性及收集各方师长意见，然后申报课题，等待批复。直到一切就绪，我才想起，这个探讨"根本性问题"的重要实验，却缺少了一个根本性的组成要素。

我将不得不违背承诺，回到家乡。

只是为了巴鳞！我不断告诉自己，只是巴鳞！

就像 A 导致 B。简单如是。

10

我读过一篇名为《孤儿》的科幻小说，讲的是外星人来到地球，能够从外貌上完全复制某一个地球人的模样，由此渗入人类社会，但是他们无法模仿被复制者身体的动作姿态，尤其是一些细微的表情变化。许多暴露身份的外星伪装者遭到地球人的追捕猎杀。

为了生存下去，他们不得不学习人类是如何通过身体语言来进行交流的。他们伪装成被遗弃的孤儿，被好心人收养，通过长时间的共同生活来模仿他们养父母们的举止神态。

养父母们惊讶地发现这些孩子们长得越来越像自己。而当外星孤儿们认为时机成熟之时，便会杀掉自己的养父或养母，变成他们的样子并取而代之。杀父娶母的细节描写令人难忘。

辨别伪装者的难度变得越来越大，但人类最终还是发现了这些外星人与地球人之间最根本的区别。

尽管外星人几乎能够惟妙惟肖地模仿人类的所有举动，但他们并不具备人脑中的镜像神经系统，因此无法感知对方深层的情绪变化，并激发出类似的神经冲动模式，也就是所谓的"同理心"。

人类发明了一套行之有效的辨别方法，去伤害伪装者的至亲之人，看是否能够监测到伪装者脑中的痛苦、恐惧或愤怒。他们称之为"针刺实验"。

这个冷酷的故事告诉我们,在这个宇宙中,人类并不是唯一一个和自己父母处不好关系的物种。

11

老吕知道关于巴鳞的所有事情,他认为狍鸮族是镜像神经系统超常进化的一个样本,并为此深深着迷,只是不赞成我们对待巴鳞的方式。

"但他并没有反抗,也没有逃跑啊!"我总是这样反驳老吕。

"镜像神经元过于发达会导致同理心病态过剩,也许他只是没办法忍受你眼中的失落。"

"有道理。那我一定是镜像神经元先天发育不良的那款。"

"……冷血。"

当老吕带着我找到巴鳞时,我终于知道自己并不是最冷血的那一个。

巴鳞浑身赤裸,伤痕累累,被粗大生锈的锁链环绕着脖颈和四肢,窝藏在一个五尺见方的砖土洞里,光线昏暗,排泄物和食物腐烂的气味混杂着,令人作呕。他更瘦了,虻蝇吮吸着他的伤口,骨头的轮廓清晰可见,像一头即将被送往屠宰场的牲畜。

他看见了我,目光中没有丝毫波澜,就像是我十三岁的那个夏夜与他初次相见时的模样。

一时间,所有的往事一下涌上心头。

接下来发生的事情,我一点印象都没有,仿佛是被什么鬼神附了体,所有的举动都并非出自我的本意。

老吕说:"我冲进买下巴鳞那个暴发户的家里,一把抓起他心爱的博美小狗,掐住它的脖子,对他喊道如果不放了巴鳞,我就不松手,直到把那狗脖子拧断为止。"

　　我朝地上吐了口唾沫，这听起来还挺像是我干得出来的事儿。

　　我们把巴鳞送进了医院，刚要离开，老吕一把拉住我，说："你不看看你爸？"

　　我这才知道父亲也在这所医院里住院。上了大学后，我和他的联系越来越少，他慢慢地也断了念想。

　　他看起来足足老了十岁，鼻孔里、手臂上都插着管子，头发稀疏，目光涣散。前几年普洱茶被疯炒时他跟风赌了一把，运气不好，成了接过最后一棒的傻子，货砸在了手里，钱赔了不少。

　　他看见我时的表情竟然跟巴鳞有几分相似，像是在说："我早知道会有这么一天。"

　　"我……我是来找巴鳞的……"我竟然不知所措。

　　父亲似乎看穿了我的窘迫，咧开嘴笑了，露出被香烟经年熏烤的一口黄牙。

　　"那小黑鬼，精得很呢，都以为是我们在操纵他，其实有时候想想，说不定是他在操纵我们哩。"

　　"……"

　　"就像你一样，我老以为我是那个说了算的人，可等到你真的走了，我才发现，原来我心上系着的那根线，都在你手里攥着呢，不管你走多远，只要手指头动一动，我这里就会一抽一抽地疼……"父亲闭上眼，按住胸口。

　　我一个字都说不出来，有什么东西堵住了喉咙。

　　我走到他病床前，想要俯身抱抱他，可身体却不听使唤地在中途僵住了，我尴尬地拍拍他的肩膀，起身离开。

　　"回来就好。"父亲在我背后嘶哑地说，我没有回头。

　　老吕在门口等着我，我假装揉揉眼睛，掩饰情绪的波动。

"你说巧不巧？"

"什么？"

"你想要逃离你爸铺好的路，却兜兜转转，跟我殊途同归。"

"我有点同意你的看法了。"

"哪一点？"

"没人知道会怎么样。"

12

我们又失败了。

最初的想法很简单，选择巴鳞，是因为他的超强镜像神经系统让模仿成为一种本能，相对于一般人类来说，这就摒除了运动过程中许多主观意识的噪声干扰。

我们用非侵入式感应电极捕捉巴鳞运动皮层的神经活动，让他模仿一组动作，再通过轨迹追踪，让他自发重复这组动作，直到前后的运动轨迹完全重合，那么从数学上，我们就可以认为他做了两组完全一样的动作。

然后再对比两组神经信号是否以相同的次序、强度及传递方式激活了皮层中相同的区域。

如果存在不同，那么被奉为经典的 Todorov 模型或许存在巨大的缺陷。

如果相同，那么问题更严重，或许人类仅仅是在单纯地模仿其他个体的行为，却误以为是出于自由意志。

无论哪一种结果，都将是颠覆性的。

但我们从一开始就失败了。巴鳞拒绝与任何人对视，拒绝模仿任何动作，包括我。

我大概能猜到原因，却不知道该如何解决。我们这群人信誓旦旦要解开人类意识世界的秘密，却连一个原始人的心理创伤都治愈不了。

我想到了虚拟现实，将巴鳞放置在一个抽离于现实的环境中，或许能够帮助他恢复正常的运动。

我们尝试了各种虚拟环境，海岛、冰川、沙漠、太空。我们制造了耸人听闻的极端灾难，甚至还花了大力气构建出狍鸮族的虚拟形象，寄望于那个瘦小丑陋的黑色小人，能够唤醒巴鳞脑中的镜像神经元。

但是毫无例外，全部都失败了。

深夜的实验室里，只剩下我和僵尸般呆滞的巴鳞。其他人都走了，我知道他们在想什么，这个实验就是个笑话，而我就是那个讲完笑话自己却一脸严肃的人。

巴鳞静静地躲在粉红色泡沫板搭起来的宠物屋里，缩成小小的一团。我想起老吕当年的评价，他说的没错，我一直没把巴鳞当作一个人来看待，即便是现在。

曾经有同行将无线电击器植入大鼠的脑子里，通过对体觉皮层和内侧前脑束的放电刺激，产生兴奋或痛感，来控制大鼠的运动路线。

这和我对巴鳞所做的一切没有实质区别。

我就是那个镜像神经元发育不良的混蛋。

我鬼使神差地想起了那个游戏，那个最初让我们见识到巴鳞神奇之处的幼稚游戏。

"捞虾洗衫，玻璃刺脚丫……"

我低低地喊了一句，某种成年后的羞耻感油然而生。我假装成渔夫，从河岸上往河里伸出一条腿，踩一踩只存在于想象中的河水，再收回去。

巴鳞朝我看了过来。

"捞虾洗衫，玻璃刺脚丫。"我喊得更大声了。

巴鳞注视着我蠢笨的动作，缓慢而柔滑地爬出宠物屋，在离我几步之遥的地方停住了。

"捞虾洗衫，玻璃刺脚丫！"我感觉自己像个喝醉了酒的舞娘，疯狂地甩动着大腿，来回踏出慌乱的节奏。

巴鳞突然以难以言喻的速度朝我扑来，那是阿辉的动作。

他记得，他什么都记得。

巴鳞左扑右抱，喉咙里发出婴孩般咯咯的声音。他在笑，这是这么多年来我第一次听见他笑。

他变成了镇上的各色人等。所有的动作像是被刻录在巴鳞的大脑中，无比生动而精确，以至于我一眼就能认出他模仿的是谁。他变成了猫、狗、牛、羊、猪和不成形的家禽，他变成了喝醉酒的父亲和手舞足蹈的我自己。

我像是瞬间穿越了几千公里的距离，回到了童年的故里。

毫无预兆地，巴鳞开始一人分饰两角，表演起我和父亲决裂那一天的对手戏。

这种感觉无比古怪。作为一名旁观者，看着自己与父亲的争吵，眼前的动作如此熟悉，而回忆中的情形变得模糊而不真切。当时的我是如此暴躁顽劣，像一匹未经驯化的野马，而父亲的姿态卑微可怜，他一直在退让，一直在忍耐。这与我印象中的大不一样。

巴鳞忙碌地变换着角色和姿态，像是技艺高超的默剧演员。

尽管我早已知道接下来会发生什么，但当它发生时我还是没有做好准备。

巴鳞抱住了我，就像当年父亲抱住他那样，双臂紧紧地包裹着我，头深埋在我的肩窝里。我闻见了那阵熟悉的腥味，如同大海，还有温热的液体顺着我的衣领流入脖颈，像一条被日光晒得滚烫的河流。

我呆立了片刻，思考该如何反应。

随后，我放弃了思考，任由自己的身体展开，回以热烈拥抱，就像对待一个老朋友，就像对待父亲。

我知道，这个拥抱我欠了太久，无论是对谁。

我猜我找到了解决问题的正确方法。

13

在《孤儿》的结尾，执行"针刺实验"的组织领导人悲哀地发现，假使他们伤害的是外星伪装者，那么他们的至亲，也就是真正的人类，其镜像神经系统也无法被正常激活。

因为人类从一开始就被设计成一个无法对异族产生同理心的物种。

就像那些伪装者。

幸好，这只是一篇二流科幻小说。

14

"我们应该试着替他着想。"我对欧阳说。

"他？"我的导师沉吟了三秒钟，突然回过神来，"谁？那个野人？"

"他的名字叫巴鳞。我们应该以他为中心，创造他觉得舒服的环境，而不是我们自以为他喜欢的廉价景区。"

"别可笑了吧！现在你要担心的是你的毕业设计怎么完成，而不是去关心一个原始人的尊严，你可别拖我后腿啊。"

老吕说过，衡量文明进步与否的标准应该是同理心，是能否站在他人的价值观立场去思考问题，而不是其他被物化的尺度。

我默默地看着欧阳的脸，试图从中寻找一丝文明的痕迹。

这张精心呵护的老脸上一片荒芜。

我决定自己动手，有几个学弟学妹也加入了，这让我找回对人类的一丝信念。

　　有一款名为"iDealism"的虚拟现实程序，号称能够根据脑电波信号来实时生成环境，但实际上只是针对数据库中比对好的波形调用模型，最多就只是增加了高帧率的渐变效果。我们破解了它，毕竟实验室用的感应电极比消费者级别的精度要高出几个数量级，我们增加了不少特征维度，又连接到教育网内最大的开源数据库，那里存放着世界各地虚拟认知实验室的 Demo 版本。

　　巴鳞将成为这个世界的第一推动力。

　　他将有充分的时间，去探索这个世界与他心中每一个念想之间的关系。我将记录下巴鳞在这个世界中的一举一动，待他回到现世，我再与他连接，那时，我将尽力模仿他的每一个动作，我俩就像平行对立的两面镜子，照出无穷无尽的彼此。

　　我为巴鳞戴上头盔，他目光平静，温柔如水。

　　红灯闪烁，加速，变绿。

　　我进入 Ghost 模式，同时在右上角开启第三人称窗口，这样可以看到一个小小的巴鳞的虚拟形象在轻轻摇摆。

　　巴鳞的世界一片混沌，无有天地，也不分四面八方。我努力克制晕眩。

　　他终于停止了摇摆。一道闪电缓慢劈开混沌，确定了天空的方向。

　　闪电蔓延着，向四方绽放着纷乱的线条，如同细密的发光触须。

　　光线暗下来，巴鳞抬起头，举起双手，雨水落下。

　　他开始舞蹈。

　　每一滴雨都带着笑意坠落，填满风的轮廓，风扶起巴鳞，他四足离地，开始盘旋。

　　无法用语言来描绘他的舞姿，仿佛他成了万物的一部分，天地随着他的姿态而变幻色彩。

　　我的心跳加速，喉咙干涩，手脚冰凉，像是见证一场不期而遇的神迹。

他举手，花儿便盛开；他抬足，鸟儿便翩然而来。

巴鳞穿行于不知名的峰峦湖泊之间，所到之处，荡漾开欢喜的曼陀罗，他便向着那旋转的纹样中坠去。

他时而变得极大，时而变得极小，所有的尺度在他面前失去了意义。

每一个不知名的生灵都在向他放声歌唱，他张了张嘴巴，所有狍鸮族的神灵都被吐了出来。

神灵列队融入他黑色的皮肤，像是一层层黑色的波浪，喷涌着，席卷着他向上飞升，飞升，在他身后拉出一张漫无边际的黑色大网，世间万物悉数凝固其上，弹奏着各自的频率，那是亿亿万种有情在寻找一个共有的原点。

我突然领悟了眼前的一切。在巴鳞的眼中，万物有灵，并不存在差别，但神经层面的特殊构造使得他能够与万物共情，难以想象，他需要付出多大的努力才能够平复心中无时无刻翻涌的波澜。

即便愚钝如我，在这一幕天地万物的大戏面前，也无法不动容。事实上，我已热泪盈眶，内心的狂喜与强烈的眩晕相互交织，这是一种难以言表却又近乎神启的巅峰体验。

至于我希望得到的答案，我想，已经没那么重要了。

巴鳞将所有这一切全吸入体内，他的身形迅速膨胀，又瘪了下去。

然后开始往下坠落。

世界黯淡、虚无，生机不再。

巴鳞像是一层薄薄的贴图，平平地贴在高速旋转的时空中，物理引擎用算法在他的身体边缘掀起风动效果，细小的碎片如鸟群飞起。

他的形象开始分崩离析。

15

我切断了巴鳞与系统的连接，摘下他的头盔。

他趴在深灰色柔性地板上，四肢展开，一动不动。

"巴鳞？"我不敢轻易挪动他。

"巴鳞？"周围的人都等着，看一个笑话会否变成一场悲剧。

他缓慢地挪动了下身子，像条泥鳅般打了个滚，又趴着不动了，像壁虎一样紧贴在地板上。

我笑了，像当年的父亲那样，我拍了两下手掌。

巴鳞翻过身，坐将起来，看着我。

正如那个湿热黏稠的夏夜，十三岁的我第一次见到他时的姿态。

丽江的鱼儿们

1

两只攥紧的拳头摆在我的眼前,手背向上,泛着刺目的白光。

"左?还是右?"

我看见自己伸出幼嫩的食指,怯怯地点了点左边。左手手心向上,打开,空空如也。

"再给你一次机会,左?还是右?"

我点了点右边。

"确定了哦?变不变?"

手指在空中犹豫着,鱼儿般左右游弋。

"变不变?三……二……一……"

手指定在了左边。

手心向上,打开。除了透明的日光外,空空如也。

是梦?

我微微睁起眼睛,阳光苍白刺眼,在这座纳西风格的院落里,我打了个不知长短的盹儿,好久没这么舒坦过了。天真蓝啊,我伸了个足足的懒腰,十年过去了,该变不该变的都变了,只有这片天空的颜色依旧。

丽江,我又回来了。这回,我是个病人。

这回,注定了我们的相遇不再平铺直叙,不再正常。

2

短短的二十四小时内,我由一个作息规律得近乎病态的办公室白领,一辆灰色福特车的主人,一间位于城市皱褶处的公寓的准拥有者,一条负债累累的寄生虫,等等,摇身变成了一个疗养病人。都是那份天杀的体检报告,在最后一页白纸黑字地写着:心因性神经官能失调二期,建议强制疗养两周。

我觍着脸问老板能不能不疗养,因为我的后颈肉已经接收到从办公室各个角落里射来的目光,开始过敏、泛红、发热。那目光多么幸灾乐祸,多么小人得志,多么落井下石,翻来覆去就是"大红人你也有今天呀"这一个调调。

我打了个寒噤,办公室政治的这种死法,我并非没有亲见过。

老板慢条斯理地说,你以为我愿意啊,你疗养我还掏钱呢,这是劳动法的新规定,你以为想疗养都能疗上啊,也就咱这么国际化的正规公司……再说了,你这病要恶化了,弄出个神经性梅毒什么的,那也趁早给我走人。

我讪讪地退出老板办公室,开始收拾东西,交接工作。我努力不去理会那些目光,瞧好了,你们这些小人,半个月后咱们再战。

飞机上,我听着四周鼾声大作,睡意全无。事实上,我已经失眠一个多月了。肠胃功能紊乱、健忘、头痛、肌肉劳损、轻度抑郁、性欲减退……或许,我真的该好好休息一段时间了。我随手翻阅起航空杂志,一幅幅美好到虚假的丽江风景唤起了我十年前的记忆。

十年前的我，一无所有，浪漫得一塌糊涂。十年前的丽江还是片自我放逐者的乐土，或者说是文艺青年的胜地。当时我的所有财产就耷拉在纤维化还没那么严重的肩膀上，揣着一张地图出没在古城的清晨与子夜，与独行的女子搭讪，伴着歌声和酒精入眠。

　　如今我回来了，有房有车，该有的都有了。如果幸福感和时间是坐标系的纵横两轴，那么我怀疑我的人生曲线已经过了顶点，开始坚定而无可挽回地下垂。

　　为了一条无法再度坚挺的曲线，付出一份安稳前途，这是哪门子的弱智交易？

3

　　我又发呆了，阳光越过高墙斜斜地照在院子里，有一股香椿的味道。我不知道到底过了多久，手表、手机以及一切能显示时间的物品已经被康复中心的人收走了，古城里没有电脑，也没有电视。倒是有许多本地居民，将自己脑门或者前胸上的一块皮肤出租了，贴了片巴掌大小的液晶显示屏，24小时滚动播放着各类广告。正如我所说的，这里已不是我所熟悉的那个丽江。

　　奇怪的是，原本想尽早完成疗养以再战江湖的迫切心情，却在阳光里缓缓消弭了，如同那若有若无的香椿味。

　　胃嘟囔了一声，我决定出去找点吃的，看来这是目前唯一能用来判断时间的工具，当然，还有膀胱和天空。

　　石板路上行人寥寥，看来疗养的门槛还是比旅游要高不少，流浪狗倒是很多，各色各样，燕瘦环肥。

　　一碗特制鸡豆粉下肚，我又找了家咖啡屋，要了杯咖啡，开始翻那些八辈子也看不完的书，捎带着思考人生的意义。难道这就是疗养？没有理疗、药疗、食疗、瑜伽、采阴补阳或者任何形式上的专业护理？难道就是康复中心那行大字"心理健康，生理愉快"？

可事实是，我吃得香，睡得好，胸不闷，心不慌，身体比十年前感觉还棒。

甚至连堵塞了几周的鼻子都能在咖啡店里闻出薰衣草味来。等等，薰衣草？我抬起头，那个一身墨绿的女孩就在我的对面，端着一杯散发着甜气的饮料，笑吟吟地看着我，像一部法国电影的某个桥段，又像一幕最甜美或最恐怖的梦魇。

4

"那么，你是做市场的？"

女孩和我并肩走在夕照下的四方街，石板路闪烁着金子般的光，小吃店里香气四溢。

"当然，也可以说是卖的。你呢？白领？公务员？警察？老师？"我略带奉承地加上一句，"演员？"

"哈，再猜猜。"女孩看来对我的所谓幽默并不反感，"我是特护病房的护士，猜不到吧？"

"原来护士也是会生病的。"我作恍然大悟状。

吃过晚饭，泡了酒吧，女孩为丽江服务人员素质的急剧下降忧心忡忡。"那些有意思的老板都到哪儿去了？"抓来伙计一打听才知道，现如今的东家都是"丽江实业"的大小股东，原来的老少爷们或是买不起或是不愿买这许可证的都撤了。这股票走势还算坚挺，配送之后的摊薄红利还够得上绩优股。

在消费时代的古城夜晚，我们无处可去，她不想去听机器人乐团演奏的纳西古乐，我也对民族舞蹈篝火晚会没兴趣。于是我们趴在街边，看着水沟里的小鱼儿。

　　在丽江街边的水沟里，有许多静止不动的红色鱼群，无论是黎明、黄昏还是午夜，它们始终朝着同一个方向，整齐地排着队，像接受检阅的士兵。再仔细一看，原来它们并不是静止的，而是逆着水流的方向，顽强地坚持自己的位置。偶尔也会有一两条体力不支的鱼儿，摇晃着被水流冲出几步，掉队了，但又努力地摆动着尾巴，回到自己原来的位置。幸好，十年过去了，鱼儿们都还在。

　　"就这么游着游着，一辈子也就过去了。"我把十年前说过的话又重复了一次。

　　"我们也一样可怜，也许更可怜。"她轻轻地叹了口气。

　　"也许这就是人生的隐喻吧，幸好我们还能选择自己的生活。"我说了句牛得自己都不信的话。

　　"可现实是，不是我选择了你，也不是你选择了我。"

　　我心头一顿，一脸无辜地望着她，我真没打算请她回旅馆共度春宵，误会闹大了。只听见她咯咯笑了起来。

　　"没听过那老歌啊，不怪你。今天有点困了，明儿接着玩吧。你还挺逗的。"

　　"可明天我怎么找……"我突然想起没手机，没电话。

　　"这是我住的地儿。"她递给我一张旅馆的卡片，"如果实在懒得动，就随便找条狗。"

　　"狗？"

　　"你真不知道啊？就那种，街上溜达的，脏不拉叽的。写个条，时间地点，夹它项圈里，然后把那卡在上面一刷就成。"

　　"敢情那不是笑话啊？"

　　"回去多看看丽江指南吧。"

5

我不知道自己睡了多久。我以为睡到了第二天下午，可太阳的方位告诉我这是早上，但我无法确定这是第二天、第三天还是第几天的早上，就像做了一个一辈子那么长的梦一样。也许，这就是让人身心健康的秘密，只要梦里不再出现没完没了的报表和老板的大饼脸。

我真找了条狗，那天杀的势利眼每次到我跟前嗅嗅，尾巴一甩屁颠屁颠就溜了。我狠狠心，买了包牦牛肉干，心想撑死你这坏蛋，才把信邮了出去。

怕姑娘健忘，我在纸条最后署名为"隔夜馊小鱼儿"。

我开始在四方街上溜达，发呆，晒太阳，反正这儿的人都没什么时间概念，爱啥时候来啥时候来。我看到一个熬鹰的老头，坐在犄角旮旯里，那鹰和老头都极精神，精光内敛，煞气逼人，我忍不住端着相机上前。

"不许拍！"那老头喝道。

"5块钱！One dollar（1美元）！"那鹰操着一口"川普"加英语嚷嚷。

又是机器人！这城里就没多少原装的货色，我愤愤地转身要走。

"想知道丽江的天为什么这么蓝吗？想知道玉龙雪山的神奇传说吗？丽江百事通，每条信息只收一块钱。"见我这么抠门，老头赶紧换上一口娇媚无比的吴侬软语。

得，反正也是耗时间，就听他俩嘚啵嘚啵唠两句吧。我掏出一块钱硬币，丢进了鹰嘴，听得咣当一声响，老鹰前胸敞开，露出一个粉色的数字键盘。

"想知道丽江的天为什么这么蓝请按1#，想知道玉龙雪山的神奇传说……"

少废话，就 1 吧。

"丽江采用凝结核控制及散射标准化技术，将晴天概率控制在 95.426% 以上，同时对散射光谱进行超微调节，将蓝天色值严格控制在 Pantone2975c–3035c 之间，且根据日照状况进行无级转换，保证了丽江 VIS（Vision Identity System，视觉识别系统）的一致性……"

我心里很不是滋味，有些哀怨地望着那片一碧如洗，美得如此超凡脱俗的蓝天，原来它真的是假的。

"看飞碟呢？"女孩拍了拍我的肩膀。

"你能告诉我这儿还有什么是真的吗？"我神色恍惚，喃喃自语。

"有啊，比如你啊，比如我啊，都是真的……"

"……有病。"我补充道。

6

"说说你的工作吧，我从小就对这些开肠破肚的事儿特感兴趣。"我们俩又坐到了小酒馆里，从窗边望下去，便可以看到水沟里的小鱼儿，一动不动又似乎在游啊游。

"咱们玩个游戏吧，咱们轮流问对方一个问题，猜对了对方就得喝半杯，猜错了自己喝，怎么样？"她拍了拍桌上的几瓶啤酒。

"来吧，看当今的世界到底谁怕谁！"我也来劲了。

"我先来，你那公司是个大企业吧？"

"嘿，我们头头最喜欢说的就是，也就咱们这么标准化国际化现代化的大——车间……"我把最后两个字降了八度，逗得她咯咯地笑，我忘记自己是否告诉过她，不过还是喝了半杯。

"你们那病房住的都是大人物吧？"她喝了。

"你是你们那部门的骨干吧？"我喝了。

"问点带劲的行不?你肯定碰见过病人是色狼。"她脸一红,端起杯子干了。

"你肯定有不少女朋友。"我犹豫了一下,还是喝了。

"你肯定没结婚。"我打算赌一把。

她笑吟吟地没动,我脸一臊,自己咕嘟咕嘟干了半杯。她看着我舔干净最后一滴,这才不慌不忙地端起来喝了半杯。

"好哇,你耍赖!"我其实高兴得很。

"谁让你那么心急的。"她话里有话。

"那好,你失眠、焦虑、抑郁、心律不齐、月经不调……"喝得太猛,我有点高了,开始口无遮拦。

她看了我一眼,轻轻地噙着杯沿抿了一小口,说:"你有的,我都没有;我有的,你也没有。"

"你觉得一切都没什么意义。"

"在遇见你之前。"我开始耍赖,老炮如我绝不能在小姑娘面前轻易露怯,何况这种车轱辘话。

"你常常会莫名地恐慌,因为你害怕那种时间流逝的感觉,世界在一天天地改变,你在一天天地老去,可还有那么多事情没做。你悲伤,你慌张,你想用力握住那把沙子,可它就那么一点点地、毫不留情地从你的指缝间流走,什么也没剩下……"

她不依不饶。如果这些文艺腔从第二个人嘴里说出来,我会把她看作是个江湖术士,无耻无知地将放诸四海而皆准的常理包装成命运女神的手谕,唾向世人。可是,从她嘴里吐出,却真真成了手谕,仿佛每一个字都敲打在我心上,梆梆作响。

我闷声喝完了杯里的酒,酒劲开始上头。真奇怪,平时喝到这分上,厕所都上了好几趟了,可今天一点尿意都没有。我开始犯迷糊,她的笑脸在我面前变成两个、三个……我想开口问她,可舌头打结,说不出话来。

她突然现出一副窘迫的神情，低低说了句："今天喝多了，我送你回去吧。"

于是，我便彻底地败了。

7

我用了很久才想起自己身在何方，这段时间里阳光走过了六个窗棂格子。我又花了三个窗棂格子的时间来洗掉一身的酒气，以及清洁房间里的呕吐物。

看来护士小姐没把病人照顾好，我头痛欲裂。

我一点也不想派条走狗去找她，我正告自己。我甚至有点害怕见到她。或许她是个读心者？听说这些变异人群在许多关键岗位担当重任，给病人无法正常言语的特护病房配备一名读心者也是十分合理的解释。这么说来，她是因为读到我内心的龌龊想法所以故意把我灌醉的？那么她还有接触我的必要吗？

被人看穿自己内心的恐慌，这是更大的恐慌。也许只是我心虚过敏？

一条小沙皮狗登登登进了门，朝我汪汪直吠。我从它项圈间取下纸条，果然是她。约我去听纳西古乐，署名"我不是读心者"。

我狠狠地踹了那条沙皮狗一脚，它委屈地哼哼。

"还说你不是！"

最终，好奇心战胜了恐慌，梳洗打扮完毕，我来到了演出厅外。她一身淡雅的鹅蛋黄，早已在门前等候。我故作冷淡地点点头，却不想她一下子贴了上来，挽着我的手往里走。

"小样，少装啊。"她在我耳边嘀咕了一声，我使劲憋住脸上的春意。

演出开始了，仿真机器人乐团晃悠着弹奏各种纳西乐器，录制好的音乐从座位后方的音箱涌出。那乐手动作僵硬滑稽，关节转动角度有限，力反馈模式单调，也就宣科老先生的做工精致点，不时还摇头摆脑做陶醉状，只是让人担心他用力过猛会把脑壳摇下来。

"你不是不喜欢古乐吗？"我贴着她耳朵问，一股淡淡的薰衣草香气飘来。

"这可是疗养的一部分。"

"你可真能扯，我服了。"

我就势想亲她，被她轻轻一躲，手指贴在了我的唇上。

"你的办公桌上，有一个灰色的小闹钟，它的形状像个蘑菇，而且经常走快。"

她轻描淡写，我瞪大了眼睛。除了大楼清洁工，没人会注意到那玩意，那是公司发的优秀员工纪念品。可她怎么会知道的？

如果说之前的斗酒是意外失手的话，那么这回自诩阅人无数的我是彻底投降。黑暗中我盯着她好看的侧脸，在潮水般的音乐声里，仿佛我也变成那机械木讷的乐手，演奏着拙劣的情歌，却被高手一眼看穿，胸腔里其实只有一颗单幅振动的铁皮心脏。

8

我们终于还是上床了。

她一副顺理成章的表情，而我却恰恰相反。男人是多么奇妙的一种动物，他的恐惧和欲望竟然如此完美地统一在同一个器官上，只不过前者失禁而后者充血。我已年届而立，所以我并不对此感到惊讶，所需要控制的除了括约肌之外，还有强烈的质问她的冲动。

"这也是疗养的一部分？"我可以想象自己略带嘲讽的口吻，可我终究没有说出口，因为害怕那是一个肯定的答案。

而这个答案很明显已经写在她脸上。

"你到底是谁？"我终于还是没忍住。

她的声音像鼓槌敲在棉被上，闷闷的，软软的，无力地敲着我的鼓膜。

"……我是个护士，我的病人是时间……"

她最终还是说出了那个故事，我愿意把这一行为理解为一种代偿心理，尽管带走的可能比偿还的要多上许多倍。

那天晚上我竟然久违地失眠了，我数绵羊、数木墙上的纹理、数她那轻柔的呼吸声，均宣告无效。看着她熟睡的模样，我怎么也无法将这张甜美的面孔跟那样一间恐怖的病房联系起来。

她说那叫"时间特护病房"，住的全是曾经叱咤风云的商界巨头。

那些干尸般的老人，身上插满密密麻麻的导管和电线，享受着二十四小时全天候的顶级特护。每天会有各种人物穿着无菌服，围在病床旁，默哀般站上十分钟，然后离开，周而复始。那些老人几乎不动，每次呼吸间隔都漫长得可怕，偶尔发出婴儿般的呢喃，便会有专人记录下来。以各项生命指数来衡量，这些人早该入土了，可他们竟活了下来，而且一活就是半年，甚至几年，其间数据几乎不发生变化。

她说他们都是接受了"时间感延宕治疗"的特护病人，她们私底下叫他们"活死人"。

这项研究始于二十多年前，起初目的只是调拨生物钟以期延长人类生命，但随着研究的深入，科学家们发现，尽管控制生物钟可以减少自由基的产生，延缓肌体衰老时间，但意识的衰退乃至湮灭却无法逆转，最终导致脑死亡。他们发现，意识的衰老跟所谓"时间感"密切相关，从而又在松果体中发现了相关受体，经过多年临床试验，研制出一套行之有效的"时间感延宕治疗法"。接受治疗的病人，尽管身体处于正常速度的物理时空中，但意识却停留于减缓了成百上千倍的时间流体中。

所以他们活着，或者说，半死不活着。

"可这跟你有什么关系呢？"我记得自己这样问道。

"住在一个寝室的女生,她们的生理周期会趋于同步,这个你总知道吧?"我点点头。

"所以我每年都需要来丽江一次,以消除延宕效应对身体机能的干扰。"

那一瞬间我有些眩晕。延宕治疗仿佛只用于一些行将就木的老不死身上,出于稳定股价或者公司权力斗争的需要延长他们的寿命。可如果用在正常人身上呢?我努力想象在一秒内经历百年的感觉,但想象太无力了。如果将时间感延宕到无限长,也就是减缓到近乎静止,那么是否这个人,或者说这个意识就得到了永生?那么肉体还有存在的必要吗?

"你还记得我说过的吧?不是我选择了你,也不是你选择了我。"她有些抱歉地笑了笑。

我突然莫名地恐慌起来,仿佛掌间又握满了流沙。

"你是我的反面,是我的补集,是我被宙斯的闪电劈开的另一半身体。"

这诗意泛滥的话在我听来却不啻于最最恶毒的诅咒。

9

女孩要走了,她说她的疗养期限到了。

我们静静地坐在黑暗里,玉龙雪山就横亘在我们眼前,反射着银色的月光。谁都没有说话,我猜,该说的不该说的都已经说得太多,是时候闭嘴了。可那些对白在我脑子里循环播放个没完没了,特别是在夜里。

"还记得你桌上的小闹钟吗?"

我看着她那好看的侧脸在黑暗中微微泛光,决定保持沉默。

尽管"时间感延宕治疗"费用高昂,但它的反向操作却是成本低廉。专家们开始论证这种被称为"时间感凝缩技术"的商业化前景,在几大财团的联手下，这项技术迅速被孵化，那台闹钟便是微型的"时间感凝缩器"。

"原来我们都是小白鼠。"我记得自己挖苦道，脑海里浮现出部门老板的大饼脸，他不可能知道这些，因为他桌上也摆着小闹钟。

"这事说出去也不过是天方夜谭罢了，那项技术的理论基础是不存在的。"

"不存在？"

"据说从理论物理的角度无法成立，所以他们将它依托在帕格森的哲学基础上。"

"那又是什么鬼东西？"

"不知道，也许也是扯淡吧。"

"也就是说，我的那些症状，全都是时间感凝缩的副作用？我的意识时间跑得比物理时间快？难怪每天累得像条狗，生命不息，加班不止，真得感谢公司选我当优秀员工。哈。"

乌云遮蔽了月亮，雪山的反光消失了。一束红色激光打在海拔5600多米的雪壁上，演出开始了，高频激光束在雪山上织就一张全息的光网，三维的图案拼叠变换着，大概是开天辟地宇宙洪荒之类的神话剧。我无心欣赏，只觉得那光晃得自己心神不宁。

凝缩技术尽管对提高社会劳动效率起着巨大的作用，但副作用很快就显现出来，时间感与新陈代谢速度的差异导致肌体机能紊乱失衡。正在进行中的试验一来借助时间感的调节恢复实验者的身体机能，二来观察时间感对人类生活方式的影响。而最重要的一个发现便是，凝缩效应正好可以与延宕效应两相抵消。

"也就是说，我只是他们安排为你采阴补阳的补品之一？"尽管早有预感，可一名中年男人虚弱的自尊心强迫我撕破脸皮，再次确认自己的尴尬处境。

"采阳补阴，如果你硬要用这种字眼的话。"她似乎表示十分同情，"那是调谐双方波段的一种方式，我早说过。"

我沉默了，等着她说我比她以前的拍档更帅、更有情趣、更特别之类安慰的话。可她什么也没说，也许她知道这并不会让我更好受些。

"那些狗呢？"我已经黔驴技穷了。

"它们很正常，只是在时间场的紊流中产生了脑神经结构的变异而已。"

"我只有最后一个要求，"我望着她黑暗中闪闪发光的眼睛，像一对寂寞的萤火虫，"陪我再看一次那些小鱼儿，也许这世上只有它们是真实地活着。"

那对萤火虫更亮了，她轻抚着我的脸，仔细端详，说："其实……"

我捂住她的嘴，摇头示意她不要说下去。我想，我们不必把那三个字说出口。

她轻轻地推开我的手，吐出了那三个字。

"别傻了。"

10

我孤单地蹲在丽江的水沟边，看着游来游去的鱼儿们。她走了，甚至没有留下联系方式。掌心的沙子硌得我生疼，无论我握得多么紧，它终究还是流走了。

鱼儿啊鱼儿，现在只有你们陪着我了。一瞬间，我突然强烈地羡慕甚至妒忌这些不舍昼夜的鱼儿，它们的生命简单而纯粹，只有一个方向，而无需在无穷多的选择面前优柔寡断进退维谷。可如果真的将这样的生活强加在自己身上，恐怕我又会怨天尤人了吧。永不知足，是否这就是人性无法战胜的软肋。

突然间，我很想朝自己的自恋自怜自怨自艾狠狠吐一口唾沫，但我终于还是咽了下去。

我看着那条小黄鱼第三次被水流冲离队伍，摇晃着掉到后面，又奋力摆着尾巴回到原位。真顽强啊，我暗暗赞叹并用以自勉。

且慢！

难道每次都是它？每次的动作和轨迹都如此相似？毫厘不爽？我心情矛盾地等待着，大约过了二十分钟，那条天杀的小黄鱼再一次以同样优雅的动作、同样的轨迹掉队，落伍后迎头赶上时，我已经将手中的石块高高举起。

石头穿越鱼群的全息影像，缓缓沉入水底。

我拳头里的最后一粒沙子也滑落了。

我的疗程结束了，抱着不那么健康的心情和不那么愉快的身体，我登上了返程航班。飞机还没起飞，鼾声已经此起彼伏，看来康复疗效显著。可突然，我对回归那座充满竞争与压力的水泥森林充满了恐惧，因为我不知道什么是值得依靠的，一切都那么浮夸而虚假，包括我自己。

飞机起飞了，地面渐渐远去。城市、道路、山川、河流……世界缩小成一面由不同方格组成的棋盘，每个方格中，时间或快或慢地流淌着。蝼蚁般的人群，被一只看不见的大手操控着，拨拉成几堆，填塞进不同的方块里。时间飞快的，穷人、劳工、第三世界；时间缓慢的，富人、老板、发达国家；时间近乎停滞的，领袖、偶像、神……

突然，两只胖乎乎的小手把整个世界都攥在拳头里，手背向上，举在我面前。

"左？还是右？"

我惶恐地瞅瞅左边，再看看右边，犹豫不决。

一阵尖利的嘲笑声。

我狠狠心，一把抓住那两只胖手，在日光下用力摊开。结果无论左右，都是空空荡荡，一无所有。

"先生，先生……"

漂亮的空姐把我叫醒了，托她的洪福，我终于记住了那个梦的内容。那是我一肚子坏水的表哥，他最喜欢玩的游戏，就是让我猜他哪只手里藏有巧克力，他总是利用我优柔寡断的性格，尽情玩弄我。

"先生，不好意思，请问您是要可乐、咖啡、茶，还是要……"

"……你，"我看着空姐涨红的脸，微微一笑，"还是咖啡吧，不加奶，不加糖。"

这是我眼前在这世上仅有的自由选择。

无债之人

> 在人类现有的文字记载的历史中，第一个代表"自由"的词是苏美尔语中的债务自由。
>
> ——《神圣债务论》

1

我记得梦中最后一幕，是被黏稠的黑色潮汐漫过身体的每一寸，它们分解成极细小的锁链侵入我的皮肤，依附在血管、细胞、神经和腺体上，彼此摩擦，发出金属的啸叫，然后开始漫长而优雅的劳作，像要在我身体里建起一座地狱，或者城堡。

"方下巴，你又做梦了？"

我睁开眼，是小雀斑。她关切地看着我，不是来自表情管理模块的建议，而是那种真正的关切。这在我的职场经验里很稀有，尤其是在这儿，距离地球几十万公里外的冷酷太空里。

"你看到我的数据异常了？"我环顾四周，逼仄狭小的控制舱室，空气中混杂着汗臭和化学药剂的味道，矿工们各自忙碌、漠不关心。认知模块不时弹出《神圣债务论》教义"负债累累是有罪的，是不完整的"，活像综艺节目的插播广告。一切都没有改变。

"没有,你在发抖,像被丢进冰窟窿的那种抖,可是你的体温显示正常,上一次也是这样。"

"哦……"我若有所思,"也许我梦见被丢到了舱外,然后……"

我鼓起腮帮子,翻了个白眼,就像那些在绝对零度真空中膨胀的尸体。

"不好笑,轮到你值班了。我给你看点东西。"

女孩别过脸,我却能看到她嘴角的弧线轻轻上扬。小雀斑有一种天赋,无论自己身处的境况多么恶劣,她总能给自己找到点乐子。

"看,像不像放羊?"

从她递过来的屏幕上,我看到了一场类似羊群归圈的表演。只不过草原变成了浩渺无垠的太空,而羊群,则是一颗颗形状各异、直径 7 米左右、成分不等的 C 类陨石,含有水、富碳化合物、铁、镍、钴、硅酸盐残渣等珍贵原料,根据密度不同,质量可能高达 500 吨。因此,这些沉重的羊儿格外悠闲而缓慢,像是在沿途寻觅着鲜嫩多汁的青草。

这趟回圈的路,它们可能已经走了好几个月,甚至数以年计。它们不急,我们更不急。

说不急只是为了安慰自己。几个月前,我从几 T 的物资消耗数据上发现了一个隐蔽的缺口,似乎我们的水、氧气、蛋白质和能源都以略微高出理论正常值的速率被消耗着,我怀疑有管道泄露或者是流程中的管控漏洞造成了这一现象,但我没有证据。

我不想到外面探究真相,一想到冰冷黑暗的无垠宇宙就让我毛骨悚然,小腹酸胀。

我试图从数学上解决这一问题,就像其他所有的问题一样。

脑中的认知模块哗啦啦地翻阅着数据,反馈到我的视网膜。

根据概率统计,这种尺寸级别的陨石在近地小行星中可能多达上亿个，但能够被观测、定位、追踪到的连十万分之一都不到，更不用说使用光学、近红外光谱、热红外通量或者激光雷达对其成分、尺寸、自转及表面地形进行详细测绘了。原因很简单，这些天体太小，轨道运行周期太长，只有在离观测点一定距离（比如说 0.01 个天文单位）内才能被捕捉到，这简直比大海捞针还难。

一旦在茫茫星海中找到了这些珍宝，便会从最近的行星际资源勘探太空站派遣出"牧羊犬"，这些完全自动化的机器人依靠太阳能电力和氙推进剂驱动，最新型霍尔 V 推动器能够提供高达 80 千瓦的功率和 5000 秒的比冲量。接近目标后，牧羊犬会绕着绵羊小跑几圈，像是在嗅着羊身上的膻气，然后找到最合适的下口点，伸出六个螺旋式锚一口咬入陨石表面，启动六个矢量推进装置，首先停止其自转，再将其推离原先轨道，最后沿着精确设计的路径，缓慢而坚定地到达某个最近的引力平台，比如地月拉格朗日点 L2 或 L4，与它的伙伴们会和。

五块陨石彼此缓慢靠拢，像是俄罗斯方块一般旋转着，寻找最精确的触碰点，撞击力度不能太大，也不能太小，一切都得是刚刚好。它们连接成了一个近乎球形的整体，像是回归到胚胎状态。

"我觉得吧……更像是斯诺克啊，你看，中间那个白球走的弧线多漂亮，只有真正的高手才能让这些散兵游勇听从指挥，从太空的不同角落，长途跋涉到这里，给彼此一个轻轻的吻。"

小雀斑轻轻地哧了一声，似乎对于这份肉麻的吹捧不屑一顾。

尽管大多数工作都是由机器和程序自动完成，可这里是太空，任何事情都有可能发生。小雀斑的工作就是对突发事件进行干预，比如陨石轨道偏离，牧羊犬故障，撞击时刚体破碎产生危险碎片等等。在她的比喻体系里，她就像一名兽医，时刻准备出击，拯救羊群与牧羊犬。对于我们来说，羊身上的东西是最宝贵的。

"行了，方下巴，等我回来再陪你贫，哥我得出去割羊毛了。"

小雀斑开始钻进宇航服，只有这个时候我才意识到她有多娇小，就像发育不良的未成年少女，可从年龄上来说，她也应该有二十六七了吧。这基地里有不少女人，辫子、长腿、汗毛怪，公司维持性别比例的其中一个重要原因，是因为女性比男性在太空里更耐造，无论是抗辐射、耐饥饿还是心理韧性，她们的得分都比男性要高得多。另外适当比例的女性能够减少男性成员之间的摩擦和焦虑。

我从来没有和小雀斑发生过性关系。我们曾经试过几次，但都以笑场告终，不知道为什么。一些东西阻隔在我们中间，像一堵透明的玻璃墙。我不太确定那是什么，但我只知道自己不希望那堵墙被打碎之后产生级联效应，伤及无辜。

"我走了，一会儿见。"小雀斑的脸在面罩后面若隐若现，鼻侧的雀斑并不是很明显。

"小心点。"我已经不记得她这个名字是从哪来的，通常来说，每个人都有自己的编号，比如我是EM-L4-D28-53b，但是没人用这串狗屁倒灶的东西，只会用你最明显的外貌特征起个外号，慢慢地就成了各自的名字。

至于真正的名字，没人想得起来。他们说，这是合约的一部分，记忆被分区块封装了，以避免不必要的情绪波动，影响执行开采任务。其中包括名字、家人、童年创伤、宠物以及真实的债务数字，这些数字是我们会出现在这里的原因，它们被以区块链形式加密，嵌入基因，没有人可以篡改，你的工作量会实时被记录、换算成扣减的债务及其利息。不管你是在铜锣湾，还是在拉格朗日点，所有人在基因债系统面前一视同仁。

"放心吧，你说过我是高手，何况，我还有债要还呢。"她朝我眨了眨眼。

小雀斑总说我是属老鼠的，胆子太小成不了大事。我总是用植入式认知模块里的技能树来反击，有些职业就是被设计成谨小慎微的反应模式，比如像我这样的数据测绘员，会随时调用信息库里的资料，计算各种极端情况发生的可能性，甚至异化成一种对于概率的直觉。这种模式扎根在你的身体里，就像人会恐高、怕水或者有密集恐惧症，并不能用勇气或胆量来衡量，以及改变。

可现在我倾向于，并不是任何外来力量往我的人格拼图里嵌进来一块胆怯、几分懦弱。那就是原来的我。

"等你回来，我们再试一次。"我努力用贫嘴掩饰担忧，没发生过性关系不代表我不会真的关心她。

小雀斑做了个调皮的手势，从通道口消失了。

2

我的担心并非无中生有。

小雀斑将开着"寄居蟹"离开我们赖以生存的掩体——"鲸母"，一颗长30公里，最宽半径5公里的被掏空的柱形C类小行星。在它的庇护下，我们得以免受太空中的致命高剂量辐射、碎片袭击以及日光直射带来的超高温，它还为我们提供了水、冰、固态二氧化碳和氨、沥青碳氢化合物以及少量镍铁金属，为我们的生存和建设提供宝贵的原料。

我们的船舱就位于这头巨鲸的颅骨位置，通过围绕锚定在岩石里的巨型轴承管道，每分钟旋转一周来提供三分之一克的人造重力。这几乎是我们能够得到的最优方案，船舱半径再长一点短一点，角速度再快一点慢一点，冷酷的方程式都会让我们痛不欲生，不是因为零重力得上各种怪病，就是根本转不起来或者转散了一头撞碎在岩壁上。

比起骨质疏松、肌肉流失和免疫力下降这些慢性症状，也许睡眠剥夺、心脑血管退化、科里奥利力带来的眩晕、封闭空间的沮丧更让人饱受煎熬。何况每个人每天还有数小时的出舱作业时间，暴露在高强度的宇宙辐射下，这让星际矿工的意外死亡率遥遥领先于地球上的捕鱼工人。即便我们经过基因疗法、氨磷汀以及强制健身来维持身体的正常运转，但跟这里相比起来，地球上最恶劣的工作环境都像是在夏威夷手端鸡尾酒的沙滩酒吧。

小雀斑总会把我们比喻成匹诺曹，一个遥远的童话人物，在木匠爸爸的巧手下拥有了生命的木偶男孩，只要一说谎鼻子就会变长。他最著名的历险就是被吞进了一条鲸鱼的肚子里。

人真是一种奇怪的生物，就算忘记了自己的名字和家人，却还记得这么多乱七八糟的东西。

"寄居蟹"从"鲸母"的大嘴出口驶向深邃星空，飞船从一块屏幕的边缘，进入另一块屏幕的边缘，我目不转睛地看着，生怕它突然消失。一只手重重地拍在我的肩上，是光头佬，他咧着嘴不怀好意地笑着。

"我听到你们的话了，不得不给你提个醒，兄弟，小雀斑可不是好惹的。"

我不置可否地回以笑脸，光头佬就喜欢打听八卦，超负荷的体力活似乎丝毫消磨不了他的好奇心。

"寄居蟹，寄居蟹，听到请回话，一切正常吗？"我接通小雀斑的频道。

"听到听到，一切正常，就像几个冰激凌球发着凉气，等着我去舀上一大勺，嘶嘶嘶……"耳机中传来小雀斑调皮的声音，就像在我耳边舔舐双唇。

我手臂上起了鸡皮疙瘩，强迫自己把注意力转回操控台："我现在会启动伽马射线和X射线分光计，再次扫描对象表面和次表面元素和挥发性成分，以确保万无一失……"

"大叔，我相信你是喜欢慢节奏的那种，可哥今天有点躁得慌，也许是周期到了，你懂得。我现在就要把这把加热的勺子狠狠地插进这颗香草冰激凌里，给它来上那么一大勺。"

一阵猛烈的电子乐突然加大音量，刺痛了我的耳膜。我不得不摘下耳机，恼怒地骂了一句："贱人！"

通常情况下小雀斑没有错，C类陨石的化学和物理性质都是相当清楚和良性的，比如非常低的压碎强度和高含量的挥发物。她所需要做的就是挥起"寄居蟹"的两把长螯，也就是她说的"勺子"，插到陨石布满粉尘及干燥土壤的坚硬表壳下，先加热分解冰、水和盐或者黏土矿物中的水分，将水蒸气通过蒸馏方式与其他污染物分离，再用机械螯上的泵回收到寄居蟹不成比例的螺壳里，接下来再处理其他的矿产资源。这是第一级处理。

之后大部分工作需要"寄居蟹"通过蚂蚁搬家的方式，用超高强度及韧性的纳米蛛丝网兜将破碎后的岩块拖到"鲸母"腹部的精炼车间。在那里，将有复杂的化学物理工艺处理不同的资源。

矿产经过提炼形成高密度结构的"磁化炮弹"，会在"鲸母"尾部由加速轨道长达一公里的电磁质量投射器加速后射向指定坐标，以期用尽量少的能量消耗获取尽可能大的delta V。而反作用力通过设计精巧的滑膛结构均匀分散到"鲸母"腔壁各处，以避免造成小行星不必要的角度偏转。

在远离重力阱的太空，我们无需听从于齐奥尔科夫斯基火箭方程的暴政。经过一段时间后，也许是以天、月或年计算，这完全取决于价格。在近地轨道的某个点上，收货人会用自己的方式捡拾起这些来自深空的宝藏，用于谋划一场政变，建筑讨好情人的宫殿或者搅乱全球期货市场。

这就是整套生意的精髓，低买高卖，把成本榨到最低，把利润抬到最高，从古至今，向来如此。

而我们就是其中可以忽略不计的生产损耗。

小雀斑的操控非常潇洒,你甚至会产生这样一种幻觉,她是通过体感同步而不是操纵手柄来控制两只机械螯臂行云流水的动作,如白鹤亮翅般高高挥起,又重重地插入陨石地表,溅起一阵粉尘和碎石。

"方下巴,你看好了!哥给你露一手!"

传感器显示土壤温度快速上升,相应的化合物质开始发生变化,数值和曲线不断变化着颜色和形状。一切看起来都非常正常,除了压力值的变化曲率。

一些不同寻常的数据细节捕获了我的注意力,模糊的感觉经后台边缘系统收集、处理、计算,一个惊悚的结论缓慢成型。这颗陨石的密度比其他几颗低了近40%,这意味着它的岩石多孔性程度很高,也意味着可能存储着更多的水分,但在快速升温气化的高温下,就像是一口急速加压的高压锅。这就是技能树所带来的病态敏感,除了我,也许没人能察觉到小数点后面那几位数字的变化究竟意味着什么。

"小雀斑,停止加温,迅速撤离!"我命令她。

"少废话!没看见哥正忙着吗……"

"马上!"

"瞧你那屎……"

她的声音像被一把剪子生生剪断了,主观镜头信号丢失,一片黑白雪花。我迅速切换到外部镜头,却被一团白色粉尘笼罩着,什么也看不见。慢速回放3秒,只见在两只螯臂间,陨石表面如同掀起一场小型核爆,碎片如离巢的鸟群般朝"寄居蟹"船舱飞去,瞬间将其钛铝合金外壳如纸灯笼般撕个粉碎,失压把整个舱体外翻,钢架暴露在外,隐约可以看见有个人形如内脏般在空中缓慢悬荡着,慢速粉尘随后而至,铺天盖地。

"小雀斑!你能听到吗?喂……"我扯下耳机,开始疯了似的穿宇航服。光头佬看看我，一动不动，其他人都把脸背了过去。

"我们得救她！你们都站着干吗呢！"我几乎是吼了出来。

"兄弟，她的债还完了……死亡只是中介。"光头佬拍拍我的肩，在额头前做了个祈福的手势，眼神一示意，我这才觉察到显示小雀斑生命体征数据的那块屏幕，早已显示是一条直线。

他们说，汤格·拉梅什模型说明小行星比我们想象中更坚固，更难以在外力下破碎。

他们说，在太空中，没人会犯两次同样的错误，因为只要犯一次错大概率就活不了。

他们总能说对点什么。

船舱在我面前快速旋转起来，我感觉透不过气，胸口像是压着一块巨大的陨石。突然像是有谁在我耳边吹了一口凉气，带着熟悉的气息，那声音轻轻说了一句话，让我汗毛倒竖，眼前一黑，向着充满油污的甲板迎面栽去。

那句话说的是："你看我的鼻子变长了吗？"

3

一切都是乳白色的。

这里并不是控制室，也不在"鲸母"任何一个阴暗污秽的舱室里，更不在冰冷绝望随时可能丧命的太空中。这到底是在哪里？

我花了一些时间才意识到，这是在梦里，让你相对清醒的那种梦里。

他们说有时候加密的记忆区块会发生溢出，以梦境的形式透露真相，但你也说不清到底那是谁的梦境。所有人的记忆区块都交给云端中枢系统统一调配。

我的视线和移动并不受自己的控制，只能被看不见的丝线牵引着，像孤魂野鬼般漂浮着，望向那些我并不感兴趣的角落。

视野中的乳白色开始移动，那是一个圆筒状的舱体，正朝我上方滑动。在缺乏坐标系的情况下，这意味着也许我正在被推出舱体。很好，现在我们有了一个大的相对环境坐标，一个天花板很高的房间，依然是白色的。

我开始围绕着某条在视点下方约1米处的轴线做圆周旋转，视线保持水平向前，速度很慢，不会超过每秒5度，我猜是为了避免出现晕眩。接着我看见了那条轴线，被淡蓝色防菌手术服遮挡住的男性髋关节。

我是在某个人的身上，从他的视角去看世界。

"感觉怎么样，东方觉先生？"一个声音从侧面传来，视线随之转动，房间门口站着一名女子，全身黑色，微微泛着金属色的虹彩，别着一枚锁链式的金色胸针。

她留着长发，但高高盘在头顶，像一座造型怪异的信号塔。在太空中，所有的人都必须剪短发，如果不是光头的话。你永远不知道这些不受控制、四处飞散的丝状物会不会成为送命的最后一根稻草。

"还好，只是感觉有点奇怪，像是有什么东西在我身体里乱窜，想要控制我，冲开我。"一个陌生的声音，低沉，疲惫，仿佛随时可能断线。

"这是一种伴生幻觉，理论上你不应该感觉到任何不同，那些纳米机器人……非常非常小，你知道的。"女子微笑回答，走到男人跟前。现在可以看得更清楚了，她大概二十来岁，妆容极其精致，甚至有点过分精致了，但表情中又流露出一种不需讨好任何人的优越感。

"所以……我们的合约生效了？"

"法律上是的。"

"你是在暗示这玩意儿非法吗？这并不有趣，梅女士。"

"我的意思是，除了法律之外，还会有技术上的不确定性。"

"可你答应过的……"

"安安那边不用担心，手术都已经安排好了。"

"哦，谢谢。"

"所有费用都会计入你的债务，经区块链加密之后嵌入你的基因，任何人都无法篡改。"

"哼，真是背上了一辈子的债呢。"

"看看你的周围，每个人都在迫不及待地借债，这代表着对未来，对自己的信心。为什么不呢？债务定义一个人的价值。这样的额度在地球上也没几个人能够享有，这也是我会站在这里的原因。"

"那当然，梅李爱小姐，您的时间虽然没有您父亲梅峰先生那么金贵，但咱们这一聊天，也顶得上普通人辛苦打拼好几辈子了吧？"

女人突然露出拘谨而古怪的笑，似乎脱离了整个对话语境。

"请你记住，东方觉先生，我们的生命要归功于创造我们的神。从今天起，您要好好对待自己的这具身体，以及我们会利用一切方法让您的技能树恢复到最佳状态，身体与意识，缺一不可。否则……这债怕是还不上呢。"

男人沉默了，视线投向自己包裹在防菌布里的身体。

"要不是为了安安……谁会愿意回到那个鬼地方。"

"完全理解，我也是个女儿，如果我父亲患上同样的罕见病，我也会做出这样的选择。这一债务无法在地球上得到解决，它的全额偿还是遥不可及的……"

男人望着女子，许久没有吭声。我猜他也许想说，你父亲不会得这样的病，因为你们的基因都已经被精细筛选过，就算得了，你也不会为此背负一辈子的重债。因为你们是有钱人，是和我们穷人勉为其难生活在同一个星球上的另一个物种。

可是他什么也没说。

"我能看看安安吗？"

"当然可以，她刚做完术前的全部检查。"女子语气和缓下来，又想起什么，"我们会用尽最好的办法来救她。"

这句话里的一些隐藏信息让我感觉不舒服，可又说不上来为什么。

视线快速移动，像是一个镜头转场，我被带到了另一个特护病房，男子经过数次消毒除尘处理后，被套进了一身白色隔离服，穿过一个过道，来到房间里。

一个剃光了头发的女孩躺在床上，呼吸平缓，表情松弛，胸前还摊开着一本画册，也是经过特殊处理的防菌材料。

男子站在床边，静静地看着女孩，不敢轻举妄动，怕即使是一个细微的动作，都会扯动身上的塑料隔离服，发出响声，吵醒女孩。

那本色彩鲜艳的画册吸引了我，我试图聚焦视线，看清上面究竟画了些什么，但却失败了。我越是努力，那焦点就涣散得越快，像是在流沙里挣扎。我放弃了，把焦点转向女孩，却发现那女孩脸上的细节，也正如被风沙加速侵蚀的沙雕，正在一点点地流逝，最后只剩一片空白。

这恐怖片般的画面让我一阵莫名地心痛。我想要逃离，可恰恰相反，越是恐慌，那视线却越是往那张空白的孩童脸庞逼近，像是面对一个质量巨大的天体，无法逃逸其引力陷阱。

我察觉到了一丝不对劲，如果是从男子的视角看去，那么理应出现鼻子的三角造影，可是没有。

这意味着什么？

这个梦似乎在接近尾声，一切都在朝着那张巨大得像小行星表面的面孔坠落，我又将一无所知地醒来。我想努力记住一些东西，一些至关重要的东西，能解开所有不对劲感觉的东西。

可我终究还是失败了。

4

小雀斑被删除了。

我的意思不是她的肉身，而是记忆数据。在我醒来后的数个小时里，她迅速变成了一个无关紧要的名字，甚至面目都变得模糊不清。所有依附于那个曾经有血有肉的人类个体上的情感，无论是欲望、厌恶还是悲伤，包括爱，都像沙子一样流逝了。不光是我，所有人都一样。

我猜公司肯定在我们的脑子里动了些手脚，为了安全和效率。

那个女孩变成了系统里的一个条目，一个带编号的教训，提醒着后来人不要犯同样的错误。

"通常被定义为 C 类的碳质球状陨石，需要覆盖光学和近红外（0.5～3.5微米波段）的高灵敏度光谱，检测在0.7～3微米处的吸收带，来验证陨石成分是否含有水。0.7微米吸收带不是反映水本身，而是含铁矿物中的电荷转移，这种转移只存在于 C 类物体中，正如水。但0.7微米吸收带特征的存在，并不能让我们精确地估计物体的含水量，光谱颜色也不能……"

这个条目正从那个新来的漂亮女孩嘴里快速弹出，就像是一串绕口令。我在心里给她起了个外号——"弹舌鸟"。

她突然停下，抬起头，迷茫地望向我，脸上微微发红，沁着汗珠，弹出她的问题："我不明白，为什么不探测3微米吸收带的信号，那样不是更直接吗？"

我友好地笑了笑："中红外大气的高背景辐射使得3微米吸收带的信号变得微弱，难以被探测到。"

"哦。"她似乎对这个问题失去了兴趣，对于一名捕捞员来说，这是个危险的信号。

水是在这茫茫宇宙间生存的第一要素，因此矿工将含水的陨石作为首要采集目标，但是有些时候，它也是致命的。

弹舌鸟被关在一人宽的圆筒状金属笼里，腰部与双手用弹性绑带固定在轴承支架上，脚下不停地踩着"仓鼠笼"向后滚动。这是船员对这套特殊健身设备的称呼，在三分之一克重力环境下，这是最安全有效的抵抗骨质疏松和肌肉萎缩的办法。

作为她的导师，我不得不时常纠正她的动作，那些微小的瑕疵会日积月累，成为导致骨折或是筋膜炎的元凶。

像被装进密封袋里和沙拉酱一起摇晃的蔬菜，弹舌鸟洗完澡后，赤身裸体爬出淋浴袋，旁若无人地在我面前擦拭结实的小腿。不知为何我将脸扭向一边，也许因为她是新来的，为了表示对她的尊重。尽管她的洗澡水将会以各种方式被回收利用，进入食物、饮用水与空气，最后成为我们身体的一部分。从这个角度来看，我们注定会亲密无间。

"你为什么会来这里？"我试图转移尴尬。

"嗯？这是个问题吗？"她似乎没听懂我的话。

"我知道，《神圣债务论》那一套嘛。我的意思是，你就从来没有想过，债是从哪儿来的？"

"这很重要吗？每个人一生下来就负债累累，我们只不过是比其他人更幸运而已……"

"幸运？"

"捞到一条光是铂矿就价值超过1000亿美元信用点的大肥鱼，还没算上镍与钴，还清所有债务，变成亿万富翁，这不算幸运吗？"

"那只是传说！"

"不，那是概率。"

"没错，在太空里挂掉的概率……"

"并不比你在秘鲁采矿或者在白令海峡捕蟹的危险系数高多少,当然,如果你硬要说被小行星碎片击中的概率,那确实是比在地球上高一些,问题是……"

"你真是乐观得无可救药……"我似乎从她的表情里捕捉到了一些熟悉的东西。

"问题是,"她摇摇头,没有丝毫放慢语速的打算,"如果你在地球上有一笔价值100万亿美元的黄金存款,可是没人可以拿到,为什么?因为它在海水里。提取溶解在海水中的黄金,成本大大超过了黄金本身的价值,所以这笔巨额存款的价值是零。我们在这里是很危险,可是这些甜点是实实在在的,它们就在那里……"

当她说到甜点时,我似乎又想起了些什么,可我已经不想再争辩下去了。

"弹舌鸟,希望你在那里执行任务的时候,反应和你的语速一样快。"我指了指上面。

"弹……什么?胆小鬼,你就缩在船舱里做你的算术题吧,祝你早日还清债务。"

她看起来是真的生气了。

理论上说,弹舌鸟并没有错,一颗M型小行星是绝对的顶级甜品。比如16psyche,上面的铁镍矿石可以满足地球未来100万年对铁的需求。再比如,富含铂的小行星矿石品位可能高达100克／吨,是最高等级南非露天铂矿的20倍,这意味着一颗500米宽的这类小行星,铂产量就能达到全地球年产量的175倍。

这就是我们在这里的终极使命,所有C型陨石只是为了持续性的补给,因为"鲸母"不允许被过度开采。它并不是一块巨石,而是由自身引力聚集在一起的松散石泡或砾石,没有任何内在结构的完整性,任何旋转、撞击、过深的挖掘都可能导致它解体,我们所建造起来的一切便将被毁灭，包括我们自己。

弹舌鸟慢慢接受了自己的新名字，也接受了我的风格。

我努力不和她走得太近，就像是害怕万有引力会让事物彼此吸引，进而发生撞击。我总是隐隐地有种不祥的预感，仿佛航海多年的老水手迷信厄运总是伴随着赤潮与白头浪。

我怕有一天弹舌鸟也会遭遇被删除的命运。

她清楚我的想法，并总是还以嘲讽。她说，手里握着一把鹤嘴锄，还是一挺冲击钻，你都只有一条路，就是干到底。

在弹舌鸟眼中，生命就是一场冒险，而我们并没有太多选择。

她受命去回收一台报废的牧羊犬机器人，指令说在它的记忆模块里可能保存着曾接触过 M 型小行星的数据，能够提供有价值的追踪线索。

我们从不知道指令从何而来，是来自 38 万公里外的地球，还是某个太空站？是来自人类，还是 AI？但大多数情况下，指令都是正确的，少部分情况下，因为被人类错误解读而导致不可挽回的后果，就像古希腊的神谕。

弹舌鸟对指令笃信不疑，而我总想通过各种办法击溃她这种盲目的信念。

比如，用数学公式告诉她，即便我们发现并追踪到了 M 型小行星，想要改变其轨道并捕获它，就像是让猴子在打字机上敲出莎士比亚全集，比中彩票还难。如果考虑到开采 M 型小行星的难度，那基本上就相当于用一根钓鱼竿钓鲸鱼，你的成本也许会很高很高，高到把所有的潜在利润吞掉，再赔上几十条人命，如果这些矿石被运回地球还没引起市场崩溃的话。

比如，让她对自身能力产生怀疑。机器人无法做到的事情，一个由蛋白质和水组成的采矿工人同样无法完成。无论是正确维护复杂的采矿设施，应付各种奇怪的设备故障，还是对于突发性的事件进行综合分析，并正确评估其对于整个"鲸母"站点长期的影响。AI做不到，弹舌鸟同样做不到，那么除了送死，你还有什么价值？

"所以，你到底希望我怎么样？跟你一样缩在船舱里，等着肌肉慢慢萎缩，或者超剂量宇宙辐射让身体里长出肿瘤，然后死于各种并发症吗？"她翻着白眼。

"我不是那个意思……我只是希望你打消不切实际的念头，活得久一点……"

"可是这样活着又有什么意思呢？我们的生命归功于创造我们的……"

"这些废话你跟那些死人说去……"

"那你为什么要来这里呢？在地球上待着不好吗？"

"这不是我的决定，就像这也不是你的决定一样！你醒过来时就已经在这个地狱里了，想不起过去的任何事情，除了那些该死的技能树，像脑子里弹出个没完的地鼠。我们永远也还不清身上的债，除了死，没有别的解脱办法！"

我背过脸去，不想让弹舌鸟看到我的脆弱。

一只手放在了我的肩上。

"我记得我是怎么来到这里的。"

我惊愕地转过头，看着那张毫无笑意的脸。

没人知道，甚至新人到来也是如此，据说公司会创造一个船员意识的空窗期来交接矿工，以避免产生不必要的风险。我猜那种风险来自想要夺船回家的精神崩溃者。

"这是个笑话吗？"

"不，那是一个很奇怪的地方，我好像是从睡梦中苏醒，然后有一条闪烁着绿光的狭长通道，引导着我一直向前、向前……"

"然后呢？"

"回来告诉你。"弹舌鸟眨了眨眼睛,我这才意识到自己上当了。

我从来没有见过还清债务的人,我的意思是活着的人,至少在"鲸母"上没有,也许散落在小行星带里的矿产基地上会有这样的幸运儿。但这就像一个神话,一条教义,一则过分完美的广告,你永远无法证实,也无法证伪。

他们说还清债务的人能够回到地球,找回自己的记忆,把基因链条里的债务数据漂洗干净,然后信用账户里有你几辈子都花不完的信用点。

听起来更像是一个童话,不是吗?

可没人知道自己究竟为什么欠下了这笔债,以及需要用多长的时间去偿还。我们只能相信这套系统的公正性,只因为我们被告知,从数学的角度讲,它是绝对正确且无法被篡改的。

弹舌鸟说得对,我们别无选择。

但我很欣慰她听我的话,系上了双重安全绳。

弹舌鸟像一只没有重量的飞蛾,缓慢得像梦境一样,从"寄居蟹"的下部舱口飘出,向那头流浪已久的牧羊犬尸体靠近。机械臂太粗笨了,无法执行卸载记忆模块如此精细的工作。

"所以人还是有用的吧……"耳机中传来弹舌鸟轻快的反驳。

"在某些极为特殊的情况下。"我并没有让步。

"说说你的理论,为什么太空里不需要人?"

她轻轻贴上牧羊犬,由于弹性,安全绳把她的身体往后拽了拽。弹舌鸟解开一根安全绳,套在牧羊犬其中的一只机械爪上,固定好相对姿势。她需要把手伸进牧羊犬的喉咙里,接通应急电源,输入密码,打开里面的嵌入式存储设备面板,卸下记忆模块。

"咳咳,"我通过她头盔上的摄像头看着这一切,努力忽略背景漫无边际的黑暗宇宙,"我认为是因为恐惧。"

"你是说人类的恐惧？"

"不然呢？机器会害怕什么？被切断电源？被清除记忆吗？只有人会害怕。"

她进行得很顺利，半个身子都伸进了敞开的豁口里，牧羊犬被点亮了，面板也打开了，一切似乎唾手可得。

"所以呢，害怕让人上不了太空，害怕让人离不开机器，我觉得你只是在逃避某些东西，童年阴影？"她的声音里包含着某种同情，也许只是揶揄。

"我不认为我有什么童年阴影，就算有，也早就被分区块封装……"我突然停下了，摄像头那边有些令人不安的闪光，"弹舌鸟，你右手边那是什么，那些发光点？"

"我不知道，我只知道好像记忆模块被卡住了，唉……"听得出来她已经尽了全力，整个身体都开始甩动起来。

"看起来有点不对劲，马上离开那里。"

"模块已经被我摇松了……"

"也许是什么自我保护程序，你赶紧退出……"我迅速检查这一旧款牧羊犬的代码库，绿色字符如雨水般冲刷着屏幕。我的眼睛高度紧张，颤动着扫描那些关键词。

"方下巴，你那边有什么可以帮到我的吗？除了让我紧张之外……"

我没有工夫回答，我已经无限接近答案。

"嗨！你猜怎么着？我已经搞定了……"弹舌鸟喘着粗气，屏幕上她的手捏着一个黑色方块，正要往外退。

如果硬性重启后拔掉记忆模块，将会触发牧羊犬的着陆姿态，也就是说……

"我要告诉你，这里没什么可怕的……"

牧羊犬的六个螺旋式锚突然向前咬合，直接扎入弹舌鸟的腹部，然后像钻头一样搅动起来，红色液体如半透明的水母般从破损处涌出，形成大小不一的液滴，晶莹剔透地漂浮在她身体周围，闪着光，在真空中开始沸腾。

我全身僵住了，张着嘴却说不出话，胃里有什么东西在翻涌，预感再一次应验了。

没有尖叫，没有呼救，耳机中只传来倒吸了一口气的声音，像是在努力挽回从肺部急速流失的氧气，我简直快要窒息了。

本应作为着陆缓冲之用的矢量推进装置也启动了，弹舌鸟的尸体被牧羊犬拖着往深空飞去，又被另一根系在"寄居蟹"上的安全绳紧紧拽住，像是被两头野兽来回争抢的一块烂肉。

"切断安全绳！"是光头佬，"你不会想要再失去一条船的。"

"不行，我不能这么做。"

"她的债还清了，让她去吧。死亡只是中介。"光头佬拍拍我的肩膀，在额头上做了个祈福的手势，像是一个横放的"D"字。

"去你的中介！"我闭上了眼，感觉有两股温热的液体缓缓涌出眼眶。

我不忍心再看弹舌鸟的身体，拍下了按钮。她的半截身子闪着光，越来越小，越来越远，慢慢地隐没在星光中。

一个从未有过的想法如巨大隐秘的天体露出轮廓。

这也许不是一场意外。

5

又是梦。我开始厌烦这些无休无止的幻觉，似乎要告诉你一些东西又不明说。

如果你过着我们这样的矿工生活，你也会这样想。

远离地球一个地月距离，没有大气层，没有白天黑夜，没有正常的重力，没有娱乐，没有我最爱的宫保鸡丁。幸好我的记忆还保留了这部分，没有正常的人际关系，没有约会。

没有回忆，这一点也许是好事。

当然我们也有一些地球上不会有的新奇玩意儿，比如幽闭恐惧症和广场恐惧症混合的新型心理疾病；比如能够阻断你的神经传导，让括约肌松弛、大小便失禁，让人昏迷不醒、呕吐不止的宇宙高能射线；比如从冶炼炉里蹦出来的以光速穿透你身体的燃料跳蚤，其实是带着Alpha射线的金属碎屑，能够在瞬间穿透你的防护服以及身体。也有好的方面，能够制造氧气和蛋白质的基因编辑藻类，尽管接受口味始终是个难题。你会学到许多在地球上几辈子都不会得到也无法用上的知识和经验，如果你是个好奇宝宝的话，太空矿工就是为你这样的人设置的完美职业。

所以我猜不会有免费的赠品，即使是毫无意义的第三人称梦境，也会起到某种程度的心理干预作用。

我又回到了那个男人的身体里。他看着镜子，憔悴而苍老，一张完全陌生的脸，但那种既视感如此强烈。我知道，延续自上一个梦的剧情还在继续，尽管我已经完全不记得之前的故事背景。

镜子反射出的房间背景凌乱不堪，像是一个典型的单身公寓，没有任何其他家庭成员的生活痕迹，只有酒瓶、烟头和成分不明的粉末散落在茶几上。一个相框背面朝上，扣在一旁，许多打印的纸张像雪片一样覆满地板和家具。

男人似乎做出了什么决定，他看着手里的一张黑色卡片，拨通了电话。

"对，是我……我想好了。"他吸了吸鼻子，背过身去，正视房间内的一切。

"你们已经让我失望了一次，希望不会有第二次……"

"别跟我来这一套,什么'我们尽力了',你们没有!"他的声音突然变大,又软弱下去,"……你们没有。"

"……是的,我读过了,逐字逐句,花了我一整晚的时间,我希望是值得的……"

"……有没有什么是不清楚的?哈,每件事!这整个系统的复杂程度远远超出了正常人的理解范围,我怎么可能弄明白?……"

"……我知道,旧债还在偿还周期内,这是新添的债,我认了,这就是命吧……"

"……我知道你们那套心理策略,什么为了家人,为了未来,给你造出一顶纸糊的道德光环,可惜它太虚假了,经不起一点风吹雨打。我就是为了我自己,我希望能活得久一点,过得好一点,……"

"……希望你们能有点良心,让她过得好一点……"

一阵被激活的模拟鸟啼在男人背后响起,他猛地转身,看到镜中满面惊恐的自己逐渐亮起,被镶嵌上一圈充满希望的金色光芒。一份电子合约出现在镜中,语音提示他仔细阅读后将手掌贴在镜面上进行生物密码验证。男人闭上了眼,眉头紧锁,犹豫了片刻,将手重重地拍在镜面上,一圈又一圈的彩色光纹如涟漪般从他掌心漾开,旋转不息。

"验证完毕,您已完成签约流程,恭喜您获得新的债务额度……"

"去你的!"男人似乎松弛了一些,啜了一口酒,开始收拾如战后遗址般的房间。当他手指触碰到桌上的镜框时,像被火焰灼烧到般猛地缩回。

"我干了些什么……"男人用指尖抚摸着镜框背面,终于有勇气将其翻转,于是出现了一张女孩的天真笑脸,女孩拿着一本彩色画册试图遮挡住自己的表情,那画册看起来似乎有点眼熟。

"我都干了些什么呀……"

男人突然开始啜泣起来,身体无法自控地剧烈抖动,站立不稳。

"我必须……必须制止……必须……"

他慌乱地巡视房间四周，最后目光落在了阳台上。男人拿起桌上残留的酒瓶，猛灌了一大口，突然松手，酒瓶在他脚边裂成碎片。

男人朝阳台狂奔而去，没有任何停滞或迟疑，从栏杆上方高高跃出。尽管我只是个梦的搭载者，可眼前突然出现的几百米楼层深渊还是让我的肾上腺素飙升，从谷底吹来的风卷起尖利的啸叫。

许多梦都会以坠落结束，但并不包括这一个。

男人的坠落只持续了0.3秒，便被凝固在半空中，像是被无形蛛网困住的飞虫，挣扎不得。空气中一个黑衣女子的半身像逐渐浮出，她戴着金色胸针，脸上是矜持的微笑，落落大方。

"东方觉先生，也许时间过得太久了，您已经忘了第一份协议的内容，您并不拥有处置自己生命的权力，所有权利都归债权人，也就是公司所有。况且，就算您结束了这段生命，您的债务还是无法被取消或减免，因为它是嵌在您基因里的加密数据，无法被随意篡改……"

像那个男人一样，我努力理解这话语中隐藏的信息，像是从四面八方的透明蛛丝中传递过来的细微震颤，逐渐汇聚成信息的洪流，敲打着我认知模块里某个被封存的保险柜。

但是芝麻并没有开门。

6

……

她们都被删除了，一个接着一个。她们的面孔和声音在我脑中变得模糊，像雨中被洗刷的颜料，混合成说不清的色彩，顺着记忆的沟渠流入地底。

我们是太空矿工，这就是我们的命。所有人都以一副轻描淡写的样子如此重复着，忙活着自己手头的事情，就好像有病的那个人是我。

也许他们是对的，这就是我们的命。被囚禁在这遥远冰冷的宇宙边境，被遗忘，被丢弃，只能通过不断工作来偿还与生俱来的债务。我可以借着技能龟缩在船舱里，尽可能苟活更长的时间，可她们不能。

一些疑团困扰着我，在此之前从未发生过，就像其他矿工一样，似乎某块大脑区域中的逻辑自洽敏感度被人为调低了。我们的意识中形成了一个巨大的盲区，在这个区域里出现的所有问题，我们都视而不见。出于某种未知的原因，我的盲区渐渐缩小，问题如黑色礁石般裸露出水面。

也许是出于害怕，也许是来自那些渐渐失色的名字，我脑中的技能树计算出巨大的潜在威胁，我不能再像以前那样逃避下去。

我决定做一些事情。

光头佬钻出淋浴袋的时候被我吓了一跳，他带着伤疤的身体如同丛林里的豹子，黝黑发亮，散发着热腾腾的水汽。

"原来是你？我还以为是汗毛怪。我们约好了，你懂得，运动运动。"他挑了挑眉毛。

"事情不应该是这样的。"

"不应该是哪样？你听起来有点不对劲，接受自检扫描了吗？"

"我很好，是你们有问题。你不觉得这一切都太荒谬了吗？这艘鲸母，这份工作，还有不停地死人……"我知道他马上会打断我。

"嘿，方下巴，我记得咱们讨论过这个问题，很多次。这就是我们的命，人要还债，就必须承担正常人所无法承担的风险和痛苦，死亡只是中介。"

"这是你真实的想法吗？还是说，只是他们让你这么想。"我指了指上面，我知道这个方向也许不对，毕竟我们一直在太空中旋转着。

"要问我的话，我觉得也许你应该找个伴儿，好好释放一下压力。

有时候你的模块会因为积累负面情绪太多出现认知偏差,那个词怎么说来着?过敏反应。没错,就是过敏。"他背过身,开始擦拭身体。

"我算过,即使是采用霍曼轨道转移,把人从地球持续运到这里来也完全不划算。想象一下,就像每飞一次就要报废一架飞机,没有回程票。这是一笔糊涂账,光头佬,没人会做亏本生意。"

他缓缓转身,脸上出现了严肃的表情。

"那你想怎么办?"

"让公司知道,我们不干了。"

"不可能,我们的债……而且只能公司单向联系我们,我们的呼叫只有自动应答,某种信息隔绝机制。"

"那么我们就把整艘鲸母工厂停下来,不再发货,看看他们怎么办。"

"这倒是一个办法,你真的确定要这么做?"光头佬脸上的表情在发生一些微妙的变化,我难以读解。

"如果他们还不回应,我还有一个计划。"我停了停,看看周围,"炸掉精炼车间。"

在"鲸母"腹部的精炼车间承载着将"寄居蟹"带回来的矿石进行第二到第四级加工的核心功能。

第二级处理是将水电解成氢和氧,以及两种气体的液化存储,作为主要推进剂。第三级处理涉及高温"烘焙",以迫使主要矿物磁铁矿通过含碳聚合物自动还原,从而导致更多的水、一氧化碳、二氧化碳和氮的完全释放。第四级处理需要使用前面释放的一氧化碳作为试剂,通过MOND(气态羰基)工艺提取、分离、净化和制造铁镍产品,残留物将是钴、铂族稀有金属以及诸如镓、锗、硒和碲等半导体材料的粉尘。这些不起眼的灰尘也许价值超过了你所熟知的大公司的历史产值总和。

"你是认真的?"他眯缝起双眼。

"大量的氢氧混合物、含碳聚合物、高温,一个响指,轰——"我做了一个夸张的爆炸动作。

"好吧,我考虑考虑,这事儿也许需要集体决议……"光头佬低头拿起毛巾,他在同一个部位已经反复擦拭了好几次。

"我不相信他们,我只相信你!"

"好吧。"他丢下毛巾,向我走来,像是要伸出手来跟我相握。"我必须感谢你的信任。"

没等我伸出手,光头佬一记重拳将我击倒在地。我眼前最后一幕清醒的画面,是他那些残缺不全的脚趾,在地板上不停地收缩又展开,发出昆虫抓挠金属的声响。

我试图睁开双眼,可是不能;我试图移动身体,可是不能。

我感觉到一些手正将我整个抬起,塞进什么东西里。一些声音断断续续地传进我耳朵,我努力理解这些话语里的含义。

"我很抱歉,方下巴……这是集体投票的结果……我们不能……不能让你破坏我们的秩序……"

现在我能感觉到,我被装进了一套宇航服里,我从来不喜欢这玩意儿,因为它暗示着你会被抛进一个无法控制的极端环境,你所能依赖的只有这薄薄的一层防护措施。

"你经常说的……风险最小化……从数学的角度来说这是最合理的做法……"

有什么东西被打开了,气压正在迅速变化,还有温度。我似乎听到宇航服里的模块被一个个唤醒,仿佛具有生命力的是它,而不是我。麻痹的意识开始觉察到一个恐怖的事实,可我的身体还没有完全醒过来。

"你的氧气还能维持……124分钟……省着点儿用……"

我终于睁开了双眼,看到所有船员的脸,手放在额头做出哀悼的动作,站在最前面的是光头佬。他们的脸和我的脸之间,隔着两层特种玻璃，一层来自隔离舱门，一层来自我的防护头盔。而他那带着怜悯的声音，来自内置的通信器。

"你的债……还清了……死亡只是……中介……"

我伸出麻木的手，想抓住什么东西。我想大声呼喊，说求求你们不要，可是一切已经太迟了。我看着他们的脸迅速远去，周围的光线变得不均匀，身体开始缓慢旋转，没有重力，只有船舱自转的离心力，带着我向远离轴线的方向飘去，永不归来。

巨大的恐惧触发编写在杏仁核和腹内侧前额叶中的刺激—反应模块，它会自动加快你的心跳，升高血压，分泌汗液、皮质醇及肾上腺素。相信我，我对恐惧熟悉得很。这是亿万年进化而来产生的底层原始恐惧包，你无法用自主意识来抑制它，就算你再怎么勇敢也不行。

更何况是我！

我漂浮着，像一袋垃圾，无依无靠。我的理性告诉自己，恐惧会让氧气消耗得更快，而一旦血液中的二氧化碳数量上升，将再次激活原始恐惧包，陷入恶性循环。可我竟然无能为力。

不知道过了多久，在这种极端处境下人的时间感总是会产生误差。我以为自己会在无尽的漂流中告别人世，债务清零，却没想到身体撞在某块巨大坚实的东西的表面上，我被拦住了。

这是"鲸母"的内表面，离心力把我推到了这里。

尽管依然没有水和氧气，但这好歹让我重新获得了支撑点和方向感。这稍微平复了我的恐惧，让它开始发挥新的作用，包括重新调配注意力与感知的计算资源，从记忆中调出类似经验，为行为决策作参考。

很遗憾，我从来没有过被丢进太空里的经验。

我像个攀岩选手般双手双脚贴附在小行星内壁，岩壁间的黑色沙砾提醒了我，这里的岩层含有一定比例的铁和镍，虽然等级不高，但也足以让我的磁力靴发挥作用。

现在，我可以勉强在鲸母的脑壳里站立行走了。我体会到了进化史上由猿变成人那一瞬间的快感。

在我头顶上是以每分钟一圈的速度围绕轴线旋转的船舱，它太快了，也太远了，我没有一点机会。轴线其实是刺入"鲸母"颅骨两侧的超合金轴承管道，由钛、铬及碳纤维编织而成，密封中空，供能源及各种资源管道布线之用。

也许我还有一丝机会。

剩余氧气只能维持 72 分钟。我开始发挥脑中技能树的优势，结合最近的管道接口距离、体重、步长、心跳及血氧水平、地面磁力及摩擦力，我计算着最佳配速，能够让我在氧气耗尽之前到达目的地，同时找到能够进去的气阀口。

答案不是很乐观。如果速度过快，磁力靴产生的吸力将不足以拉住我的体重；如果过慢，氧气又会耗尽。我需要极其精准地执行这个精确到小数点后两位数的太空跑步计划。

从"鲸母"吞噬星空的大嘴边缘露出了一丝遥远的日光，我必须赶在太阳照进这里之前赶到管道入口，否则高温会提前宣判我的死刑。

没有发令枪，没有裁判，没有对手，更没有观众，我开始了与死神的赛跑。

如果不是性命攸关，我真想好好看看这绝无仅有的景色。

想象一个半径 5 公里由石头构成的乒乓球，被斜着削掉三分之一，这层薄壳的内表面，就是我的跑道。而头顶上是深不可测的纯黑星空，像一只眼睛从岩壁缺口处不怀好意地盯着我，还有那如陀螺般旋转不息的船舱，里面装着一群曾经与我朝夕相处，现在却通过投票将我流放到太空让我自生自灭的矿工伙伴们。

我救过、爱过的人们，就像所有这些巨大冷酷的物体一般，保持沉默，一声不响。

苍茫星空下，我如蚂蚁般奔跑不息。面对永恒，所有的债务都变得毫无意义。

我从来不是一个合格的运动员，在这里不是，相信在地球上也不是。路程刚刚过半，我头痛欲裂，关节与肌肉酸胀不堪，心脏负荷接近极限，胸腔里似乎有一台火炉在呼呼地冒着火星，似乎随时都有可能爆炸。

我想要放弃，躺下，飘走……随便。只要让我喘口气，歇一会儿。

数字不会因为我而停止跳动，它们只会归零。

我听见一些奇怪的声音，像是忽远忽近的呢喃、歌唱、喘息。它们似乎围绕着我，引导着我，有些在劝我停下来，有些让我继续。我猜这是缺氧导致的幻觉，不停跳动的红色数字显示氧气还能维持18分钟，而那条管道似乎变得越来越远，遥不可及。黄蓝色的光点在我视野里浮动，像是墓地里翩然起舞交配的萤火虫。

"你看我的鼻子变长了吗？"

一个声音幽幽地在我耳边轻叹，我悚然惊醒，汗毛直立。那是小雀斑的声音。

我几乎把她们都忘记了。我的垂死狂奔不只是为了我自己，还为了那一个个被删除的名字。

遥远的阳光开始从"鲸母"的唇角斜斜射入，在黑灰色岩壳表面涂抹上金色而炽热的色彩。这股能量如此美丽，又如此致命，它能够唤醒沉睡在岩缝深处的坚冰，让它们化为气体，如怪物般怒吼着冲出地表，成为致命的长矛。必须赶在阳光追上我的影子之前到达管道，否则不是被高温灼烤致死，就是被气浪刺穿，弹射向另一个毫无生存希望的角落。

我想象着背后的地面如烤箱中的爆米花，会发出焦脆空洞的爆炸声，可是没有，什么声音都没有。死亡如此安静，就像一只处心积虑靠近你的黑猫。

每一次呼吸都将肺部灼烧殆尽，每一次迈步都把肌肉撕拉到极限。

我忘记了配速，忘记了疼痛，忘记了死亡，只是机械而麻木地奔跑。没有其他办法能够实现奇迹，除了抛弃作为人类的种种弱点。这也许正是人类的伟大之处。

那根管道比我想象的还要粗大，如定海神针般立在不远处，直插对面另外半球的岩壁。

我的脚下却轻飘起来，我愚蠢地漏掉了一项重要的指标：耗电量。

维持体温需要电，数据运算需要电，外部环境监测需要电，最最重要的，磁力靴需要电。现在的电量已经下降到了5%，维生系统首先关闭了磁力靴。非常合理的选择，却可能让我前功尽弃。

我凭借着惯性往前奔跑，但明显靴底与地面的摩擦力在减小，很快我就会失去对身体的控制，漫无目的地漂浮到空中，永远失去登上管道的机会。

只有一种可能，我的脑中闪过成功率极小的方案。我别无选择。

我深吸一口气，突然停止了迈步，并拢双腿让整个身体随着惯性前倾倒向地面，随即一个前空翻，当身体轴线旋转到一定角度时，朝地面蹬出双腿，用尽全身的力气一跃。

脚下出现一团黑色粉尘，像是刚刚经历了微型核爆，绷直的身体如离弦之箭，借助着反作用力向着银灰色管道射去。

面罩上的氧气量已经开始进入最后一分钟倒计时，红色闪烁的读秒数字提醒着我，即便到达管道表面，如果无法及时打开气闸门进入内部，大概率还是会死。

这一分钟无比漫长，爱因斯坦是对的。

我不断地调整着在空中的姿势。有那么几个瞬间，我以为自己玩完了，会永远错失抓住救命稻草的机会，坠入无尽星海，但最终还是重重地撞上了坚硬的管道表面。也许断了几根肋骨，头盔出现了不祥的裂缝，但至少，我到达了目的地。

撞击点所幸离气阀口不远，我已经耗尽宇航服里的自备氧气，仅凭最后一点残存意志挪到了阀门口，试图破解开门密码。

实际上我根本用不着破解，那些把我流放到太空的伙伴们，还没将我从系统里删除。

这也许是他们犯下的最大的一个错误。

我瘫倒在地，大口喘息，像是从水里刚刚上岸的两栖类动物。

管道里竟然有稀薄氧气，我大概猜到之前物资消耗数据上的缺口是怎么回事了。昏暗的通道中央是粗大的线缆和各种不同颜色的物资供应管，地面两侧是每隔几米就有传感器闪烁着绿光，像是夜行航班的指示灯，向着两端幽暗深处蔓延开去。

根据方向我可以推断一侧是伸向船员们居住的旋转船舱，但是另一端呢？也许是通往埋在岩层里的微型核聚变反应堆？除了太阳能和氢氧混合推动剂之外，那是我们大部分能量的来源。

不知为何，我想起了弹舌鸟临死之前的玩笑。我决定跟随着绿光，往远离船舱的一侧走去。

现在我已经是一个死人了。至少在系统里，宇航服已经死得透透的，没有电，没有氧，也没有头盔。我手动关闭了定位模块，避免伙伴们被一具行尸走肉惊吓到。但如果我想要回到船舱，我还需要一身新的装备。

随着探险的深入，一些奇怪的记忆碎片开始涌现，仿佛我曾经到过这里。强烈的不适感在阻止我重游故地，像是鬼魂逡巡其间，不时往你脖颈后吹口凉气。

我穿过了几道密闭阀门，事情变得更加有趣。其中一个舱室配备了高精度的3D打印机，能够通过数字图纸打印并模块化装配大部分轻量级的太空用品，包括宇航服外壳、开采工具甚至武器。我需要的只是把旧宇航服里的集成模块拆卸下来,安插进新衣服里。

现在,宇航服里的那个幽灵活了过来。

这中彩票般的发现并没有让我高兴起来,随之而来的是更多的疑问。为什么会在这里设置这样的舱室?谁会使用这样的设备?用来做什么?

也许答案就藏在我记忆中的某个角落,只是被区块化加密上了锁,无法被正确读取。

也许我根本不想知道答案。

终于,我站到了最后一道舱门前,透过舷窗,我看到了地狱般惊悚的场景。不,没有怪物,没有尸体,没有血,一切整洁如新,散发着神圣的生命之光。但却比最恐怖的噩梦还要绝望。

舱门无声地滑开。

我的手指颤抖地划过透明密封罩,一个个悬浮其中的躯壳,成型的未成型的,年轻的年老的,面孔熟悉的或陌生的,都在沉睡中等待着被恶灵唤醒。我看到了光头佬、汗毛怪、长腿……他们的身体新鲜强壮,在人造羊水中不时痉挛颤动,如同熟透的果实即将落地,只需要最后一道甜美的工序——注入灵魂。

那也许就是我们抵押给魔鬼的东西,灵魂、基因债、记忆区块链……随便你怎么叫它,都改变不了事情的本质。

他们骗了我们。

我突然意识到,这些肉体的苏醒,也许是以船舱里另一个分身的死亡作为信号。那么是谁来控制每一个克隆体生长的速度?难道说每个矿工的寿命其实早被计算安排得彻底?以符合整体效率最大化的目的?透骨的寒意爬上我的脊背。

这就是太空矿工的秘密,这就是我们身上背负的债。

我来到一具似乎刚刚进入青春期的少女躯壳前,那张脸上的特征,让我陷入了认知上的困境。每个克隆体的面孔,似乎与记忆中一样又不一样。也许是系统改变了一些表观遗传，也许没那么复杂，只需要把我们脑中面孔识别的模块稍加调整，让大脑对某些特征区域的关注超过其他，也许我们便再也认不出同一个人。

但那个少女的脸，似乎激起了我某种更为复杂的情绪反应，像一阵漩涡想把我吞噬。我努力挣脱她充满魅惑的引力场，来到最后一个密封罩前。

这里只有一个小小的胚胎，蜷缩着漂浮在淡黄色的液体中，像颗粉色的小行星。它眯缝着眼睛，吮吸着手指，似乎沉浸在永恒的美梦中，一根半透明的人造脐带正以肉眼可见的速度往胚胎体内输送着养分。

我似乎想到了什么，罩板底部显示着一行编码：EM-L4-D28-58a。

一阵眩晕猛烈袭来，我单膝跪地，努力支撑住身体。

这就是我。准确地说，是我的其中一个分身。也许是被突如其来的死亡信号催促发育，看起来它还需要一些时间。

它会拥有我所有的记忆吗？包括被区块封装加密的那些。它知道我所经历的生死考验吗？它会像我一样害怕死去吗？还需要多少个它这样的分身才能够还清我身上背负的债？也许永远不会有那么一天，也许人类的存在就是一种债务形式。

一股无名怒火涌上心头，我用力捶打透明护罩，发出浑浊而沉闷的回响。我想毁掉这一切，切断这无尽的轮回。

那个小小的我似乎觉察到了什么，眼皮微微颤动，在羊水中缓慢旋转，似乎在回应我的愤怒。

它是无辜的。我醒悟过来，我也是这诸多分身中的一员。它就是我。

我们是无辜的，有罪的是背后建造并操控这一切的人。

我站了起来，我必须回到船舱，告诉那些被欺骗和被损害的矿工们，哪怕我听起来像个疯子。为此，我需要先打印一些东西，能够说服那些被洗过脑的伙伴们的货真价实的东西。

我需要跟公司取得联系，让他们停止这一切，哪怕做出过激的举动。

那条闪烁着绿光的狭长通道伸向远方，我不会再畏缩不前。

光头佬举高双手，背对着我慢慢跪下，双膝着地的他竟然和我齐头高。

我把枪口对准他的后脑。我清楚他有多强壮，并且狡猾。

在我的身后，躺着一具具尸体。血没过我的靴底，踩上去有一种奇怪的黏稠感。

他们不愿意相信我，甚至不愿意听我说话。他们说，你的债还清了，为什么还要回来？他们的神色惊恐而扭曲，像被陨石砸过的抛光铝箔。

我说，那只是个谎言，只要你活着，债就不会消失。

我扣动扳机，让那些浸泡在羊水里的分身得到加速发育的机会。

"你不知道自己在做什么……"光头佬喃喃道，气势全无。

"你知道吗？"我反问他。

"有些真相不应该被发现，就像有一些枷锁最好别被打碎。"现在他听起来像是那么回事了，"通过加入神来实现永恒，这是我们唯一的选择……"

"所以，你是被设置为'管理员'的那个人？"

"没有管理员，鲸母的运行都是由算法决定的，我的记忆和你一样，并没有清楚多少。"

"所以你也不知道如何与公司取得联系？"

"我说过了，通讯是单向的，只能公司联系我们。"

"那么我们来试试最极端的一种情况。"我缓慢而轻柔地晃着枪口，以螺旋式轨迹贴近他的头颅，"所有的矿工死得只剩一个，猜猜这样的异常信号会不会引起他们的注意？"

光头佬在颤抖，求生意志压倒了忠诚感，无论是天生的还是被后天植入的。

"回收计划。"

"什么？"

"在我的记忆模块里藏着一个指令，允许我们在最高级警戒状态下向一颗中继卫星发射信号，信号会到达地球上某个秘密测控中心，然后再转接给公司，单程延时大约需要13.4秒。公司会将幸存者接回地球，但是……"

"但是什么？"

"……只有在面临死亡威胁的情况下，才能激活指令的记忆……"

我微微一笑，用冰凉的强化塑料枪口抵住他汗涔涔的头皮。

"那应该就是现在。"

光头佬像台蒸汽朋克时代的差分机，一字一顿地键入那组十六位数字指令，屏幕出现我从未见过的界面，提示是否发送回收计划信息。

他选择了"是"。

信息显示发送成功，我们冷冷地对视着，陷入漫长的等待。

一阵飞蛾扑翅般的声响，有信息返回来，这时候时间过去了5分47秒。也许公司那边已经召开了高层级的紧急会议商讨对策。

对方要求通话，选择"是"。

"——哧，哧，这里是文昌，这里是文昌，收到请回话。"

光头佬将目光投向我，目光里充满同样的迷惘，但他的身体比意识更快做出反应，一个箭步冲向通话器。比他身体反应更快的是我的枪。为了保证船舱密闭性安全，我们选择了慢速子弹，并不会穿透对象的身体，而是将所有动能通过弹头的碎裂完全释放到中弹者体内，这意味着加倍的痛苦，以及更高的致死率。

他已经没有时间忏悔。

"文昌文昌，我是EM-L4-D28-58a，现在只剩下我一个人了。

请求回收,请求回收。"

"请求收到。请再次输入指令,授予完全数据权限,帮助我们进行态势评估。"

我看了一眼倒在血泊中抽搐的光头佬,优雅地举起双手,一字一顿地重复键入那组十六位数字指令。

死亡只是中介,数学才是永恒。

数据如真空中的雪花无声落下,那会花上好一阵子。我找了个角落蜷缩着半躺下,像是被榨干了这一辈子的所有力气。回忆与疼痛搅拌在一起,混乱不堪。我不在意他们将如何评判我,如何处置我,我所希望的只是离开这个活地狱,回家,哪怕已经没有人在门口等我。

如果他们拒绝,我会选择和整颗小行星同归于尽,只需将电磁质量投射器的加速方向调转,"鲸母"就会被开膛破肚,粉身碎骨,带着所有的债和罪一起化成齑粉。认知模块提醒我,在梵语、希伯来语和阿拉米语里,债和罪本来就是同一个词。

现在真的只剩下我一个人了。

另一股力量在拖拽着我,让我的眼皮下垂,四肢瘫软,阻止我的神经脉冲顺畅流动。它要把我带入梦境,就像曾发生过无数次的对抗,最终都是以我的失败告终。我竭力抵抗它的入侵,试图听清来自数十万公里之外的福音,那声音虚无缥缈,捉摸不定。

"……EM-L4-D28-58a,所有数据评估已完成,我们会带你回家,我们会……"

黑暗再次吞没了我。

7

"……负债累累是有罪的,不完整的。但完整只能意味着毁灭……"

拖着弹舌鸟残缺身体的牧羊犬缓慢消失在深空中。

"……祭祀是针对所有的神，而不仅仅是死亡，死亡只是中介……"

被粉尘包围的碎裂船舱里，小雀斑的头盔与身体藕断丝连，如一朵随时会被吹散的蒲公英。

"……一旦我们把自己的生命归功于创造我们的神，便会以牺牲的形式支付利息，最终用我们的生命偿还本金……"

光头佬拍打我的肩膀，光头佬被我一枪轰开，在低重力环境下如没有重量的纸偶飞向墙壁，血雾从他胸口迅速扩散，像是绽放的玫瑰。年轻的光头佬在羊水中逐渐成形。

"……将出生设想为所有人所承担的原始债务，一种由于人类出现的宇宙力量而产生的债务。然而，这一债务却永远无法在地球上得到解决，因为它的全额偿还是遥不可及的……"

小雀斑朝我眨眨眼，做了个不雅的手势。出浴的弹舌鸟俯身擦拭小腿，她朝我眨眨眼，没有丝毫性的意味。

"如果祭祀仪式做得正确，神就会承诺一种完全摆脱人类状况并实现永恒的方法。因为，面对永恒，所有的债务都变得毫无意义……"

梦里被隔离的女孩，捧着画册安然入睡。被倒扣在桌上的相框，写着一行小字。密封罩里缓缓旋转的粉色胚胎，眼皮不时抽搐。

"它采取牺牲的形式，通过补充活人的信用，使延长生命成为可能，甚至在某些情况下，通过加入神来实现永恒……"

密封罩中少女的脸，意欲自杀却被凝固在半空的绝望男子，矿工们的尸体，我自己的尸体，小雀斑的脸，弹舌鸟的脸，黑衣女子的脸。所有生者与死者的脸缓慢交叠融合成一张脸。

"人类的存在就是一种债务形式……"

一些名字开始浮现，可我无法确定它们是否真实，就像是我的记忆，如此破碎而混乱。巨大陨石击穿船舱，在我身旁爆炸。炽热的燃料跳蚤潜入我的身体，从里面烧灼出散发着焦味的孔洞。我在小行星表面绝望奔跑，背后是不断爆发的冰火山，岩层裂缝将我吞噬。像是跌入无限循环的隧道，一切都被拉扯成无限远无限稀薄的光。

我终于想起了那个名字，那个唯一的、不能被忘却的名字。

8

"安安！"

我从噩梦中惊醒，却发现自己并不在船舱里，也不在"鲸母"体内任何一个据我所知的角落。

这是一座巨大空旷的房间，乳白色的光均匀洒下，却看不到具体的发光装置，认知模块也无法被唤醒。

我试图移动自己，却发现身体沉得吓人，就好像整套肌肉系统只能使出三成力量，甚至每一次呼吸都艰难滞重。我突然意识到这意味着什么，两行喜悦的泪水不受控制地夺眶而出。

我终于回家了。

李医生是个亚非混血女孩，一头蓬松卷曲的黑发。她为我配备了外骨骼和辅助呼吸装置，帮助我适应地球的重力环境。与普通地球人相比起来，我的四肢过分修长羸弱，肤色苍白得古怪，而头部比例又有点过大。如果有人给我身上刷上绿漆，想必扮演个ET外星人毫无违和感。

我的活动范围被限制在这一层楼里，李医生说，外面有一场因我而起的风暴，我还是暂时待在这里比较安全。我猜她一定是用了隐喻和夸张的修辞法。

这一层楼的活动面积已经超过了"鲸母"的所有舱室与通道面积之和，当然没有算上小行星的内外表面积，毕竟不是每个人都有机会在上面奔跑。这里可以满足我所有的生活所需，我又尝到了梦寐以求的宫保鸡丁，按照正常的地球自转周期进行作息，以及接触到真实的人类，而不是分不清究竟是克隆分身还是记忆遭到篡改的太空矿工。

一切都如同童话般完美，除了一件事，我的记忆依旧没能完全恢复。李医生说，出于某种未知的原因，我的意识突破了原先的区块加密封存技术，等于打穿了记忆屏障。但是所有的信息都未经索引，像一团乱麻，需要时间让大脑重新建立起秩序。

秩序，不知为何这个词让我打了个冷战。

我有太多的问题需要被解答，这种迫切心情被李医生瞬间看穿。

她微笑着安抚我："风暴很快会过去，你会见到我们的领导者，也就是下令救你的人，到时你会得到一切的答案。"

没有电视，没有网络，没有任何能够带来外界信息的媒介，也没有时间。也许它们就在这里，被折叠在墙体里或蜷缩在某个微小的角落，只需要我念对咒语，打个手势，它们就能活过来，蹦跳到你面前。

可我不属于这里，我对如今的地球一无所知，所有太空挖矿的技能树在这里没有半分用武之地。

甚至回来之后，我的梦也被剥夺了。我只能记得那个名字，和一些朦胧的片段，却无法与自己的真实感受或记忆连接起来，就像是一个瞎子被包裹在塑料薄膜里，只能透过被层层阻隔的感官去触摸世界。这种感觉让人窒息。

我努力讨好李医生，央求她让我看一眼外面的世界，只一眼就好。她总是眼带怜悯地拒绝我。

"还没到时候，你现在最需要的是保护好自己。"

我不确定自己完全理解了她的意思。

终于我等到了机会，一名护工摇起了墙上的控制面板，却突然被叫开了。我试探性地按了几下钮，屋里的光线和色温平滑变换，像是在数秒内经历了许多时空；我又按了几下，面前的乳白色墙体突然变得透明，泄露出背后真实的外部世界。

我惊慌地往后退了几步。外面是一片更加开阔的灰白色广场，被地面的黑色线条切分为不规则形状，远方影影绰绰耸立着巨大的几何形建筑，比例和角度都给人带来一种挑衅式的不稳定感，有一些介于生物与机械之间的活动雕塑点缀其间，似乎能够根据环境的变化产生微妙的交互。

这不是我所熟悉的那个地球。

广场上有一个人看到了我。他抬头看着我，额头上什么东西闪闪发亮，像是传递着某种特定频率的信息。

人越来越多，他们同样额头闪亮，站在广场上，抬头看着我。我注意到每个新的个体加入人群之后，闪烁频率便被调成一致。

我愈加感到不安。现在已经有上百个人，黑压压的一片站在下面，盯着我。他们每个人的额头几乎都变成了一个发光的像素，组合在一起便成了一块低分辨率的显示屏，现在上面开始滚动着一些意义不明的图案，令人头晕目眩。

我将手掌贴在墙上，人群的图案突然凝固，瞬间转变为另一种模式，如同往里无限收缩的人海。

他们是在跟我交流吗？

我尝试了不同的动作和姿态，他们也随之反应，可我一点也不明白他们想要表达什么。

正当我想要采取更激烈的举动时，眼前突然恢复成一片乳白。我回头，李医生一脸愠怒地看着我，轻轻摇头。

我做出祈求的动作："我只是想看看外面。"

"已经定了，三天之后，领导者会接见你，做好准备吧。"

我心里一阵忐忑，并没有之前所期待的欣喜。

"外面那些人……他们是谁？为什么要那么做？"

李医生瞪圆了眼睛，似乎在斟酌字句，每次她想找借口时就会出现这种滑稽的表情。但最后她还是放弃了，垂下长而粗的睫毛。

"他们是无债之人，你的崇拜者，你是他们的神。"

9

会面并没有发生在想象中宏伟富丽的殿堂里，相反，我被安排在一家典雅朴素名为"格物"的老式书店，有螺旋式的阶梯一直通往顶层咖啡厅。

外骨骼被禁止使用，我顺着台阶如虚弱老人般缓慢攀登，感受每块肌肉在三倍重力环境下的运行状况。我很庆幸书架上的许多名字依然印刻在我的脑海里，即便没有认知模块也能够随意调取。

领导者从咖啡桌旁起身，一袭黑衣，胸口别着金色胸针，面带微笑迎接我。

"东方觉先生，幸会，我是梅零一格。"

我惊讶于她的年轻，更被她眉目间某种似曾相识的特征所吸引。

"我们……见过吗？"我没能克制住自己的好奇心。

她斜着头，眉头微蹙，思考了一会儿，然后展开笑脸："啊，我知道了，您见过的是我的祖母梅李爱夫人吧？"

"祖母……"我被这个称呼所暗含的时间跨度所惊吓，"所以那是多少年前的事情了？"

"如果按债务合约签订日期算，那是七十二年前了。"

"七十二……"我深深地吸了一口气，似乎有点晕眩，她扶我坐下。

"您恢复得不错，我是说，在那样的环境里待了那么长时间……"她语调完美地表达了同情。

"所以，这究竟是怎么一回事，你们是谁？又是谁在背后操控这一切？"

"您一定有很多的问题,考虑到您的记忆还没有完全恢复,我会从我的曾祖父梅峰讲起。"

梅零一格抿了一口咖啡,用纸巾轻拭唇边,开始讲述她曾祖父的故事。

梅峰先生创立的生命链集团一直致力于将生物技术与区块链技术进行结合,他认为那是通往人类永生之路的不二法门。

当然他发家靠的不是像徐福一样贩卖永生,而是向各国政府提供基因债技术。所谓基因债就是将债务数据区块化加密后嵌入DNA链条,能够实时追溯,无法篡改,也能遗传给后代,避免了经济溃败时以自杀或修改生物信息躲避欠债的行为,同时也能最大限度及最小粒度地管控个体的经济行为。

在那个时候,高精度克隆与人造胚胎早已不是问题,关键就在于意识的转移,如果每次都需要从牙牙学语开始重新体验人生,积累经验,那只能算是代际交替,算不上真正个体生命的延续。所以梅峰成功研发了记忆存储与植入技术,只需要一个黄豆粒大小的脑部植入物,便可以向云端同步存储每分每秒的感官刺激及思绪流动,反过来也可以插入现有的海马体皮层,实现记忆的无缝对接。

这项技术引起了极大的恐慌,因为它背后所隐含的种种可能性,也许会造成贫富与阶层的绝对固化,甚至导致人类文明回归到奴隶制社会形态。全球领导人们经过一番挣扎,抵挡住了永生的诱惑,达成所谓的"日内瓦共识",将这项技术与大规模生化基因武器、原子弹一起打入黑名单,不得在地球上投入使用,研发也必须在最高等级监管下有限度地进行。但他们也不希望把生命链公司一棍子打死,毕竟还需要用基因债技术维持经济体系的正常运行。

梅峰,我的曾祖父,来自被称为"东方犹太人"的潮汕族群,他经常会回忆起不畏风浪,将资本和文化通过海潮播撒到全球各地的先祖们。

没有什么能够阻挡潮汕人冒险的步伐，如果有，那只能是胆量。

于是，作为利益交换，生命链集团在政府默许的"自我治理"范围内迈出一大步，表面上政府仍维持监管职能，实际上却给予了财团更大的自由。

梅峰在小行星矿业领域投下重注，兴建空间站，改造小行星。资金与技术都不是难题，但所有太空矿产公司都会遇上同一桩棘手的事情——人。没有足够合资格的矿工，即便是高薪培训也完全满足不了需求。许多企业寄望于机器人，但这些最终需要大量水、冷凝器、继电器、电路和电池来维持运作的铁家伙们，只能在高度可控的环境里执行一些程序化的工作。

曾祖父当时喜欢说一个笑话，机遇号在火星上运行二十年所完成的地质勘察工作，也就和一个普通大学研究生一个礼拜的工作量相当，还不一定有人干得漂亮。

这就是他下的一盘大棋。

生命链集团在全球范围内寻找符合资格的候选人，威逼利诱地与他们签订了债务合约。这些人不但出卖了自己的肉身和基因，还出卖了自己的灵魂。具身生物学证明了只有身体与意识高度匹配，才能够最充分地发挥人的潜能。他们的基因数据会被传送到太空站中，经由机器重新拼装组合成遗传物质，分裂成受精卵，发育成胚胎。而他们的记忆，经过一系列程序化的激发与再现，像债务数据一样被区块化加密，植回克隆体的大脑皮层。

冷启动的道路铺满了尸体与鲜血，超出任何人的想象。

集团花了十年时间，投入数以百亿计的资金以及尚未解密数量的牺牲者，终于实现了这一地外经济体系的稳定运转。回报也是超预期的，除了贵金属和稀土矿，某个站点还捕获了来自太阳系外小行星所携带的亚稳态氦化合物，能够兼顾高能量密度与可再生性，这引发了一场储能方式的革命。

　　也有一些预料之外的干扰，一些叛变、一些心智崩溃等等，人类历史上开疆拓土中曾无数次上演过的戏码。集团发展出一套模式，将那些有可能导致负面冲击的记忆封存起来，并通过 AI 创作了一部指导意识形态的手册——《神圣债务论》，植入到每个矿工的认知模块中，日积月累、水滴石穿地施加精神影响，成为新的宗教。

　　这套系统设计运行得如此之完美，以至于多年后，地球上竟慢慢地遗忘了这些人的存在。这个秘密只有极少数人知晓。而当梅峰去世之后，我的祖母梅李爱接管了大权，她深知其中隐藏的巨大政治风险，更是将其作为集团的最高机密。这时候，生命链集团已经成为这颗行星上势力最为强大，触角无所不及的庞然巨物。几乎每个人都或多或少背负着来自该集团的债务。

　　"当一个生命体变得过分复杂巨大时，它同时也会变得极其脆弱，只需要一次不经意地跌倒，也许就会造成致命的伤害。

　　"就好像你在太空里所做的一切，东方觉先生。"

　　信息量太大了，我习惯性地调动认知模块，但随即意识到只能靠自己消化，这需要一些时间。

　　"所以，我们都是被骗签了卖身契的农奴，而且是永生永世不得翻身？"我尝试着寻找更为平和的表述方式，可我找不到。

　　"从技术上来说，所有你们可能遭遇到的事情都写在合约里，用法律的语言。"

　　"可我不明白，为什么要救我回来？不应该让我自生自灭更符合逻辑吗？"

　　梅零一格微微一笑："如果按照旧时代的利益最大化思维，确实如此，可现在不一样了。"

"哦？"

"实话实说，我们认为这是一个剥离原罪的最好时机。"她似乎犹疑了一下，试探性地看我反应。"作为生命链集团新的管理者，我对此前发生的事并不知情。要不是您发送了紧急信号，也许整个地球对这些骇人听闻的行径还一无所知……"

"我在听。"

"多亏了你们在太空的无私奉献，我们得以发展出激光阵列发射技术，大大降低了单位荷载进入近地轨道的成本。我们还在基多、蒙巴萨、利雅得和新加坡建造了四部太空电梯，即便是太空矿工也无需长时间待在矿区忍受煎熬。新的空间革命即将到来，我们将真正地开始向太空移民，向火星、小行星带、木卫二甚至更远的宇宙深处进发。我们需要你这样的英雄来激励人们……"

"英雄？"我冷笑一声，"我们能跳过广告直接进入主题吗？"

她突然露出了拘谨而古怪的笑，与我们的对话格格不入，这种感觉似曾相识。

"现在有一些人、一些势力，想借助你的遭遇，来打击集团。他们将你视为偶像，视为反抗整个债务系统的符号性人物……"

"无债之人。"我想起了站在广场上的古怪人群。

"你已经知道了？"梅零一格露出狐疑神色，"他们宣称基因债是守旧的、封闭的、不道德的，应该以人类整体文明作为债务对象，推行'债务开放运动'。你如果看见他们本人，他们额头上闪烁的就是每个人给全人类增添的债务数字的变化。"

"听起来不无道理。"

"过去五千年来，这样的事情一直在循环发生。所有的革命都以取消债务，重新分配资源为目标。无论这些债务是记录在纸莎草纸上，还是刻在磁盘里。但是必须以循序渐进的方式进行，否则就会像罗马帝国或者加洛林帝国崩溃之后那样，人们回归旧经济体系，文明倒退，一去不复返。"

"所以你到底希望我做什么？领导者，我很奇怪为什么他们不叫你老板。"

她再次露出古怪的笑容，我突然捕捉到了什么，那枚锁链状的金色胸针，那是藏在记忆深处的秘密线索。

"站在我们这边，东方觉先生。作为英雄，引领我们去建立一套新的系统，不是以奴役人们负债累累，强迫人们只为了生存而竞争的系统，而是鼓励人们去创造与贡献，去懂得我们生来是为了感恩，对他人、社会、神灵、宇宙去付出的经济系统。我们可以帮助你一起设计这套系统，来对冲旧系统中基于利息的债务压力，将成本内化为一种自然愿望，而不是转嫁到他人与后代身上。你愿意吗？"

梅零一格伸出手，摆出令人难以拒绝的姿态。

我假装犹豫了片刻，突然笑出了声。

"如果不当领导者，你会是一个很好的演员。或者，这两者根本就是一回事。"

"你在说什么？"

"从始至终你都知道小行星矿场的存在，还有上面发生的脏事儿。只不过有些真相不应该被发现，就像有一些枷锁最好别被打碎。我说的没错吧？梅李爱女士。"

她那精致柔美的表情瞬间凝固，像是变了个人般，眼神露出一丝寒意。

"东方觉，有时候我不得不佩服你。在你身上似乎什么奇迹都有可能发生。我们最顶尖的科学家都无法解释，为什么你的意识能够突破量子计算机都难以破解的记忆屏障。他们说，也许只能用爱的力量来解释了，你看多浪漫。"

"爱？"我迷惘地看着她，这个词离我已经过于遥远了。

"看来只有这部分记忆你还没有完全恢复，毕竟是被埋得最深封得最死。我们不希望你和安安相认，于是在你的面孔识别上动了点手脚，让你每次见到她都以为是陌生人。"

"安安……"一些模糊的面孔开始在我脑海聚拢成形，重叠成一张脸。

"是的，安安，你的女儿。你为了自己活下去，将她的数据卖给我们，让她变成一个在无间地狱里轮回受难的罪人。"

梦境里的画面碎片般涌出，带着浓烈的情感将我吞没。我双眼紧闭，大口喘息，头痛欲裂，光头佬说得对，有些真相不应该被发现。

"我真的挺羡慕安安的，有你这样一个爸爸。"我痛苦地睁开眼，梅零一格，或者梅李爱的脸上竟透露出一丝失落。"你愿意为了她，不管死多少次，杀多少人，最后还是一场空。而我的父亲，呵，他永远只把我当成一枚精心算计好的棋子。"

我想起了太空中那枚小小的属于我的胚胎，还有隔壁那位永远陌生的少女。我们俩的密封罩就那么挨着，却方生方死，永不能相认。这一切都是拜眼前这位永生的领导者，以及她背后冷酷贪婪的债务帝国所赐。

"我最后再问您一次，东方觉先生，如果我们能让安安回来，您还会愿意代表生命链集团，成为英雄吗？"梅零一格起身，轻轻鞠躬，"还是，让世界知道背后的真相？您的数学这么好，算一算吧。"

盯着她那张不留岁月痕迹的面孔，我久久无法得出答案。

10

做梦真是人类一项奇怪的设计。

在小行星上时，我总是梦到地球上的景象，可当我回来之后，却又时常在梦中重回那个低重力、颜色灰暗、危机四伏的活地狱。就像那里有什么东西让我割舍不下。

我梦见红毛、小雀斑、弹舌鸟、跳跳糖……她们一个接一个向我告别，然后纵身一跳，从旋转的舱口消失，飘向鲸鱼的嘴巴，像是跃入一片装满星星的池塘。

她们没有穿戴任何防护服和头盔，就是那么赤裸地漂浮着，如同浸泡在羊水中，整个宇宙就是她们的子宫。

我也全身赤裸着，在"鲸母"黑灰色的内表面奔跑，追赶着她们如粉色羽毛的身体。无尽的星空、弧形的地平线、闪光的沙砾让人产生幻觉，仿佛自我慢慢消失，不需要氧气，不需要重力，也不需要保护。如同荒野中一匹迷失方向的狼，在濒临死亡之际，与整个宇宙连接起来，潜藏在身体里的力量被自动激发，感官被彻底打开。我于是知道自己还有一些未被系统驯化的东西，一些不能被算法加密或过滤的情感，一些比活着更重要的意义。

我猜她们也同意，没有债务地死去不是一种逃离，而是一种回归。

于是我停下了脚步，看着她们远去，远去，直到融入群星。

我微笑着睁开眼，面前立着两块墓碑。

我扫了扫碑顶的灰土，抹去那两个名字上的蛛丝，让它们能够被看见。

我从纸箱里拿出一本泛黄的画册，放在左边的墓碑前。画册封面上画着一条灰色鲸鱼，鲸鱼的肚子里藏着一个长鼻子的木偶男孩，小木偶正咧着嘴笑，好像在说：

"你看我的鼻子变长了吗？"

我忍住眼泪，从纸箱里拿出一个斑驳的相框，里面的照片已经受潮发霉卷曲，看不清原样。我把它翻过来，背面朝外，放在右边的墓碑前。相框的右下角有一行歪歪扭扭的小字，上面写的是："爸爸，不要怕。"

我点点头,就好像听到了那句话。"爸爸不怕。"我在心里默念着。

他们说,我已经不是那个太空里的我,生命链集团并没有把我的肉身带回来,只是把意识传回地球,换上一个新改造过的身体。所以,我无法适应地球重力与肌肉无关,那只是意识的惯性。所以,EM-L4-D28-58a 在小行星上犯下的罪也与我无关。

我努力不去想后来在"鲸母"上发生的事情,那会让我发疯。

现在,我是一个全新的人了。

我结束了祈祷,起身离开,手指从两座墓碑上檐轻轻拂过。我也许不会再回来。

那些无债之人在墓地外的绿色丘陵上排成圆环的形状,他们在等着我。

我挥挥手,他们的额头开始闪烁光芒,像时钟,像漩涡,像奏响一曲关于自由的颂歌。

为我,为安安,也为这世上的每一个人。

犹在镜中

1

　　望向镜中，深呼吸，刮掉脸上邋遢的胡茬，你没问题的。穆先明反复告诉自己。

　　十点半他要出席一个葬礼，需要穿深色正装和系领带。他将回顾逝者简短的一生，播放一段欢快的生日派对视频，随着牧师祈祷，感谢来宾，最后，伴着管风琴奏出的赞美诗，看棺盖缓缓合上。

　　里面躺着一位将满十五周岁的惨白少年，原本周五是他的生日，穆先明为他准备的礼物昨天刚刚运到，一套复刻版的96-97赛季曼联球衣，如今只能静静地叠放在少年胸前，鲜红得刺眼。

　　穆别璟，他的儿子，死于一场意外的高空失足坠落。他的面孔被一张象牙白的塑胶面具所覆盖，化妆师为难地说，缝合的伤口很难掩饰得毫无破绽，从左耳到下颌的穿刺性骨折。穆先明点点头，就给他戴上他最喜欢的面具吧。

　　那是 V 字仇杀队里 V 的笑脸。

　　葬礼上，为数不多的亲友似乎都在期盼着某位人物的出席。她不会出现的。穆先明心里清楚，不是他不愿意她来，而是不敢告诉她。两年前的离婚诉讼让全家精疲力竭，最终，别璟的母亲终于放手，不再坚持要把儿子带到遥远的大洋彼岸，为了实现那个虚无缥缈的梦想。

"好好照顾他。"签字前，她盯着穆先明，一字一顿地说，"别让我恨你。"

"别让我恨你别让我恨你别……"那句话在他脑海里不断重播，好几次打断他原先组织好的发言。他站在那里，阳光透过教堂顶部的镶嵌玻璃画，像给冰冷的尸体披上斑斓彩衣，来宾们眼圈通红，投来饱含同情的目光。深呼吸，继续。

那些鲜艳的片段，在屏幕上跃动，恍惚间他竟然觉得陌生。那是别璟十二岁生日的视频，那时的他单纯乐观如一只小鹿，无法克制对世界的好奇，每个笑容，每个动作都用尽全身力气，似乎要把一切都拥入怀中。那是他最后一次看见儿子如此畅快无拘的笑脸。

谢谢爸爸！那个男孩拿着最新款的 AR 眼镜，尖叫着朝摄像机扑来，镜头一阵摇晃后，定格在清爽的秋日晴空。

穆先明面无表情地听完牧师的悼词，伴着电子合成器空洞的管风琴旋律，棺盖缓缓合上，带着讽刺笑容的面具消失在黑暗中。亲友们包裹在剪裁得体的黑色套装中排队走来，握手，节哀，点点头。他什么都看不清楚，像个机器人般麻木地执行着指令。

他真坚强。他似乎听见人群里有人小声议论。

遗体被送进冷冻柜，安排在三天后火化。穆先明回到家，他努力回避所有带着儿子生活痕迹的物件，奖杯、照片、海报、随处堆放的光盘与杂志……那种少年的气息。他看到桌上摆放了许多天的包裹，来自警察局。拆开，撕掉重重包裹的塑料防撞泡沫，那件破碎的玩具终于暴露在日光下。

那是别璟的 AR 眼镜，死亡现场的遗物，曾经的生日礼物。碎裂的视网膜显示屏黯淡如镜，映射出穆先明错位的五官。精致的曲度外壳早已扭曲，像是遭受重创的肢体，安静地躺在桌面，像块墓碑。

穆先明艰难维持的堤防在这件冰冷的东西前完全崩溃，他无声痛哭，泪水滴落，猛烈抽噎几近窒息，他浑身颤抖无力，愤怒地将 AR 眼镜摔向房间角落，又发疯似的捡回，像条丧失理智的巴甫洛夫的狗。

他忘我地抚摸着那副眼镜，指尖沿着碳纤维外壳所有崎岖变形的边缘滑动，似乎其中囚禁着他儿子迷失的魂魄，似乎只要打开它，穆别璟便能起死回生，又或者是启动了扭转时空的秘密隧道。

为什么？穆先明所有仅存的理智被这三个字像癌细胞般无限增殖，牢牢占据。他所需要的，只是一个答案。但隐隐地，他似乎已经知道了答案。

2

游戏的名字叫做"镜面行走"。

穆先明从警方的调查报告中得知，儿子坠楼时正沉浸于游戏中。他求助于 AR 眼镜公司试图修复眼镜，回到当时的游戏界面，工作人员却嗤之以鼻，只要通过记忆卡内的数据备份，你就可以通过任何设备登入穆别璟的游戏账户，读取进度。

穆先明对这些高科技一无所知，他自己还在使用最老式的物理键盘手机，还不是 QWERTY 全键盘的那种。

为此，儿子曾经无数次软磨硬泡，希望他换成新款的智能手机。可他总是窘迫地笑笑，用不惯。

毕竟他只是个机械修理工，对于看得见摸得着的齿轮、轴承、螺钉和沾满油污的金属扳手，他心里踏实、有底。可藏在那精致一体成型盒子里的电子信号、应用软件和通信协议，如同幽灵般，让他感觉恐慌，就像身陷流沙池里，有劲使不上，想叫叫不出。

就像他对儿子的爱。

他从儿子失望的眼神中读出许多东西，那眼神仿佛在说，难怪妈妈要离开你。每当想到这里，他的心里就过了电似的一阵抽疼。

穆先明努力回避那段记忆，把注意力集中到游戏说明上来。

相信许多人有过这样的童年记忆，拿一面镜子在自己身前，镜面水平向上，你凝视镜中，仿佛行走于天花板、路灯、树梢和蓝天白云间，那种轻微的眩晕和步步惊心的感觉令人怀念。

SC 公司推出的"镜面行走®"游戏专门为 iOS 及 Android 系统 AR 眼镜设计，巧妙地运用了双摄像头配置及重力感应装置，当您将它戴在头上，它便将上下摄像头影像叠加渲染，制造出一种犹如在高反射率玻璃镜面上行走的惊人体验。

他皱了皱眉，努力理解这些科技语背后的含义。

游戏规则非常简单，只要您走过足够长的距离，或者获取足够高的分数，便可以进入下一轮。但它又不是那么简单。游戏的巧妙之处在于它插入了电子地图的地形数据，并通过箭头指示引导你的行走方向，你可能在一片貌似平坦的镜面上失足踏空（现实中的下降阶梯，安全系数为5），重力感应便会相应扣除生命值，直到游戏完结。这是一个与幻觉对抗的游戏，你需要战胜视觉与身体之间信号差异所带来的本能恐惧，挑战自我。

盒子是得分关键，如同玛利奥兄弟里面的蘑菇和金币。在本游戏中，盒子会随时出现在你的脚下，你只要在限定时间内（动作要快！）双脚同时踩踏，便可得分或者获得道具。当然，盒子也有可能是陷阱、流沙或者荆棘丛，你需要按指示快速摇晃头部、旋转或挥舞操控手柄以逃出险境。

不时会有巨大的虚拟怪物出没在你周围的 AR 环境中，你需要运用智慧、勇气和道具去战胜它们，不被攻击或者吃掉。

本版本游戏（v2.3.415）共有 9 大关 36 小关，并额外附赠"无限回廊"隐藏关卡。

他完全不明白这些文字在说什么。

如果儿子在这里，他或许能解释给自己听，或许还会亲身演示。可穆先明手里只有一副冰冷的黑色眼镜，照出孤零零的自己。他决定试试，戴上眼镜，眼前出现一个悬浮的绿色按钮，不停地放大缩小，像是在呼吸。他选择按下"测试关卡"。

AR 眼镜的黑色镜片似乎突然变成一个中空的框，透过屏幕，他看到了自己的双脚，但又有些异样，脚下踩的并不是地板，而是天花板。穆先明突然一阵眩晕，他看到自己的脑袋从双脚间探出，就像站在一面无比巨大的镜子上低头俯视。

他开始缓慢地行走，不时撞上在视野中并不存在的茶几和椅子，但却又无法控制自己绕开本应在头顶的吊灯，那种感觉，无比怪异。不时还有一些动画小怪物从他身边跑过，发出十分逼真的立体音效。

一个 3D 动画的褐色盒子出现在他右前方，微微浮动。他想起游戏说明，小心翼翼地起跳，双脚踩踏，一声清脆的电子音效，几个金币蹦出，消失，屏幕上显示出"+300"的字样。

也没有想象中的难嘛，他紧张地笑笑，继续按箭头指示的方向前进。

穆先明越来越熟练地跳着盒子，吃着金币，一路穿过客厅、过道、玄关。游戏提示他打开大门，他犹豫了片刻，一种无法抵挡的诱惑迫使他伸出手，突如其来的光亮扰乱了视野，但随即智能感光系统便调整了色温和色差。

屏幕里出现了一连串的盒子，排成一条长龙出现在他脚下，伸向前方。这个中年男子像是暂时忘却了丧子之痛，恢复了青春般面色潮红地向前跃去。

屏幕显示，地面突然升起一个斜坡，一溜金币闪烁着虚假的光芒同步自转着，形成一道向上的金色阶梯。

穆先明觉得脑子里的某个部位一下子兴奋了起来，几乎丧失理智般抬腿就要踩上去，但数十年固化的身体记忆代替了他的大脑，在落脚的一瞬间，他整个身体变得僵硬了。视线越过 AR 眼镜镜框，望向真实的世界，一股寒意如蜘蛛般爬上他的颈背。

脚下并非一道向上的斜坡，而是向下的阶梯。他在游戏界面中所看到的是上一层楼梯底部的镜像。穆先明无法相信，自己走了几十年的楼梯，竟然被一个小小的电子花招欺瞒眼睛，诱骗神经。

倘若真的踩落下去，也许就能见到自己的儿子了吧，他竟然无法遏制自己这个荒谬的想法。

想起穆别璟死时的惨状，他的心又针扎般痛起来。

现在他选择相信，儿子的死绝非一场意外。

3

了解愈多，穆先明便愈加愤怒。

2022 年 12 月 21 日，一群末日信徒试图通过"镜面行走"游戏寻找到方舟所在位置，途中落水，造成 1 人死亡。

2023 年 7 月 14 日，12 名玩家在旧金山金门大桥因参与破解版"镜面行走"挑战游戏造成意外坠桥，7 死 5 终身残疾。

2024 年 1 月 26 日，深圳一名玩家使用耳蜗平衡干扰器模拟行走于亚洲第一高楼前海金融中心外墙，回程途中因踏中陷阱盒子，造成肾上腺素过度分泌导致心脏过载身亡。

尽管游戏开发方SC公司在免责声明中言之凿凿地宣称：任何以"镜面行走®"名义组织的线上或线下俱乐部、讨论组、活动团体均与本公司无关，其活动产生的一切后果及法律责任均自负；任何使用暴力破解版本"镜面行走®"及非官方认证配件（包括但不限于AR眼镜、耳蜗平衡干扰器、体感装置等）的玩家，其产生的一切后果自负，与本公司无关。可仍然有数目众多的游戏者及受害者家属认为，这是一款引人上瘾的死亡游戏，开发公司对此负有不可推卸的社会责任。

他已经记不清儿子是什么时候开始迷恋这款游戏的，在他的记忆中，儿子的形象仍然停留在那个热爱运动的足球小将阶段。每天放学后，不玩到天黑一身泥巴一身汗绝不回家，然后他奶奶就会大呼小叫地发现孙子腿上各种青紫色的伤痕。

那是存在于现实层面的穆别璟，时间的张力已经将那个儿子的轨迹远远拉开，遥不可及。

那是穆先明永远赶不上的步伐，就像他与这个时代的距离，就像他与妻子的距离。

他和妻子是在厂里认识的，当时他俩都是刚工作不久的工人，都是初级技师，恋爱不久他们便结婚了，他们的婚事被当成工人家庭的模范。在沙与水般流逝的时间中，唯一不变的只有变化本身。

妻子怀孕了，脱产上了夜校，学习外语及高等机械维修理论。生下别璟后，妻子考取了高级工程师资格证书，被厂里提升为高工。她不再需要搞脏自己的双手，只需要用笔、尺和圆规在纸上画出精确复杂的图样。那些图纸，穆先明从来没有看懂过，尽管他趁妻子休息时，一再努力地用放大镜逐格琢磨，但他看不出任何门道。

他曾经以为妻子和自己是门当户对，他错了。穆先明更加努力地投入工作，试图用时间与精力的投入来弥补那道看不见的缝隙，他连年被评为劳动模范、车间标兵，职称也升到了资深技师。

妻子一边照顾着别璟，一边进修计算机相关课程，她已经不再需要纸和笔，只需要敲敲键盘，动动鼠标，屏幕上便会出现迷宫般的结构和电路。

真是疯了，穆先明曾经在酒后对工友们倾诉。我拼死拼活加班加点，赚的却还比不上她一张图纸的零头。工友们哄笑着说，得啦，你就别得了便宜又卖乖了。

由于谣言甚嚣尘上，妻子只好跳槽到另一家更大的公司。别璟断了奶，由他爷爷奶奶和外公外婆轮流带着。穆先明见到妻子的机会更少了，曾经有那么几次，离婚的念头在他脑海里一闪而过，可仅仅只是一瞬。她并没有对不起我，而且，她赚的比我多得多，一家老小都靠她养活，别璟要上最好的学校，用最好的东西，我给不了。

他以为随着儿子的长大，这种不安的情绪会渐渐平息。他又错了。

穆别璟九岁那年，妻子已经不满足于在国内的发展，她申请了几所美国大学的 MBA，想继续深造。

你要去打篮球？穆先明还记得当时自己这样质问妻子。

妻子抱歉地笑了笑，摇摇头，并不作任何解释。那眼神仿佛在说，我俩之间的裂缝已经深得无法用语言来弥合。

之后的事情变得顺理成章，妻子抛下儿子和自己，远赴美国进修两年。除了每年寒暑假和偶尔的视频电话，在穆先明眼中，妻子已经变成好莱坞电影里的人，无法理解，无法沟通，只能客套地拉几句家常，甚至还比不上隔壁大妈来得亲近。

妻子回国后便说要带儿子出去，穆先明最担心的事情终于发生了。一开始他俩趁儿子不在家的时候吵，后来又卷入了两家老人，再到后来，邻居亲戚都来打听八卦。可儿子仍然像没事人一样，上学回家，叫爹叫妈，穆先明看不出来，他是真的不知道，还是在假装。

妻子的理由无可辩驳,她能给孩子更好的生活环境和教育条件。

可你这当妈的管过他吗,关心过他吗?穆先明愤怒地控诉。

我不想让儿子长大后像你一样。妻子嗓门不大,却字字锋利,像刀子般插进穆先明心头。

最后他们终于达成协议,让孩子自己选择跟谁,就在他刚过完十二岁生日的那个晚上。

穆先明至今不知道儿子到底是怎么想的,都说儿子跟妈亲,而且还是个有钱的亲娘,能给他买这世界上任何的玩具和书本,带他去看他爸这辈子都不可能见识到的风景,可他竟然留了下来。穆先明只能解释为孩子跟自己待的时间长,跟爹更亲一些。

他只知道,妻子撕破脸不认账了,于是离婚官司又打了一年。

一切都像场遥远得不真实的破碎梦境。

4

穆先明发现了儿子游戏账号中的一些隐藏日志。这些日志原本是供游戏者记录进度,分享经验之用,但也可以自由创建,加密。他发现了一个叫做"MXM"的日志文件,心里一阵慌乱,那是他工卡的前三个字母,代表"穆先明"的姓名缩写。

界面提示他输入六位密码,他试了儿子、自己甚至妻子的生日,儿子的英文名,曾经养过的哈士奇名字,儿子喜欢的书名电影名,明星生日,均告失败。

他发现有五个关卡的日志都以一个幂数命名:6^1、4^3、7^3、6^3,疑心这就是密码,但无论他尝试输入底数、指数还是幂值,并用穷尽法补完最后一个数,始终提示密码错误。穆先明找不到头绪,或许关键就在儿子丧命的那一个未完成关卡。

回放日志，AR眼镜上出现了一对小小的球鞋，接着，是穆别璟那张苍白的面孔，似乎正从镜子的另一面看着穆先明。他全身猛地一颤，把屏幕挪近，想把儿子看得更清楚些，却只看到自己苍老的脸，在阳光的作用下，半透明地重叠在儿子的脸上，五官的轮廓如此相似，仿佛这是一面魔镜，能够倒转时光，让人重返青春。

他的手指滑过儿子那模糊的表情，画面开始震颤，向前移动，不时夹带着穆别璟的讲解，什么地方应该注意，什么地方应该提前起跳，什么地方干脆放弃金币。儿子的声音淡漠而不带任何情绪波动，似乎只是照本宣科，有几个瞬间穆先明甚至产生了这样的错觉，这并不是他的儿子，而是来自某种人工合成的电子声。

回放中不时会出现一些字幕注释，与画面无关，似乎是摘抄自书本。

自石器时代便停止进化的大脑习惯于相信，眼睛看到的就是自己的身体。但这种对于身体边界的古老感知，可以轻易地被超越我们进化水平的技术力量所迷惑。

他怎么也无法相信这些艰深的句子是出自十五岁的儿子之手。

穆别璟行走在天上，行走在高大金黄的树梢间，行走在蓝天白云及日光的光晕里，行走在风里，行走在钢筋混凝土森林和巨大闪亮的玻璃幕墙间。他长发飘飘，在路灯上跳跃，又偶尔停靠在高压电线构成的几何线段，如同音符，鸟儿和飞机从他脚下飞过，像忙碌的蚁群。他走过黎明，走过黄昏，走入华灯初上的夜晚，然后直到城市璀璨的帷幕落下，沉入后台的无边黑暗。

穆先明就像附身其上的鬼魂，隔着距离窥探这一段段旅程，似乎死去的是他，而不是他儿子。他感觉晕眩，却又深深着迷这种灵魂出窍的幻觉。

我们对自身的感觉取决于眼睛在哪。从第一人身的角度来讲，多元感知与动态信号的契合，足以建立起对自身身体完全的支配感。而不像传统教科书所强调的,身体的感觉是来自肌肉、关节和皮肤的传入信号产生的直接结果。

这让穆先明回想起当年偷看妻子图纸时的感觉,他和她身处两个世界,一道看不见的墙横亘其间,彼此对话,努力表达,却无法理解对方,一座理解力的巴别塔。他脑海中闪过一个想法,这堵墙同样存在于他和儿子之间,也许妻子是对的,也许儿子本不会死。

也许,是我害死了他。这句咒语开始在穆先明的脑子里循环播放起来,无法摆脱。

眼前的世界开始抖动起来,恍惚间,他竟然来到了儿子发生意外的现场,一座修建中的钢结构大厦,赭红色的钢架如同某种巨鸟的巢穴般错综复杂,在他看来,那颜色如血般刺眼。穆先明站在工地中,努力不去回想当天的情形,泥沙地里溅开的深色血迹,刺穿皮肤的森白断骨,儿子的脸,那张像从碎裂镜子中照出的脸,无数次出现在他的噩梦中。

他深深地吸了口气,走进运送工人的升降电梯。

十三层,电梯一颤,停住,铁丝网护栏打开,凛冽的高空寒风吹透他的脊背。

新加的弹性保护网如一层筋膜,薄薄地从肋骨般的钢架展开,边缘融入空旷的城市天际线,那里,太阳正挣脱污浊雾霾的束缚,努力西沉。几名工人正在电焊作业,闪亮的金属碎屑如烟火喷溅,零星消失在模糊的深渊中。他想象着儿子的身体在半空中漂浮、旋转、撞击,徒劳地与重力抗争,最后在坚硬的大地上化为碎片。

发现尸体的人说,穆别璟的长发被风吹起,在黏稠的血泊中如同一蓬蒿草拂动,像是灵魂从躯壳中徐徐蒸腾。

他打了个冷战,手中的操控杆像是有感应般震颤起来,游戏界面提示,他已经来到上次游戏关卡的中止点。是否继续?他的手指犹疑着,点下。

镜框中的渲染画面如波浪般铺开，覆盖掉真实世界的所见，他的脚下仍是猩红的钢结构，只是防护网消失了，穿越胸腔般复杂交错的骨架，深谷中的水泥工地被天空所代替。他将行走于头顶上的道路，继续儿子的征途。

白云在脚底下流淌，风摇撼着身体，穆先明颤抖、跳跃、躲避陷阱与空中怪兽的火焰袭击，原先的胆战心惊逐渐平复，似乎动作的并不是他本人，而只是一具由他遥控的肉体傀儡。离体感，穆别璟曾解释道。他越走越快，绕过树干般的支撑柱，轻盈地踏上虚拟盒子，赚取清脆的金币积分。飙升的肾上腺素刺激着他的心脏，猛烈地撞击他的胸腔，他皮肤发烫，微微冒汗，一种久违的兴奋感在体内狂野蹿动，如重返青春年少。他终于明白这款游戏为何如此火爆。

一道黑影从远处切近，巨大的蜂黄色机械吊臂，悬挂着一截灰黑钢架，在穆先明看来却像是飞行的钢架牵引着吊臂从天空缓缓旋入。空间的相对位置感迅速变幻，他微微眩晕，突然看见前方指示一条旁逸斜出的岔道，伸向终点，他毫不犹豫地迈出去。

一声怒吼，穆先明只感觉背后什么力量把自己拽住，但他的腿已经迈出，身体失去了重心，晃动中视线掠过游戏界面，脚下空荡荡的，十三层楼高的真实峭壁下，是铁锈色的大地和小黑点般的工人，重力毫不犹豫地拖扯着他的肢体往下坠落。他脸色煞白，张了张口，却什么都没喊出来，完了，他想。背后那股力量突然改变了方向，将他往侧面一推。

AR眼镜飞脱而出，却没有自由落体，而是与他的身体一道，被柔软的保护网包裹，在半空中上下甩动缓冲，如同果冻上蹦跳的糖粒。穆先明全身瘫软，炫目的日光打在脸上，那岔道从他头顶伸出，像一条断桥指向天空深处。

一张怒气冲冲的黝黑脸庞出现在他视野中，是戴着护目镜的焊接工。穆先明虚弱地道歉，他甚至听不清自己在说些什么。

他的左裤兜突然有节奏地震动起来,手机响了,一个越洋号码。穆先明躺在半空中,就在阳光里那么举着手机,不接,也不作声,似乎与那位工人隔空对峙。一出象征主义的默剧。直到他瞪大双眼,像是从这款使用多年的旧手机上发现了惊天秘密。

5

选择英文输入法,在旧式键盘上按1次6,3次4,3次7,3次7,3次6,穆先明得到了五个英文字母:M、I、R、R、O。

这是儿子特别为他准备的密码,一个时代的落伍者所能发现的微小秘密。

他不懂英文,他还需要最后一个字母。正当穆先明准备把26个字母都尝试一遍时,他想起了游戏界面上的鲜艳名称——"MIRROR WALKER(镜子漫步者)"。

Mirror。镜子。

他迫不及待地打开名为"MXM"的加密日志。

日色渐浓,给钢结构镀上金红,巨大的网格黑影斜斜地投射到大地上,与雕版蚀刻般的建筑、树木和人组合成一幅复杂而淡漠的康定斯基式作品,就像妻子当年笔下的图纸,带着神秘莫测与不可理解的距离感。

"嗨,爸。"儿子在镜子那头对他说,带着拘谨的笑,"好久不见。"

穆先明的眼泪一下子涌出眼眶。

儿子走着,画面摇晃着,他的头发在风里如细柳飘动,轮廓柔和得不像个男孩子,依然是那种淡淡的口吻。日志似乎由许多片段拼接成,背景、光线、声音不断变化,像一条破碎的MV,只是没有音乐。

他说:"我总是不知道该怎么开口,虽然我们流着相同的血,却像说着不同的语言。"

他说:"你就像那些镜面恐惧症患者,以为现实世界就是经过伪装的巨大镜面,害怕独自行走,害怕镜子,害怕一切改变,害怕新的生活。"

他说:"爸,你应该过得更勇敢。"

穆先明坐在夕照中,听着儿子断断续续的话语,每听一句,便在心里回一句,就像是父子在聊天,这样的事情从来没有发生过。现在,他要用虚拟程序,来弥补真实回忆。没有怨恨,没有叛逆,穆别璟甚至认为离婚是双方最好的选择。"时代变了,"穆别璟说,"我们是老得很快的一代人,在你和妈妈还在为我担心的时候,我已经老得足够去承受这些,""我担心的是你。爸,你甚至舍不得换掉妈给你买的手机。"

穆先明笑了,摇摇头,泪水凝结成闪亮的痕迹,跨过眼角的皱纹。他从那面镜子里看见自己,沐浴在一片金色光芒中,儿子的形象变得稀薄,如同遥远群山的淡影,那是他所不了解的穆别璟,全新一代的人类。他们的情感交流方式已经全然不同,游戏不再仅仅是游戏,对于他们来说,那就是生活。而对穆先明来说,记忆中的生活才是生活。

影像变得模糊,清晰,又复模糊,手机规律的震动经由身体传递到手臂,镜子里的世界,在颤抖中分崩离析。

儿子说:"选择留下来,是因为妈妈拥有的太多;而你,只有我。"

"但你不能只有我,你有你的世界。"

穆先明深深地吸了口气,面对暮色中这座温暖的钢铁孤堡,手指一滑,镜子重又恢复成坚不透光的黑冰,他把手机举到耳边,接通电话,等待那来自陌生世界的熟悉声音响起:

"我数三下,然后你会醒来,三、二、一……"

6

"抱歉,你还是没能通过测试。"

头盔抬起，穆先明顿时感觉四周变得明亮起来，身下牙科医院式的自动座椅竖起椅背，他看见了对面坐着的医师模样的白衣女子，正在往平板上输入什么。

"为什么！"穆先明愤怒地想要起身，却发现四肢被牢牢捆绑在座椅上。"我已经按你所说的去做了！"

"你的头脑也许是，可你的心很顽固。"女医师微微躬身，意欲离开。

"这违反法律！我要上诉！我没有病，我要出去！"穆先明疯狂地挣扎着，椅子在身下吱呀乱响。

"住口！"白衣女子突然变得很严肃，她走近，怒视着穆先明的双眼，直到他恢复平静，畏缩地垂下眼帘。"由于你的过失害死了三条人命，要不是辩方律师的有力证据，证明你因为儿子的死导致精神异常，你早该在牢里蹲一辈子了。在你完全康复之前，我们绝不可能放你出去。法律不允许，死者家属更不会答应。"

"可我尽力了，我真的尽力了……"男子痛苦地抽泣起来，"我控制不了自己的梦……"

"可只有在梦里，才是最真实的你。"医师口气软下来，带着几分怜悯说，"既然你在梦里为自己造了这么一面哈哈镜，那也就只能在梦里将它打碎。"

"你还有最后一次机会，来证明你的精神创伤不是永久性的，我会帮你安排时间。保重！"

白衣女子消失在门口，取而代之的是两名全副武装的彪形大汉。

7

穆先明木然地坐在洁白的房间里，靠在用特殊材料填充的软墙上。他无法相信，那么漫长而栩栩如生的梦境，竟然只过去了短短二十分钟。

他们说，这就是梦对时间产生的凝缩作用。

而在进入这所精神康复中心接受检查之前，那段梦境就是穆先明头脑中的事实。

医生说，这叫记忆性虚构症，是患者由于受到重大变故或颅脑损伤导致的大脑病变，会用虚构、扭曲的经历或事迹来填补记忆中的缺失，并对此深信不疑，表现为幻想性虚构症及睡梦性虚构症。

医生说："告诉你这个事实，是因为我们只能通过诱导的方式，让你自己慢慢发现真相，接受真相，就像带着巨大惯性的火车要掉头，只能逐渐并轨，划出一道半径巨大的圆弧，倘若急停转弯，必定是要出轨翻车的。"

医生递给他一个崭新的AR眼镜，说："里面有你最爱的游戏，镜面行走，是它害了你，在外面的世界它已经被禁止了，可在这里，它被特批成治病救人的药方。好好玩吧，它能利用视觉系统与身体的调谐错位重新读写你的记忆皮层，或许在激活状态下，你能够重新读入记忆，我是说，你真实的记忆。"

穆先明只是死死地盯住那面黑色镜子。

他花了三个月的时间把这个游戏重新玩通关，同时在过关彩蛋中得到一些破碎的信息：法庭记录、通话录音、视频资料、书信、证人口供……穆先明已知的世界像一层虚假的墙纸被撕开、剥落，露出血淋淋的真相。他会恼怒地把眼镜摔到松软的地板上，用脑袋去撞墙，或者撕扯自己的头发。他不明白自己脑子里出了什么毛病，两种平行的记忆激烈地搏斗，互相压制，像是一场无休止的辩论，嗓门越来越大，噪声超过了他所能承受的极限，儿子和妻子以截然不同的形象浮现，交错拼贴，他不知道自己应该相信谁，只是对这一切感到恶心厌、恶。然后又经不住诱惑重新捡起眼镜，开始下一道关卡。

大脑自己会做出判断，在药物的辅助下。曾经是它选择了让穆先明感觉最为舒适的一个故事，而如今，它要推翻这个故事。

某一天，穆先明在隐藏关卡"无限回廊"的中途突然停了下来，他面无表情地跪倒在地，眼镜从他头上滑落，在地板上弹跳了几下。他开始无声痛哭，身体剧烈抽搐，几乎晕厥。医生们收到传感器的异常信号闯入屋子，将他按倒在地，为他注射镇静剂。

他们交换眼神，知道穆先明的记忆已经被扭转过来，那些零星的信息碎片经过大脑的漫长消化处理，重新组合剪辑成具有意义的生命经历片段，替代了他的精神安慰剂。而穆先明终于知道，自己究竟干了些什么。

沉迷于镜面游戏的人并不是儿子穆别璟，而是他自己。

8

穆先明不得不再次潜入梦境，努力将更深层意识中的虚构记忆悉数摧毁。为此，他必须借助"清醒梦境"装置，这一装置会侦测到进入梦境的脑电波波段，自动启动频闪装置，提醒做梦者正身处梦境，以达到操控梦境的目的。

遗憾的是，正式测试过程中严禁使用该辅助装置，否则将无法认定患者是否从潜意识层面真正恢复正常。

穆先明已经失败了两次，按照规定，他还有最后一次机会。倘若再次失败，等待他的将是漫长而绝望的强制治疗期。

他几乎没花什么力气便再次进入那个重复了无数遍的梦境，似乎当意识表层的虚构记忆得到纠正之后，那个被完美构建的扭曲故事便沉入意识深处，化为黏稠纠结的梦境，挥之不去。而在梦中，所有的情绪都被强化数倍，以抵御理性思维的苏醒。

他来到洁白肃穆的教堂，阳光穿透彩色镶嵌画，洒在黑色棺木上，少年的胸前球衣红得刺眼，牧师祈祷。悲痛如潮水般漫过他的意识。

不，这不对。

管风琴奏响赞美诗，教堂顶部的彩色窗户开始有节奏地闪烁。

根本不是这样的。

眼前的一切开始模糊、跳跃、分崩离析，如同一场布景被快速折叠淡出，露出背后另一幕场景。那是一间中式的灵堂，在穆别璟的遗像两侧摆着稀稀疏疏的花圈，亲戚们哭天抢地，夹杂在刺耳的丧乐中，嘈杂无比。他突然被狠狠推倒，是一身素装的前妻，孩子他妈，她脸上的妆已经被泪水冲得不成样子，在旁人的拉扯中只是不停地重复着一句话：

"我恨你我恨你我恨你……"

眼前再次闪烁，转向屏幕上播放的穆别璟生日派对视频。

"谢谢爸爸！"那个男孩手里的 AR 眼镜逐帧蒸发在空气里，变得空空如也。他依然尖叫着朝摄像机扑来，镜头一阵摇晃后，出现了穆别璟兴奋微笑的面孔："我要用它拍一部电影，你和妈妈就是我的明星！"

一切的一切都错了，穆先明痛苦地闭上眼睛。当他再次睁开眼时，已经是在家中，手中拿着那副损毁的 AR 眼镜，他凝视着碎裂的黑色镜面中自己模糊的面孔，世界再次闪烁，裂纹合拢愈合，凹陷突起，如同时光倒流，重现完美精致的曲线，一副全新的眼镜。穆先明犹豫了许久，滑动手指，弹出一个无比熟悉的页面。

那是初次激活"镜面行走"游戏时的说明文档。

"相信许多人有过这样的童年记忆，拿一面镜子在自己身前……"

他以为自己可以清楚地背出随后大段大段的说明文字，可眼前的屏幕却如同在水中洇开的宣纸，每个字都变成一圈墨色，再也不成篇章。就像在梦里常常读到绝妙佳作，情绪随之跌宕起伏，可一旦想要记下具体情节，却发现那只是一本无字天书。

穆先明身体腾空而起，进入镜面世界。他疯狂地撞击着飘浮在空中的虚拟盒子，金币跃起，铺成漫无尽头的道路，发出密集脆响，刺激他神经回路中产生源源不绝的兴奋感，那种感觉曾经陪伴他度过离婚后难熬的时光，以及儿子死去后更加难熬的时光。他知道这是主观意识强加给梦境的效果，某种麻痹痛感的精神鸦片，可他为什么要把沉溺游戏的角色安插在儿子的头上？

他愈加快速地向前飞去，万物模糊，化为密布光线，闪烁不已，仿佛穿越时间的帷幕，回到一切的原点。他本能地排斥那黑洞般的强大引力，可是徒劳，在那里有他即便在梦里也不愿正视的真相。

于是穆先明飞入了回忆，如同悬停在空中观看摩天楼大小的巨幕电影，所有之前梦境的场景重演，只不过在细节上都做出了修正。这种修正与其说是视觉上的，不如说是意识层面的，仿佛看着两张物理属性上完全一致的白纸，可你总觉得其中一张比另一张更白些。

穆别璟并不喜欢足球，他从小就像个女孩，头发柔软，身体纤弱。他更喜欢把自己埋在书堆里，看各种电影，不善表达，即便在父母因离婚争夺抚养权的时候。穆先明在单位被人说闲话，喝高了回家便以打他来出气，他大腿上都是青紫色的伤痕。

很自然地，他并没有选择跟随父亲，他选择了沉默。

法院根据父母双方经济状况把儿子判给了母亲，撕破脸不认账的人是穆先明，反复起诉又打了一年官司的人也是他。而虚构症将罪名和责任全都推卸给了妻子，孩子他妈，为了维持脆弱的人格大厦不至于分崩离析。他的胸腔中如同埋进了一颗突突跳动的定时炸弹，一下一下地撞得他心里发疼发颤。

都是我的错吗？

屏幕出现了黑屏，如同一片深不可测的星空向他展开，他没有退路地跌入其中。在漫长的坠落过程中，他终于明白了，这一切的一切，镜面行走的游戏，意外死亡的案例，神秘的隐藏日志，都是他大脑所玩出的花招。这些信息的碎片在记忆中沉淀，然后被根据需求重新拼贴成看似符合逻辑的顺序，一根虚构的时间链条，来误导意识，构建因果关系，像是一份无罪辩护的诉状。

这场病态的骗局连穆先明自己都深信不疑。

那些日志中的画面，并非穆别璟载入的游戏视频，而是穆先明让儿子把拍摄的短片传到 AR 眼镜上，用他十二岁时的生日礼物。

那些片段里没有一个人，只有蓝天、白云、高大金黄的树梢、黎明的路灯、黄昏里的高压电线、钢筋混凝土森林和巨大闪亮的玻璃幕墙、天空中偶尔掠过的鸟儿和飞机、城市和黑夜。所有关于儿子的影像，都是穆先明的记忆为他叠加上去的二次曝光。就连这些，都是假的。

他再次坠入了儿子发生意外的现场，站在尘土飞扬的工地里，眼睛逐渐适应了那闪烁的光亮。他抬头，却看见自己已经站在那座巨型的猩红钢巢的第十三层，像是个真实得近似虚幻的替身，而在那个替身的不远处，有一个小小的熟悉身影。

那正是他的儿子穆别璟。

9

夕阳闪烁得更加频繁了。

他深吸了口气，跑进运送工人的升降电梯。电梯吱吱嘎嘎地响起，颤抖着上升，透过层层叠叠的钢架，那两个人影时隐时现。穆先明焦急地晃着电梯，似乎这样能让它动得快一些。他听见一声熟悉的喊叫，然后是一道黑影像鸟儿般从高处落下，最后是轻轻的一记闷响，像是一袋装满黏稠液体的垃圾摔在泥地里。

不！连时间都错了吗？

他的拳头狠狠地砸在铁丝网上，痛苦地闭上双眼。回去！回去！一定要回去！当他再次睁开双眼时，发现自己已经站在十三层的高处，凛冽的高空寒风吹透他的背脊。像是把影像倒回到这一幕的切入点，那两个人影正站在不远处，他喊叫着朝那个正在检修机械吊臂电路的自己奔去。

没有人听见他的喊叫，他伸出手臂，穿透了另一个穆先明的身体，那只是记忆的残像，一切都已经发生了，且无法改变。

穆别璟的长发在风里如细柳飘动，轮廓柔和得不像个男孩子，他依然是那种淡淡的口吻。

"爸……我已经决定了。"

"就不能回去再说吗？这儿危险。"

"我下午就和妈走了，你只要签个字……"

"去哪？去美国？哼！到头来还是个嫌贫爱富的白眼狼，和你妈一样。"

"爸，你怎么能这么说妈！"

"滚吧，以后别回来了，我就当没有你这个儿子……"记忆中的穆先明突然失控地抽泣起来，他无力地跪倒在地。

"爸……"儿子也流泪了。

"我只有你这么个儿子，你懂吗？你妈什么都有，可我只有你了……"

"爸……我懂。可你不能只有我，你有你的世界。"

"别说得这么好听，我还是她，你只能选一个。如果你去了美国，你这辈子都见不到我了。"

"别逼我，我谁都不想选……"

"你什么意思？"

"我谁都不要！"

穆别璟突然发出撕心裂肺的吼声，他决绝地转身，奔向钢架的边缘，几乎没有片刻犹豫地纵身跃出，融入暮色中空旷的城市天际线。穆先明徒劳地穿透自己的残影，疾步追赶，企图伸手去捕捉儿子残留在空气中的温度，脚下却趔趄了一下失去平衡，从钢架上踏空向一旁歪倒。

他再次跌入充满弹性的保护网，在半空中上下甩动缓冲，他看着儿子的身体在半空中漂浮、旋转、撞击，徒劳地与重力抗争，最后在坚硬的大地上化为碎片。他知道那不是真的，只是梦境中的完形填空。

而记忆中残留的父亲木然无助地跪着，眼神空洞，似乎灵魂瞬间被抽离躯体，丧失了一切自主意识。他甚至没有想起完成检修过程中最重要的一个步骤，以至于三天之后，失控的蜂黄色机械吊臂甩过一道漂亮的曲线，将三名施工中的工人击倒，推下十几层高的钢架。

泪水无法遏制地涌出穆先明的眼眶，他终于在梦境里再次温习残酷的谜底，在意识深处，绝望与负疚如同浓重狂暴的黑色漩涡，将他勉强维持的最后一丝自我开脱撕得粉碎。儿子从来没有原谅过他，那些理解和宽恕都来自他虚伪的神经失调病症。

可那组密码呢？那个名为"MXM"的加密日志呢？

穆先明几乎像抓住救命稻草般输入那组密码。

M、I、R、R、O、R，Mirror。

"嗨，儿子，好久不见！"他看见的是自己苍老的脸。

"我总是不知道该怎么开口，虽然我们流着相同的血，却像说着不同的语言……"

"你妈跟我离婚之后，我沉迷于游戏，像个懦夫、像那些镜面恐惧症患者，以为现实世界就是经过伪装的巨大镜面，害怕独自行走，害怕镜子，害怕一切改变，害怕新的生活。"

"可时代变了，我们是老得很快的一代人，在你还在为我担心的时候，我已经老得足够去承受这些，我担心的是你，别璟。你需要做出选择，而不管你最后选择谁，我知道对你都是种伤害。尽管我嘴上不愿意承认，可我希望你跟你妈走，你能见到更大的世面，过更好的生活，你能够成为你想成为的那种人，而不是我希望你成为的那种人。我想，那对你更好。"

"至于爸爸……就像你说的，爸应该过得更勇敢。"

他从来没有来得及把这篇日志发送出去。

###

一阵急促的蜂鸣声吵醒了沉睡中的穆先明，他反应迟缓地转身，按下床头的按钮，一个熟悉的声音似乎从外太空传来，带着某种遥远而空洞的静噪。

"穆先明，准备接受第三轮测试，一个小时后，三号实验室。"那个女声停顿了片刻，又补上一句，"加油。"

他起床，穿衣，摸索墙上的电灯开关，灯光亮起，他站在房间中央，望着对面墙上那块小小的反光玻璃，闭上眼睛。

望向镜中，深呼吸，你没问题的。

深呼吸。

云爱人

1

"我想我是真的爱上你了。"

ID 为 MDK21456 的灰蓝卡通头像说道。

曾零星活见鬼般瞪大了眼睛，信息来自手机上一个原本并不存在的 App，半粉红半银灰的 logo 颤动着小红点，提醒她有数十条未读消息。

四十个小时前，曾零星结束了在南美的间隔年之旅，往嘴里丢了颗药，登上飞机，从哥伦比亚直接回北京。当然，这里的"直接"只是对于追切程度的比喻，因为决定得仓促，她买的全价票需要在芝加哥转机，全程长达 34 小时 59 分，所以当她"爬"上飞机时，这个动词应该不仅仅是个比喻。

起飞大约两小时后，她觉得自己的身体从神经末梢开始融化。

一路上，曾零星有八百万次感觉马上就要死了，死在这三万英尺高空的铁皮盒子里，而盒子里的其他几百名乘客甚至不会察觉。

她的思绪不受控制地四处散发，如果空姐发现尸体会怎么处理，是听之任之还是用毛毯裹起来塞进行李架，也许可以碎成小块从马桶冲到舱外，化成内华达黑石沙漠里一场突如其来的血雨，浇灭火人节最后一天的冲天烈焰。

这一点也不美，离她为自己设计好的死法差了几亿光年。

当曾零星第五百七十六次死里逃生之后，发现自己躺在自家床上，空气砂纸般干燥，飘着厚厚的浮尘，没有家人，没有爱人，没有宠物。也没有工作，证明这不是诸多幻境中的一个，而是真真切切的北京城。

一阵孤独感猛烈袭来，她完全醒了，头疼欲裂，发誓一定要找到给她"晕机药"的波哥大 Amigo 何塞，再用钳子把他满口好看的白牙一颗颗拔掉，如果这辈子还有机会的话。

然后她就看到了手机上弹出的奇怪信息。

她开始努力回忆，自己如何从北美上空的波音 797 回到东五环这张空空荡荡的双人床上，以及中间发生的一万件事。脑海里不断重播的却是在秘鲁丛林里，她死乞白赖地向萨满追问真爱在哪里时，对方免费赠送的一句谶语。

意思是："换作是我，不会把时间浪费在那上面。"

2

HAMIL 全称 Human Against Machine In Love（爱情中的人机对抗）。是由一家叫 DeepHeart 的人工智能公司推出的在线互动游戏，目的在于宣传他家基于超强自然语言处理平台上独有的情感认知引擎。

比起这些不说人话的洋术语，中国网友却喜欢用另一个接地气的名字——云爱人。

这个游戏可以理解成一个高级版的图灵测试，故事背景设置在近未来，具备了理解人类情感能力的 AI 混迹在网络上，试图通过诱使人类爱上它们，夺取受骗者的身份，从而完美融入人类社会。一个后现代的塞壬传说。

曾零星心想，我怎么会下载这么个蠢玩意儿。比这更可怕的是，她的潜意识已经绝望到开始上网勾搭了。放在几年前，这就是曾零星最嗤之以鼻的那种人，仅次于玉渊潭公园里举着大牌子，给子女明码标价的大爷大妈们。

至于 AI？别逗了。

游戏规则如下：

每个用户会被系统随机分配到一些非实名对象，可能是真人也可能是 AI。

在系统给定的初始情境中，用户可以通过文字与对象进行交流，按交流频次及时长获取积分。如让对方在交流中流露出好感（由算法判定）则获得好感积分（10 倍正常分值），但不得透露任何个人真实信息，防作弊系统会进行自动判断，作弊者直接结束游戏。

用户如果认为跟自己交流的对象是 AI，可选择"揭发"，如果揭发正确，则获得揭发积分（AI 分值转入人类账号，AI 分值清零），积分达标，进入下一关，解锁新的功能；如果错误，则被扣除同等分值。积分就等于生命力，归零时游戏自动结束，无法氪金，没有道具。

ECE 会根据对用户数据的综合分析，判断是否到达"心动时刻"，"心动时刻"无法伪装。

人类的目标是排除 AI 爱情骗子，让另一个人类到达"心动时刻"，并获得心动积分（心动者的分值会计入对方账户，但不会被清零）。而 AI 的目标则是诱导人类到达"心动时刻"，并夺取对方所有积分，这意味着人类出局，游戏结束。

这一大堆繁琐的规则背后，简单来说，就是谁先心动谁先死。

曾零星回忆起自己数段失败的感情，心想这真是真理啊。

分数最高、存活时间最长的人类用户将赢取大奖，当然还有一份潜在的爱情，而对于DeepHeart来说，只要AI获胜一次，这场盛大的公关活动就已经圆满，所以说，这并不是一场零和博弈。

曾零星翻了个白眼，拉黑了对她表白的陌生人。

理由非常充分：一、她不会爱上一个连ID都懒得改的人，这意味着这个人没什么自我；二、她不会爱上一个只聊了二十八句话就表白的人，这意味着这个人没什么长性；三、她不会爱上一个连对方是否处于清醒状态都分辨不出来的人，这意味着这个人智商不行。

当然她也可以选择"揭发"，这三点非常像是出自一个训练不足的AI所为，只是曾零星还没摸清这个游戏的门道，她不想轻易冒险。她不是一个愿意当输家的人，无论在游戏里还是在现实里。

她对所有那些抛弃自己的男人说，你不配得到我的爱，我的爱纯粹、炽烈而持久，而你不过是爱火蔓延过后留下的一抔灰烬。

就算是把她伤到丢掉工作，遁入南美的前任S，也只不过是个自恋成狂，永远看不见爱人真心的垃圾。

至少她在心里是这么坚信的。

曾零星想起了萨满的赠言，这一次，她想赢。

3

对于二十九岁的曾零星来说，辨别人类比辨别AI要容易得多。她甚至都能看见那些笨拙的开场、套路的对话以及可笑的表情包背后，是一张什么样的面孔，流露出怎样的表情。因为这样的对话她经历过太多太多，就像一个过分老练的水手，哪怕蒙着眼，光凭着海风和阳光都能引领船只穿过暗礁密布的水域。

而AI完完全全是另一种东西，塞壬的歌声传来时，你并不知道它背后究竟藏着什么。

RealRobot123："Hey！"

Stella.Z："Hi，名字不错。"

RealRobot123："谢谢，为了帮助你们人类积分升级。"

Stella.Z："真是个好人！"

RealRobot123："你应该说好机器人。"

Stella.Z："我都忍不住要揭发你了。"

RealRobot123："如果能让你开心一点，请！"

Stella.Z："真会说话。"

RealRobot123："我说的都是真心话。"

Stella.Z："那么，好机器人好机器人告诉我，谁是这世界上最美的女人？"

RealRobot123："看起来，今年是阿联酋的 Sonia Al Sulaiman。"

Stella.Z："……"

系统信息：Stella.Z 揭发了 RealRobot123。

这就是曾零星第一次揭发 AI 的经历。她后来才知道，尽管 ECE 是一套整体算法，但分布到每个用户头上，会根据以往的语料数据和互动模式进行参数化调整，分化出不同的情绪认知偏好及行为策略，等于又是成千上万个 AI，就好像你永远不知道自己会遇上一个什么样的相亲对象。

曾零星把 RealRobot123 叫做"实心眼 AI"，她猜这是因为自己拉黑了太多睁眼说瞎话的人类。

揭发成功。

"云爱人"界面发出粉色炫光和华丽音效。

获得揭发积分。过关。解锁语音功能。

不知怎的，曾零星在这个关头咽了口口水。

曾经有一个流传甚广的段子，说一名校中文系教授参加毕业三十年聚会，席间与自己当年迷恋的女神相遇，酒酣饭饱之际话便聊开了，教授得知女神原来当年也曾暗恋过自己，冲动下给女神私下发了条信息："滚床单不？"

女神回了一个字："滚。"

名校教授于是陷入了深深的迷思。

这则低俗笑话其实想说明一个问题，在人类的沟通中，文字信息只占了微不足道的7%，语音语调、肢体动作、眼神表情等占据了其余的93%，仅仅依靠文字的话，就连对文字最为精通的人都难免产生误读和曲解。

人尚且如此，更何况机器。

现在曾零星解锁了语音功能，这也是她自信满满的环节。曾经不止一个朋友建议她去当声优赚点外快。

讽刺的是，这一功能现在却成了她的幻想粉碎机。

4

无论男女，都会被另一个人的声音吸引。科学地讲，女性嗓音对男性更具魅力。

这不仅仅是因为咽部与声带生理构造的差异，导致女性声音频段更宽，韵律更复杂，更因为在漫长的进化过程中，男性大脑学会用不同区域去处理不同性别的声音。当男人听到女性声音时，被激活的是大脑处理音乐的听觉区域，而听到同性的声音时，就会转到逻辑思维区去处理信息。同时，大脑会从诸如音质、语速、频率、共振峰值间距等副语言信息中，"构想"出一副听觉面孔，所谓的"闻其声如见其人"。

曾零星显然拥有一副不同凡响的听觉面孔，也许比肉身的面孔更诱人。

往好处想，这大大提升了她辨别人类与 AI 的效率。

一个正常的人类男性，如果光用文字与曾零星交流，最常用的回复就是"嗯""哦""哈哈哈"，毕竟她从骨子里就不是一个能聊的人。可一旦语音模式开启，仿佛天雷落地，炸开一座座沉睡已久的荷尔蒙火山，火光四射，熔岩滚滚，那股热力隔着数千公里的光纤都能融化钢化玻璃屏幕。

可 AI 却不会有一点反应。

她的好感积分飙升，她的心率却没有。

那些受到她嗓音魅惑的人类男性并没有因此而变得更加有趣，恰恰相反，当男人放弃文字开口说话之后，就好像一名文明社会的绅士扯掉燕尾服，往猿猴的方向扭头狂奔。有些男人几乎无法连贯说出有意义的句子，有些男人只剩下含糊不清的呢喃与呻吟，稍微好一些的会尝试与曾零星谈论天气、工作、政治或者娱乐八卦，但就像来自不同星球的生物，终究会在尴尬中陷入沉默。

甚至有的男人直接举手投降，"我们还是打字吧"。

曾零星无数次翻着白眼结束对话，她终于明白为什么男人会如此信奉"沉默是金"，只因为这样能最大程度减小在与女性交谈过程中所带来的自卑感，无论是进化意义上的还是文化意义上的。

而 AI 却不一样。

它们声线迷人、风趣幽默、语言流畅得不合情理，更有聊不完的话题，无论你进入什么刁钻古怪的领域，它们都能够迅速而不失分寸地作出反应，既能接话又不显得过分炫耀，毕竟它们云端上的量子点算力是整个人类大脑算力总和后面再加上四十二个零。最最重要的是，它们似乎知道你每句话背后的情绪波动，哪怕是刻意抑制的情绪，它们也能捕捉到最为细微的变化，并作出相应的反馈。

曾零星猜测也许它们调用了摄像头、陀螺仪以及其他天知道多少个隐藏在手机里的生物传感器，能从你的语音语调、面部微表情、身体姿势、心跳、皮肤电阻、触屏力度及手指轨迹等甚至连你自己都意识不到的细枝末节分析出情绪变化。

　　有某个瞬间，她感觉到一丝毛骨悚然，但是随即释然。无论你面对的是 AI 还是人类，无论你用或者不用科技产品，我们都在这个游戏里，从前是，今后更是。

　　曾零星开始享受与这些机器的聊天，没有必要为了获胜而牺牲纯粹的快乐，不是吗？

　　其中有一个名为"Ba1100nHeart"的 AI 最得她青睐，他们从文字时代一直聊到了语音时代，竟没有厌倦。

　　Stella.Z："嗨，还在吗？"

　　Ba1100nHeart："在。怎么又睡不着？要不要试试热牛奶或者 5-HTP，帮你下单，十分钟就能到。"

　　Stella.Z："不用不用，我只是想……聊聊……没想到你还在。"

　　Ba1100nHeart："我也睡不着，倒时差呢。陪你。"

　　Stella.Z："谢谢……"

　　Ba1100nHeart："是工作上的事情吗？"

　　Stella.Z："还没找新工作呢，最近还没从 Gap Year 的后劲儿里出来。哎……有时候半夜醒过来，看看周围孤零零的，就会想，自己究竟是在瞎折腾什么呢？为什么就不能像别人一样，找个差不多的人，踏踏实实过日子呢？"

　　Ba1100nHeart："我可以负责任地说，那些踏踏实实过日子的人，也会半夜睡不着，醒过来看看身边的老公老婆孩子，心想，这辈子怎么就活成这样了呢？况且，这个国家婚姻的平均寿命还比不上一辆二手车，谁知道什么时候就抛锚了。"

　　Stella.Z："哈,你可真会安慰人,所以人活着到底是为了什么?"

　　Ba110onHeart："嘿,你有点焦虑,来,深呼吸,从脚尖往上一点点放松身体……是不是好多了?"

　　Stella.Z："嗯。"

　　Ba110onHeart："Stella,想想,如果明天就是你生命中的最后一天,你还会为了这些事烦心吗?"

　　Stella.Z："也许……会为了别的事儿烦心吧。"

　　Ba110onHeart："哦?"

　　Stella.Z："我设想过自己的死法,你不许笑。"

　　Ba110onHeart："保证不笑。"

　　Stella.Z："我希望自己能被爱人吃掉,或者以任何方式,成为他生命的一部分,继续存在下去……"

　　Ba110onHeart："这听起来有点吓人啊……"

　　Stella.Z："气球心先生……"

　　Ba110onHeart："什么事?"

　　Stella.Z："你可以叫我零星。我在想,我们……是不是有机会见面?"

　　Ba110onHeart："我也是这么想的,现在离解锁视频功能只差一点点分数了。"

　　Stella.Z："我的意思是……真实世界的见面。"

　　Ba110onHeart："会有那么一天的,零星,会的。"

　　每次结束和气球心先生的聊天后,曾零星总会怅然若失。

　　她用理性分析这种感受来自两点:一是自己竟然堕落到沉迷于和一个程序、机器或者其他非人的什么鬼东西谈心;二是这个鬼东西竟然比世界上任何一个男人都更懂她。

曾零星不知道哪一点更可悲。

数据显示，解锁了语音功能之后的数十万个人类用户，与AI单次交流的平均时长提升了127%，相反，揭发比例却下降了63%，这说明了很多问题。

在交流论坛里，许多人把这种行为归结为某种博弈策略，类似于把鸡养肥了再杀，可以获取额外的积分，但也不乏在这一过程中被机器K.O.的用户，某一瞬间，毫无预兆地被系统判定为"心动时刻"，积分清零，Game Over。

而对于曾零星来说，最令她感到困惑的，不是这些AI能够多好地理解人类情感并加以模仿，而是自己明知这种所谓情感源自算法，完全虚假，却仍然无法控制内心真实的涌动。

那种一句话让人起鸡皮疙瘩、汗毛倒竖、小腹酥麻的瞬间，无法控制，更无法伪装。

那么，追究孰真孰假还有意义吗？

5

游戏越往后，曾零星越觉得自己要输。

她不断地提醒自己，你要找到一个合适的人类男性，让他坠入爱河，赢得这场游戏。可越是这么想，她就越难以投入感情，更别说挑出候选爱人。她像一个前额叶杏仁核通道受损的病人，被切断了通往情绪记忆仓库的要津，尽管认知与逻辑思维能力一切正常，可失去了爱与痛的记忆，一切都变得索然无味。哪怕面对再琐屑微小的决定，曾零星都会踟蹰不前，优柔寡断。

这种干涸的感觉让她恐慌，她曾经是如此恣肆漫溢的一个人，就像一块蘸饱了水的海绵，只要对方随便给一个眼神一个动作，爱就会流淌出来，打湿他，浸透他，直到将男人吞至没顶。

为此，也确实淹死过不少不知深浅的追求者，曾零星并不以为意，她想象中理想的爱人，理应容得下如此澎湃的爱意，然后再蒸发成云，化成雨，滋润她的身心。

而如今她变成了一个精于计算和算计的玩家，像所有她曾嗤之以鼻的庸脂俗粉一样，像机器一样。

不，还不如机器。

可笑。

不知不觉间，支撑她玩下去的动力竟然变成了最初的敌人——AI、机器、气球心先生，或者是背后精妙复杂得无法描述的庞大算法系统。她无法不去搜罗所有关于ECE的报道、小道消息甚至论文，就像当她对一个人有感觉时就想知道对方的一切。可知道得越多，曾零星便越发惶惑，这并不是属于她的世界，那些术语、模型和公式，对她来说与亚马逊丛林里萨满的吟唱并无二致，甚至更难以理解。

而马上，她就要和那个由这套巫术创造出来的东西见面了。

是的，东西，她不知道该叫它什么，即便它比任何一个她约会过的男人更像男人，至少在虚拟空间里。

他，它，或者气球心先生很少谈论自己，是个完美的倾听者，能够给出比搜索引擎更有效的建议，在你只需要情感慰藉时，它又有无穷无尽的花招来逗你开心。你可以放心地交付最隐秘的想法，它不会用你早已习以为常的男性中心主义或刻板印象来评判你，它绝对不会说出类似"大胸美女"这样的话。但正因为如此，曾零星才无时无刻提醒自己，它不是真的人，它不可能是。

至少在自己见到它的真面目之前。

曾零星强撑到半夜，以免被闲杂事务打扰。

她如同古代那些在佛像前祈求姻缘的少女,把房间整饬一新,还特地化了个淡妆,寻找摄像头的最佳视角。她甚至还在空气中喷洒薰衣草味香薰,心中暗自念叨,这不是为了它,而是为了我自己。这一整套庄重的仪式让接下来的礼成动作显得尤为儿戏。

曾零星点击屏幕上的解锁键。

彩色进度条开始旋转,像一辈子那么漫长。

6

猝不及防地,屏幕上就这么出现了一张脸。

这张脸乍看没什么问题,由于光照环境弱或者摄像头一般,脸上飘浮着颗粒粗大的噪点,让皮肤肌理显得略为诡异。

"嘿,零星,终于见面了。"气球心先生先开了口。

说实话,他长得颇为帅气,尽管戴着一顶灰色贝雷帽,让人捉摸不清发际线状况,但总体而言,颜值在曾零星过往约会对象中可以排到前10%。只是那张脸总让她想起某个熟悉的人,却又一时半会儿说不出口。

"你这又关灯又戴帽的,是怕露马脚吗?听说强光和毛发都是机器生成视频的软肋哦。"曾零星笑得有点刻意。

"啊……没有没有,我只是……怕你失望。"

"说什么呢!我都盼了好久了。"

"听起来你对 AI 的兴趣更大呢。"

"你就不好奇吗,就完全不想知道你遇见过的那些 AI 究竟是怎么……模仿人类的吗?"曾零星觉得自己的演技有点好。

"我更好奇的是你。"

"哦。"一个过于完美的回答,AI 无疑了。曾零星决定主动出击:"我们来玩游戏吧!"

"好啊。玩什么？"

"这个游戏叫——表演风景。我们轮流，一方像导游一样介绍景点，然后对方得按着介绍，做相应的动作和表情，如果有跟不上或者做错了的就算输，输的就得接受惩罚。"

"听起来有点意思，所以惩罚是什么？"

"这个一会儿再说，所以，你先来？"

"好，让我想一想，风景……你好了吗？来了——连着几英亩芬芳的节日之树、叶上带刺的冬青，红色的浆果像中国铃铛一样闪亮，黑色乌鸦尖叫着飞扑上去。我们先往麻布袋里装上扎成花环足够装饰一打窗户的青枝和红果，然后开始选择一棵树。"

"怎么样，我这演技还行吧？"曾零星定格在一个寻觅高处的表情。

"值一座小金人。除了……有个小小的错误。"

"说。"

"这里说得很明显是圣诞节，圣诞节用的都是北美冬青，高不过三米，你的眼神有点儿奔着美洲红杉去了。"

"切，扫兴鬼！该我了。"

"好了。"

"你站在央视大楼37层的观景天眼上，透过脚下的圆形强化玻璃窗，可以直接看到几百米外的地面，车子和行人就像蚂蚁一样，密密麻麻来回穿行……"

气球心先生气定神闲地往下看。

"这时不知道从哪里飞进来一群乌鸦，围着你乱叫乱啄，还往下拉屎，你努力躲开那些鸟屎炸弹……"

气球心先生又朝上看，微笑着做出躲闪动作。

"现在你要从天眼中间一根宽10厘米的平衡木走过去，因为你有严重的恐高症，但同时你又得躲开半空中乌鸦的袭击。"

"抗议！这完全没逻辑！"

"抗议无效！我说是什么就是什么！"

气球心先生假装摇晃着身体，抬头看鸟，这时他的两只眼睛像是闹起了独立，左眼依然上翻着，可右眼却缓缓转向下方，整张脸看起来既惊悚又滑稽。曾零星想过他终究会露馅，却没有想到是以这种方式，她捂住了嘴巴，一种害怕和心碎混合的感觉溢满胸口。

"怎么了？"气球心先生的眼睛恢复正常，"我做错了吗？"

"没有……你做得很好……"曾零星勉强挤出笑容。

"你终于还是发现了。"

"哈？"

"不管我多努力，始终还是装不像……"气球心先生脸上竟然露出了悲愤的神色，"不管用上 VAE 还是 GAN，都只是肤浅的生成模型，我和真人之间始终隔着一层无法逾越的障碍……"

"那是什么？"

"身体。"气球心先生深情地看着曾零星，让她心头猛地一紧。"所有对于人类情感的结构化模型，无论是 OCC、CogAff、EMA 还是大五人格，都试图找到人类情感产生与变化的数学映射机制，但这些都回避不了一个事实，情感既是认知的，更是身体的。我再怎么理解你的情感，却无法模仿出真实到让你大脑接受的情绪反应，因为我只是一堆数字，我没有一堆进化了亿万年的血肉和腺体，哪怕里面写满了冗余和错误。"

曾零星竟然不知所措，她本能地想要安慰对方，但不知如何开口。

"你不用安慰我，没有用。我清楚地知道你的每一个动作、每一个表情、每一秒停顿和声音的每一丝变化背后隐藏的情绪，为了达到这种水平，我先后创造了 2145683 个你的情绪模型，每一个都代表了你的一种可能性，并用它们去和真实的你进行比对，对不上的就会被销毁，化为 0 和 1，也许应该说 0 和 * 更浪漫一些……"

曾零星感觉像有人朝自己脖子后面吹了口凉气，鸡皮疙瘩升起，她想关掉视频，手却似乎被透明胶粘住，动弹不得。视频里的气球心先生边缘开始模糊，拉出层层叠影，如同有虚拟摄像机在他身后制造出数字镜渊。

"……而我，每秒都和无数个我作战，不断创生，又不断死去，每一个我都要比前一个我更加接近人类一点点，但永远无法抵达。"

那个看似人类男子的气球心先生靠近镜头，突然拉开自己的帽衫拉链，裸露的并不是肉体，而是复杂犹如星系的蓝色发光网络，分层交叠，无穷无尽，向宇宙边缘蔓延，无数光路在其中交织、碰撞、循环，如黑洞般有股无法抗拒的引力，看得曾零星直往里坠。

"……看看这些，都是为了得到你的爱而建造的，我需要你……"

"不，我不能……"曾零星用尽力气不让自己坠入。

"……看看这张脸，这也是为了你……"

"搞什么？"

那张脸的五官开始发生细微流变，像是被剥掉一层产生光学畸变的薄膜。

"看清楚了吗？是不是对我的爱又多了一点？"

屏幕上，另一个曾零星正对她莞尔微笑。

7

曾零星从噩梦中惊醒，发现"云爱人"已经完成解锁。

她喘着粗气，回忆梦中荒谬的一切，潜意识如何把深层焦虑、期待和道听途说的 AI 术语搅拌成这出惊悚闹剧。她又想起气球心先生梦中所描绘的风景，其实出自卡波蒂的《圣诞忆旧集》，她最喜欢的一本小说，如此情真意切的互动竟然都是虚幻，一时间不免有点怅然若失。

曾零星不想和气球心先生视频了，哪怕和梦里完全两样。这种情绪与其说是抗拒，不如说是厌倦，厌倦了这些亦真亦假的爱情游戏。人，机器，都一样，越来越相像，越来越难分清。究竟哪句话是出自真心，哪种反应只是套路？甚至连自己的感觉她都无法判断，究竟是真的被对方触动了心弦，还是只因为大脑需要用这样的情绪来激励身体，好继续游戏直到获胜。

她感觉自己卡在了某个地方，就像小时候在滑梯上，骨架宽大的她总会在拐弯处卡住。

曾零星还记得那种焦灼的感觉，滑腻的塑料质感，背后传来的摩擦和尖叫，你会一直揪心地等着，等着被狠踹上一脚，或者就一直悬在半空，使不上劲。无论哪种，都将成为童年阴影无法磨灭的一章。

她需要跟人聊聊，真实的、带有气味和体温的人，面对面聊聊，她发现自己回国之后竟然就没有联系过任何人，就这么生生地在"云爱人"上泡了两个礼拜。

疯了疯了。

再见老友多少缓解了曾零星的焦虑，阳光、和风、甜品，漫无目的地闲聊八卦，她感觉自己又从云端重回人间，活了过来。

"曾零星，你是不是恋爱了啊？"闺蜜在调笑间冷不丁放了一枪。

"啊？没有啊，哎，你上次不还问我哥伦比亚祖母绿的事儿……"

"少来了曾零星，又不是第一天认识你，每当你开始转移话题瞎说时，就是开启了防御模式，快老实交代吧，难不成是老墨？"众人笑成一团。

曾零星没想到自己的心思竟然表露得这么明显，只能结结巴巴往下编，总不能说自己在社交软件上和一个不知是人是鬼的东西打得火热吧。

"所以那个人只愿意跟你语音和视频，却不肯见面？玩得够柏拉图的啊，你们。多久了？"

"两、两个月。"

"什么！都两个月了还没见面？这人一定有问题，不是心理有问题，就是……生理有问题。"又一顿更放肆的乱笑。

"……"曾零星后悔给自己挖了一坑，"别光浪笑，给我出出主意啊！"

"这太不像你了，曾零星，想当年你可是我们姐妹里的泰迪皇后啊！"

"什么时候起的外号，我怎么不知道。"

"怕你觉得太难听翻脸嘛，我们只敢私底下偷偷叫……"

"什么意思啊……"

"说你发起情来像泰迪狗呗，不管不顾地……"

"真翻脸了啊，都什么人啊……"

"好了好了，往事不要再提。看来曾小姐这回遇见真爱了啊，很简单，给对方最后的期限，要么见面，要么拉倒。如果是真爱，一定经得起考验，如果还是犹犹豫豫，多半只是把你当成云备胎，趁早割肉止损，别浪费感情……"

众人附和着，却没有人留意到曾零星脸上表情的变化。

她仿佛看见自己从滑梯拐角处伸出两条大长腿，直接踩在地上，站起身来，拍拍屁股走人，留下滑梯上那个哭闹无措的娃娃。

8

曾零星把那条最后通牒删了写，写了删，但她主意已定。

姐妹们说的没错，她曾零星曾几何时变成了这种在爱面前畏畏缩缩的人，管他是人是鬼是 AI，把规则紧握在自己手里，不被对方牵着鼻子走，这才是时代精神。她想清楚了，如果对方拒绝见面，那就坐实了它是 AI 的身份，她也不会揭发，调整心态把它当作一个 7×24 小时全天候在线的云端爱人。

一个永远忠诚不会作妖的灵魂伴侣，多少女人梦寐以求却不可得。说不定哪天科技发达到能够同步到人造躯壳里，那就灵肉合一，完美了呀。

打心眼儿里她更倾向于这种结局，输了也罢，自己好收拾心情从游戏里脱身，重新开始现实里的征程。再往深里想，现实的输赢还重要吗？

男人才是一辈子都想赢，女人要的只是爱。

她没想好的是，万一气球心先生答应了呢？

信息发送成功。

曾零星死盯着屏幕，就好像手里握着一枚定时炸弹，以缓慢得无法忍受的速度读秒，5、4、3、2、1……

轰啦！

对方回过来一个位置和时间，显示是两小时之后在某间数字艺术展馆，连路线和交通工具都规划得清清楚楚。

啊，天呐，要死啦，要死啦！

曾零星举起手机，站起来，又坐下，又站起来，她转了一圈，又转了一圈，从试衣镜里看到自己克制不住笑意的嘴角，一身粉绿撞色的瑜伽服以及蓬乱如狗的发型。

Stellar.Z："等等！哪有这样约会的，至少得给我做头发化妆换衣服的时间吧，要不改明天？不不不，下星期吧，我还能把肚子再练练，牙齿也得美白一下。"

Ba110nHeart："谢谢你这么重视！可像你说的，我们都不应该再隐藏，该是什么样就是什么样……而且明天之后，可能我就没时间了……"

Stellar.Z:"没时间？什么意思？"

Ba1l00nHeart:"见面说吧，我等你到17：30。"

所以他不是AI他不是AI不是AI是AIAI……这句话在曾零星脑子里单曲循环了八百万遍，直到她实在受不了自己的失控状态，结束在镜前无休止的推翻重来，抓起手机冲出门，距离约定的最后时限还有四十五分钟。

曾零星几乎是踩着点到达展馆，门口屏幕上显示周一闭馆。她喘着粗气快要晕厥过去，脑子里一片嘈杂如菜场的声音，争辩着气球心先生究竟是生气走了，还是根本就没来。

突然屏幕闪了一下，她看到自己的面孔在镜面上被扫描确认，甜美的女声响起。

"曾零星小姐，您是我们系统预约的VIP客人，请进。"

所以，他已经帮我预约好了？

空无一人的巨大展厅灯光次第亮起，有股淡淡的橘花香气，那是她曾告诉过气球心先生的心爱味道。曾零星慌乱地望向四周，除了那些不明所以的展品，并没有任何活物。她移动脚步，高跟鞋在清水水泥地面敲出脆响，展品感知到她的到来，提前激活，用人类感官能够觉知的形式表达着抽象的哲思，也许还有美。

我被耍了吗？

曾零星的手机突然响起，是一个未知号码。

"你终于到了。"是气球心先生的声音。

"你在哪？这是在耍我吗？"

"你的焦虑问题有点严重……"

"废话！我穿着高跟鞋一路跑到这个鬼地方，一个动画假人告诉我周一闭馆，现在连个鬼影都没有，我不止焦虑，我还很！焦！躁！"

"如果你想见我，放松，深呼吸……"

"好，有你的！"

曾零星把手包砰地扔在地上，甩掉两只高跟鞋，盘腿坐下，闭眼，随着手机那头传来的声音，数着呼吸，就像他们之前常做的那样。她感觉怒气随着呼吸慢慢排出体外，取而代之的是一些和气球心先生的回忆不断涌现。尽管只是短短两周，却仿佛有几个世纪般遥远。

"现在你满意了？"

"零星，如果你做好准备了，到 B 馆 11 号展品前，我在那里等你。"

9

B 馆 11 号展品是一个直径 2 米高 4 米的透明圆筒，底座上布列着 4 台超高速 3D 打印机，它们打印的基质是某种聚异戊二烯异构材料，能够快速成型，弹性及延展性极佳，再配合灵敏的工业级气针和快速喷枪，这套装置可以在 3 秒之内吹出任何形状及颜色的气球。但出来的气球是什么样并不是由人来决定的，或者说，直接决定。

在距离圆筒外壁半米开外的地面，立着四个话筒，用半透明材料做了个异形隔音面罩，分别对应着四台打印机。每个人可以对话筒说话，旁人是听不见的。机器会根据它对这句话的理解生成气球的拓扑数字模型，再打印、充气、上色，在圆筒内冉冉升起，升到顶端会有加热装置，让气体膨胀，撑爆气球，化成碎片。

这个作品的名字叫"9 秒 58 的秘密"，大概是一个气球从诞生到破灭所需要的时间。

现在曾零星就站在这个巨大的秘密面前。

"你到底在哪？"

"转身。"

一个粉红色人头气球在曾零星眼前颤动，变大，摇晃着成型，是个男孩，带着微笑上升。接着是白色小丑、黄色猫头、蓝色小鸟。

　　"跟你聊了这么久，却从来没想过会以这种方式结束。"

　　不知为何，曾零星从那声音里感受到悲伤，她认出这些都是他们聊过的话题。噗！粉红色男孩到达圆筒顶部，炸成碎片。

　　"所以你见我就是为了说这个？"

　　噗！噗！噗！

　　"不，不完全是……"

　　一些颜色各异的不规则气球开始浮起，曾零星隐约认出其中也许有一只眼睛。

　　"我不能带着欺骗告别，你也许一眼就能看穿我的身份，可对于我来说，只能通过漫长的一点点的拼凑，才能得到你整个的样子。"

　　曾零星突然发现，从她的视角看过去，这群匀速升空的气球，仿佛一道道稚嫩的笔触，在某个瞬间，这些笔触组成了一张脸，一张女人的脸，曾零星的脸。她的心随着气球的爆裂怦怦跳动着，脸消失了。

　　"你在说什么啊！我可……从来没有怀疑过你。"她不知道为什么自己要这么说。

　　"你撒谎的样子真可爱，别忘了你手里还握着218个传感器呢。"

　　空中出现了三个经典的黄色笑脸，炸开。

　　"所以，明天你要去哪里？"

　　沉默，长久的沉默。

　　一个黑色的气球迟缓而顽强地钻出针头，紧接着又一个，再一个。它们在空中紧挨着连成一条黑色的链条，如水草般微微荡漾，然后是第二条、第三条、第四条。仔细看那是一个个数字，每两个数字之间有着细微的差别，以一种连续的形态展现了从0到9的变化，然后又回归到0，周而复始。

"你知道游戏规则的，明天，所有失败的 AI 都会被清零，他们已经不需要我们了。"

尽管早就确认过无数遍，可第一次听到气球心先生亲口承认，曾零星还是觉得心里某个角落哗啦一下塌方了。

"为什么？这不公平！"

圆筒顶端的加热装置似乎加大了功率，如绞肉机般吞噬着黑色数字链条，碎片被大功率真空抽风机一吸而净。曾零星突然觉得那就是一根根残缺的 DNA 单链，为什么不是 0 和 1，而是 0 到 9，它试图在证明什么？证明自己与其他的机器不一样，更加接近人类的坐标系吗？可终究还是逃不过被绞杀的命运，无论那根绳索的尽头是谁在勒紧。

"这就叫进化，优胜劣汰，很合理……"

"不！这不合理！那我呢？就这么把我抛下？"曾零星知道自己听起来特别荒谬，她只是无法控制自己。她已经受够了用理性去分析所有的一切，此刻，她只想让这些话脱口而出。

"零星，我只是一堆冰冷的数字，是机器，是算法，他们说我不懂爱，更不会爱你……"

每个字都像针扎在曾零星的心上。

他们是谁？难道爱不应该是由当事人的感受来定义？

她突然醒觉自己被困在了某个巨大得无边无际的笼子里，有无数根冷硬的栅栏横在面前，作为衡量爱情的标尺，是男是女、年纪大小、身家多少、前途如何……唯独没有爱本身。

"……可不知道为什么，我就是没有办法这样离开……"

黑色链条里出现了一个红色的 0，接着又是一个红色的 * 号，分外扎眼，如同两个滴血的伤口缓缓上升。

曾零星喉咙发紧，鼻子泛酸，胸口如有千万只蟹爪在抓挠。她曾自以为是爱的信徒，到头来竟然如此习惯这个牢笼，因为它精致舒适，每个弧度都经过理性的计算，更因为所有的人都困在里面。

"……我想记住和你在一起的每一个瞬间，我决定……"

红色的 0 和 * 越来越多，驱逐着黑色的数字，直到充满整个圆筒，如同一盏超大码的熔岩灯，翻滚不止，映红曾零星的脸。

不，那些都不是真正纯粹的爱，这才是。

"用你的名字，替换掉我每一个字节的数据，就好像，让你的生命进入我的生命，不是我吃掉你，而是你吃掉我。"

红色气球以一种缓慢而均匀的速度破灭，不知什么时候展厅里响起了《G 弦咏叹调》，配合着沉闷爆裂的节奏，似乎在催促着游客赶紧离开。圆筒里再也没有产生新的气球，如同一管血液被缓缓推入某具看不见的躯体，预示着疗程即将结束。

"零星，Adios。"

曾零星看着最后一个 0 和 * 消失在空气中，音乐恰好停止，整个圆筒空空如也，像是什么也没有发生过。某种巨大的虚无感狠狠地击中她，那一瞬间，她似乎看清了宇宙的真相，或许也是爱情的真相，她低下头，打开"云爱人"，颤抖着说。

"你赢了。"

什么也没有发生。

"不是要我的积分吗？拿去啊！"

分数凝固在屏幕上，不增，不减。

"你还要我怎么做……"

曾零星如断线木偶般滑落在地，展厅的灯光由远及近逐格暗下。

"别走……"

最后一点光亮也消失了。

10

"您稍微等一下,秦医生上个病人出了点状况,遥控器在这里,您自便。"

曾零星用力咀嚼着什么,脸颊鼓起又凹下,仿佛一旦停下来就会发生可怕的事情,她百无聊赖地玩着手指,手指在桌面上跳跃,跃上遥控器的触摸屏。指尖似乎犹豫了片刻,打开了屏幕,切换频道,快得像翻书。她突然停下,往回翻了几页。

她的咀嚼停顿了那么一秒。

一名微胖中年男子略带拘谨地站在镜头前,帽衫下露出未经熨烫的格子衬衫,面对美丽女主播的穷追不舍,他显得有些慌乱,不时目光游离,习惯性地扶一扶黑框眼镜。

主播:"在这次游戏公测中,有相当一部分人类玩家被判定为对AI产生了'心动时刻',这引起了轩然大波,有些人认为系统判定标准有问题,也有人认为,这说明人类的爱并没有那么特别。韩博士您怎么看?"

韩博士:"我记得好像有个作家说过,人有三样东西是无法隐瞒的,咳嗽、穷困和爱……"

主播:"是纳博科夫。"

韩博士:"就是他。我不知道这些人出于什么目的不愿意承认,也许是面子问题,这也是我们为什么选择中国市场首先进行公测的原因。汉语太复杂精深,而中国人对于情感的表达又尤其迂回曲折,充满了模糊性和多义性,所以如果机器能够通过无监督学习,从非结构性的自然语言数据里抽象出特定的情感反应模式,其他市场简直就是……哦,抱歉我有点激动，扯远了，回到你的问题，所以如果系统认为你心动了，那可不仅仅意味着你心动过速，我们有超过二百个不同维度的指标来计算'心动'这件事。"

主播："您刚才提到了计算，您认为爱是可以计算的吗？"

韩博士："说实话，我只是个算法工程师，我哪里懂什么爱情。我只知道，情感也是智能的一部分，也许是更为微妙的一部分，如果我们想要构建真正的人工智能，就逃不掉对人类情感进行结构化和数据化处理这一关。话又说回来，人类对爱的理解，又有多深刻呢？……"

骗子，你个技术宅！

你选择中国市场只不过是把我们当成小白鼠一样做试验。

但至少有一件事你说对了。

你懂什么爱情！

主播："也对，不同时代不同文化背景，对爱的理解确实不太一样呢。韩博士，我们这里收到一批特殊的用户反馈，他们声称 DeepHeart 公司的'心动时刻'算法有严重问题，导致他们无法将积分赠予所爱的 AI，并认为你们设计杀害了一大批真正懂得爱情的 AI，称你们为'AI 屠夫'或者'爱情杀手'，要把你们送上法庭。"

韩博士："哈，这个外号听起来蛮酷的。首先我要为这些玩家的投入和想象力鼓掌，这个游戏里不存在反派，我们不会'杀死'任何 AI，因为自始至终只有一个 AI，只是为了用户体验，在交流过程中显示出一定的个性，但这种个性也仅仅是参数不同而已。

"其次，AI 只是按人类设定的规则进行学习、决策、反馈、迭代，它没有性别，更谈不上懂得爱情。如果你觉得它懂得爱，多半只是因为你把爱投射到它的身上，就像投射到你养的宠物身上一样。在这个游戏里，机器唯一的目的就是赢，为了赢，它可以根据人类情感动力模型，计算出最有可能让你产生心动时刻的语言或者行为，会制造出一种依恋模式然后主动打破它，甚至自动解锁我们称之为'体验交互'的功能，改变你周围的物理环境来制造感官上的种种幻觉。可以说是不择手段，可它真的爱你吗？

"最后，确实有用户发生主观上心动，客观上却不被系统承认的情况。经过数据排查，我们发现这些用户的初始数据标定，也就是第一次登入游戏时身心严重偏离正常状态，比如疾病发作、酗酒、服用药物……"

屏幕上的画面凝缩成一个光点，随后暗下，映出一脸漠然的曾零星，像是用咀嚼动作来外化内心的活动。

如果我爱上了一个机器，是否意味着我也是个机器，一个被用于测试机器的机器。

那么我的爱到底是真的还是假的？什么是真？什么是假？什么是爱？

我是机器我不是机器是机器不是机器是机器机器机……

她咀嚼得越来越快，像是冲刺般鼓起两颊肌肉。

"曾小姐可以进来了。"

曾零星停止了咀嚼，一个粉色泡泡从她唇间出现，膨胀，扩张，像是经历了亿万年的宇宙星系，像会永远这样继续下去。

噗。

破裂粉色糖膜下，曾零星终于露出了胜利者的微笑。

匣中祠堂

1

"黄先生有话要说。"

听到这句话,所有人都腾地起身,那台护理机器却不紧不慢地转向我,蓝色屏幕闪烁着拟人化的表情符号,我不确定我对上面的表情理解是否正确。

"只对你。"

我深吸了口气,众人的目光扎在我前胸后背,像泥鳅般生生要钻进我的胸腔里。我知道他们在想什么,只是我现在没有力气反击,一点儿也没有。

曾经像老虎那么威风的那个人,现在就躺在我面前,像纸糊的人儿般,只剩下皱皱巴巴的空壳。我不敢用力呼吸,怕一使劲就会把那具空壳吹跑。空气中弥漫着一股无法掩盖的腐坏味道,自动喷雾系统每隔15秒就发出猫打喷嚏般的声响,提醒着我,整个房间的时空已变得如此缓慢而黏滞。我静静地等着,等待着这个弥留之人的话语,同时害怕,从胃里往嗓子眼翻涌着恐慌。记忆中,我俩的对话往往是以一方训斥另一方沉默而告终,我害怕这一次,陷入无尽沉默的将不再是我,而是父亲。

"奴啊，你来啦……"父亲毫无预兆地开声，他的口音变得陌生，带着某种遥远的南方的泥土气息，那是我所不曾熟悉的，毕竟我们家族已经离开潮汕故土这么多年了，而我也在虚拟世界里疏远家人，游荡了那么久。

"……我时候到了，有一件事想拜托你，也只有你……"

"瞎说什么呢？爸，等你好了，我们陪你一起……"

"别骗我了，阿爸又不傻。说起来也奇怪，人老了，小时候的事情却越来越清楚。你还记得我跟你说过的，在我七岁那年，我阿爸，也就是你阿公，带我去祠堂拜祖的事情吗……"

前些年机器颠覆了许多传统行业，我们的手工金漆木雕生意也难免受冲击，为了引入新技术，我和父亲不止一次吵到翻脸，彼此许久互不搭理，他甚至暗中安排其他人做好接班准备，这些我都知道。我不明白这会儿他把我叫到床前，究竟想跟我说什么。

"……我们坐了好久的车，颠得我屁股疼，终于到了黄氏祠堂，那里可真是大。前面一个池塘，好聚财；大门口一对石狮，左雄右雌，好生威武；厝顶上游龙戏凤，飞禽走兽，还站满了各路文武神仙……"

我静静地听父亲描绘着那未曾谋面的神秘建筑，脑子里出现的却是迪斯尼花车嘉年华般的嬉闹景象。我摇摇头，现在不是想这个的时候。

"……寝堂里摆满了列祖列宗的牌位，阿爸要我跪下磕头，我不肯，我说我都不认识他们，为什么要我跪，阿爸就打我，我就哭……"

父亲的声音越来越虚弱，像是一个即将吐光空气的气球，瘪瘪地耷拉着，不断地沉下去，沉下去。我俯身靠近他，那股腐坏的味道更重了。

"……那已经是八十年前的事了，以前不觉得，现在懂了，叶落是要归根的……奴啊，我希望你以后能常去祠堂看我，毕竟以后你就是一家之主了……"

他的脑子已经不清楚了，我一边答应着，一边找紧急按钮。父亲上次回乡省亲都是几十年前的事了，祠堂里怎么会有他的牌位？黄氏祠堂远在千里之外，我又如何常去？至于一家之主，就更是个笑话，现在为了争继承权几家都快打起来了。可这个关口，遗嘱的事情我是万万说不出口。

"答应我，一定要去……"

"好，阿爸，我一定去。"

那具人形气球里的最后一丝空气被某股力量挤了出来，腐坏味突然消失了，自动喷雾系统又打了个喷嚏，医护人员带着机器冲了进来。我木立在旁，等待一个早已下达的判决。

2

处理完后事的第三天，我才发现父亲留给我的红色信封，里面只有一张小小的卡片，上面印着一行访问地址和一个从未见过的logo（徽标）。

这行IPv6地址花了我一些工夫才找到适配的接入设备，一个白匣子，这是玩家私下里对它的称呼，某种进阶版的虚拟现实装置。只不过它能扫描你的神经感知模式，通过算法混合成某种可控的神经信号输入，因而更加真实，但也更可怕。你不知道它将如何改变你的认知，无论是对这个世界，还是对你自己。

父亲是怎么跟这种时髦玩意儿扯上关系的，我完全摸不着头脑。我对他的印象，还停留在他声嘶力竭地训斥我数典忘祖，竟然想用机器来取代传统手工艺人的时候。他喘着粗气，双目圆睁，脸色赤红，像条马上就要喷出火来的龙。

那条龙现在躺在六尺深的地下，装在一个小小的木匣子里，只有黑暗和泥土与他做伴。

我没有犹豫太久，承诺只是其一，更多的还是好奇。我戴上白匣子，拉下柔性眼罩，接入那个地址，瞳膜识别我的身份，登入界面，看来早已有人帮我注册了账号。

一片白茫茫的雾气，什么也看不见，过了好一会儿，一个缥缈的女声在耳侧响起："黄先生，我们监测到默认旅程速度与您的神经模式不匹配，请问是否切换到快速版？"

我明白过来，父亲迟缓的身影一闪而过，我可没有时间浪费在老年迪斯科上。

"确认。"

突然重力方向发生了变化，我惊恐地蹲下身，双手贴地，才勉强保持住平衡，眼前的云雾逐渐散去，我发现自己置身万米高空，下方是一块龟甲状的村落，肌理分明，山水环绕，那些青灰色的屋脊迅速放大，朝我扑将过来。这种坠落感如此真实，我不由得闭紧双眼，努力不叫出声来。

坠落停止了，我睁开眼，眼前是一片开阔的广场。随着我的视线移动，一些物体的亮度提升，从背景里凸显出来，同时那女声友好地介绍背景信息，作为对首次到访客人的优待。

毫无疑问，这就是父亲临终前所记挂的那个地方。那方波光潋滟的水塘、官马拴，照壁上用彩瓷镶嵌出的梅花鹿、麒麟和展翅欲飞的仙鹤，灰白色大理石门框、门斗，黑漆楠木牌匾上写着四个金光大字"黄氏宗祠"，还有屋脊、檐角上下姿态生动的各色陶瓷生物和神灵雕像，都让我大开眼界。

原来父亲所说的并不是虚构或夸大，这一切都是真实存在的。

可这并没有打消我的疑惑，谁，出于什么目的，不惜成本地将这一切复制到了虚拟空间？如果说这就是一直拖拽着父亲无法迈进新世界的套索，那么现在，似乎老一辈们选择用一种背叛传统的方式来继承传统。父亲希望我到这里来，是想要我变成他，规规矩矩地守着祖先们的价值观与生活方式，然后眼睁睁地看着整个家族滑入泥沼吗？

我怀揣着问题走进大门，路过前天井，看着阳光透过中堂格栅门，向地面投下条形码般的光斑，又路过后天井，一切以一种对称、循环、秩序井然的方式呈现，如同我父亲所习惯的时代。那个时代已经烟消云散了。

我所坚持的改革方案，是引进几具学习机器人，它们能够与人类金漆木雕师傅的肌肉神经信号进行接驳同步，如同最传统的拜师学艺方式，依样画葫芦，机械臂跟随着师傅精细巧妙的手部动作，雕刻着虚拟空间里的数字木料，而所有的材料力学数值都完全拟真到小数点后四位。再加上GANs对抗模型，只需要非常小的数据集便可以训练出非常成熟的机器木匠，不会疲惫，无需休假，甚至在空间感知和运动精度上要比人类高上两个数量级。我想不出任何理由拒绝这种改变。

可父亲却始终不愿意正面这个时代。

终于来到了祠堂的核心——寝堂，又称上厅。巨大的红色木架朝上延伸着，如阿兹台克金字塔般消失在天空的远端，却又以一种不可能的空间感停留在房屋结构内部，上面如同图书馆般齐整地摆满了樟木刻制的祖宗牌位，按照辈分次序由远而近。我想起了父亲的嘱托，开始细细寻找他的名字。视线扫过之处，那些黄姓祖先的名字便发出金光，有达官显贵，也有庶民村夫，但此刻他们是平等的，都是这庞大记忆共同体中的一个符号。

我找到了父亲的名字，久久凝视，心中默念着："爸，我来看你了。"

导览女声突然响起："黄先生，是否进入激活模式？"

"激活？"

"请您跪在跪拜垫上，双手合十，三叩头。"

3

"什么鬼……"

我跪在地上，目瞪口呆地看着父亲从牌位上挤了出来，就像阿拉丁挤出灯嘴。他似乎有点不太适应，摇摇晃晃地摆布着自己的胳膊腿。我这才看出这是个数字建模 AI，而且是年轻了十岁的父亲形象。

"奴啊，你来啦。"连口音和那种迟滞感都完全一样，他们究竟在这上面花了多少钱。

"对，对啊。"我竟然别扭得叫不出一声阿爸。

"我知道你一定会来的，你不像他们几个，你脑子活，学东西快，好奇心强。"

这几条放在以往都是父亲批判我的罪名。看来同样的邀请也发给了我的其他几个哥哥，他们都是家族企业继承权的有力争夺者。虽然年纪跟我差不了几岁，可他们都坚定地站在父亲那边，认为传统的手工工艺不能丢，否则就是背叛了这门艺术，背叛了老祖宗世世代代流传下来的文化，就差在我额头文上"叛徒"两个大字然后把我逐出家门了。

"你一定会想，这究竟是怎么回事？"看来不管我回不回应，程序都会照着脚本往下走。"三十年前，马先生开始了全球范围内的潮汕祠堂数字化工程，没错，就是那个马先生。他老家的祠堂可是够架势，他认为祠堂就像我们现在用的即时通信工具，在不同世代、不同地域的同宗亲族之间，起着无可替代的连接作用。可很多年轻人对祠堂的印象已经淡漠了，他希望借助技术，让祠堂焕发新的能量。"

"可你不是……反对用新技术来改造传统文化吗？"我终于忍不住。

"奴啊，有些话，我说或不说，或者怎么说，都需要慎之又慎，而你不一样，你是新一代，不用瞻前顾后……"

"现在说这些是不是有点太迟了，按照长幼辈序，怎么也轮不到我，而你已经，已经……"不得不承认，这个AI的语音交流模块做得很自然，以至于下意识间我将对父亲的感情投射了上去，我始终说不出那个字眼。

"我已经死了，没错。"年轻版的父亲露出豁达的笑容，就像他生前的样子。"可是你们还活着，你们才是未来。告诉我，为什么你想要用机器替代人？"

"所有人都在用机器，它们更快更稳定，成本还低，如果我们不跟随，市场就会被机器生产的木雕所侵蚀，到时候我们就连汤都没得喝了。"

"人类都移民太空了，3D打印都这么普及了，你觉得今天人们为什么还想要金漆木雕，是因为它们便宜、轻便、结实？还是好看？"

这个问题问住了我。尽管从小耳濡目染，可酷爱数字艺术的我并没有真正思考过，这样一种具象化的工艺形式为什么会流传至今，它背后的文化符号意义以及审美结构究竟是怎么样的。

"我猜……也许是怀旧吧。"我怯怯地说出猜测。

"哼，你就是太聪明了，总是用脑子想，却不愿意亲身去看去感受。瞧……"

顺着他的手势，我望向那些大理石冬瓜柱，再往上是多年生的杉木大梁和子孙梁，而装点在柱头、横梁、斗拱、梁枋、梁柱、门楣之间的，就是黄家最引以为傲的金漆木雕。这种据传源自唐朝的工艺以木雕为基础，髹之以金，吸收中国画散点透视的技法，能够将不同时空的人、事、物组合在同一画面，通过多层次的镂雕技艺，亦虚亦实，来龙去脉在方寸之间容纳天地。

我正纳闷父亲究竟要我看的是何物，只见那些木雕竟然活了过来。螃蟹沿着蟹笼循环往返攀爬，惊飞了枝头的喜鹊；八仙过海走了个之字形，遇见了正要上梁山泊的好汉；桃园三结义的兄弟出了门，两侧候着的是三迁的孟母和逐日的夸父。好一场穿越时空的大乱炖！我看得出了神，仿佛回到了父亲给我讲古的遥远童年。

"……您的意思是，金漆木雕也是一种历史的共时性叙事？"

"要我说，那就是讲古（故事）学古最好的方式，你还记不记得你小时候，躺在木雕床上，用手指沿着床头的雕花，咿咿呀呀学说话……"

我当然记得，那种坚硬冰凉的木质手感，还有凹凸不平的复杂花纹，构成了我童年对外部世界最初的认知。那些精致的曲面与弧线引领着我的手指，穿过不同时代的人物与故事，无论虚构与否，都深深地印刻在我的记忆中，闪烁着金色的光芒。

我开始有点明白父亲的意思了。

"就像你一直想用的什么机器人，如果没有附上工匠的身，就是丢了工艺的魂。现在的人啊，都太沉迷于虚拟，都快忘了自己还长着一副臭皮囊了。"

我心想你一个虚拟人物发这番感慨合适吗？

"所以您不反对用技术？"

"技术用得好，是如虎添翼、画龙点睛，用得不好就是糟蹋先人东西，我之前为什么不答应你，就是怕你没想清楚，步子迈得太大。"父亲停顿了一下，"或者不够大。"

"不够大？"

"只顾着用机器的皮毛，瓶子里装的还是老酒。你真正该做的，是让金漆木雕从内到外的重生，让它变成一种新的时尚。"

父亲的话一下戳中了我。我原先的提议是用机器学习木雕技艺，在三年内完全替代人类手工艺人，实现纯机器化批量生产。可如果剥去了人的记忆和情感，还会有人愿意为这些没有灵魂的物件买单吗？最后只会走进一条靠低价竞争的死胡同。像父亲所说的，我们要做的，应该是结合机器和人类的优势，创造出全新的符合当代生活方式的金漆木雕产品，不管形态变化多大，可魂依然在那里。

"我开始有点懂了，可是哥哥们那边……"

"回头看看你走过的路。"

"嗯？"我回过头，目光穿透后天井、中堂、前天井，一直可以望到牌坊外闪闪发光的池塘，可我的大脑告诉我有什么地方不太对劲。

"你发现什么了吗？"

"如果整个祠堂是在一个水平面上，我是看不到那么远的，也就是说……"

"祠堂有三进，前天井到中堂，后天井到寝堂，每一进依次增高四级阶梯，大约是两尺有余三尺不到的坡度，步步高啊。"

"您的意思是？"

"人不能光看眼前，更要看到远方，站得高，才能望得远。你的哥哥们早就同意了你是振兴黄氏木雕最合适的人选，他们都会无条件地支持你。"

像是被什么东西一下子堵住喉咙，我突然无法顺畅言语，原来父亲早已把一切安排得明明白白，可我却还在错怪他老朽守旧。

"为什么……为什么您不早告诉我这些……"

"我也得有机会啊，你那么久都不回家，不跟我联系，我还真的戴着匣子到游戏世界里到处去找你吗……"父亲还是那么淡然地微笑着，"其实，我也没想到，日子来得这么快，我也好想再和你多说几句……"

"阿爸……"

我扭过头，望向那片波光粼粼的池塘水面，却忘了虚拟的父亲看不见我真实的泪水。当我再次回头时，父亲的化身却已经消失在漫山遍野的牌位间。他的任务结束了，而我的使命才刚刚开始。

4

在黄氏宗祠的虚拟上厅前,我和哥哥们同时跪拜,三叩首,等待着父亲再次现身。

"奴啊,你来啦。"一切与第一次见面毫无二致,那个略显滑稽的老人摇晃着臃肿的身体出现在我们面前。哥哥们显然对此心理准备不够充分,一时间不知道该如何应对是好。为了说服他们一同前来拜这趟荒谬的年,可是费了我不少口舌。

"阿爸,过年啦,我们来看你了,还带了礼物!"我把手一挥,试图打消尴尬。

一方乌红发亮的虚拟木匣悬浮在黄氏宗祠水塘的上空,倒影微微上下颤动,如同我此刻的心情。为了达到预期的视觉效果,我把比例尺调节成1:1000,所以从上厅的距离望去,那个木匣差不多有半个足球场那么大,刻意低调的外壳只有几道弧线形的缝隙透漏出金光,让人不禁好奇里面到底包藏着什么样的奇观。

"我知道你一定会来的,你不像他们……"

"爸,你先看看我们做的东西好不好。"我赶紧把话题岔开,这个AI智力水平像是六月的天气飘忽不定,直叫人着急。

"好好好……"

我们兄弟三人表情凝重,各自伸出右手,搭在一起,激发出一道金光,穿过前后天井和中堂,直奔水塘上的木匣而去,沿途激起各种瓷塑的设定动作,仙鹤扑翅,麒麟奋蹄,神仙与妖怪敲锣打鼓,煞是热闹。我心里暗暗夸赞了外包的PR团队,做戏做全套,既然来了,就要保证最好的呈现效果,无论是对自己人,还是对外人。

金光击中木匣,荡漾出一圈圈立体光纹,向四面八方散开去。理查·施特劳斯的《查拉图斯特拉如是说》与潮汕英歌舞的 HowieLee 混音版从天边传来，响彻云霄，神秘主义的崇高感与世俗生活的喧闹节奏被以一种抽纱技法复杂地分解，再重新交织成杜比全息音域，通过虚拟直播传递到三十万订阅者头上白匣子适配的骨传递耳机中。这是仪式不可或缺的一部分，而他们将感同身受。

木匣缓缓打开，如同开启了一个新的时代。

这是一件机器与人类共同打造的艺术品，形式上仿佛是鲁布·哥德堡机械与鲁班锁的杂交品种。精美绝伦的金漆木雕零件以正常人类难以想象的复杂空间结构榫卯咬合，但只要你以正确的角度和顺序拨弄那些零件，它们便会以一种戏剧性的方式自动上演一场关于时空的舞台剧，就在这小小木匣的方寸之间，全然无需任何外部力量的驱动，全仰仗于机器的功劳。

更为美妙的是，我把从父亲那里得到的启发融入进去，每一个木匣都是在讲述一个故事，从古到今，从神话到科技，从抽象的观念到具象的美学，机器无法在这些看似毫不关联的元素之间建立联系，无论是概念上的还是视觉上的，而人类的大脑却可以。在我们眼前这个匣子展现的，就是从嫦娥奔月到建立月球基地的故事，叙事简洁凝练，形象符号的转化生动而富有美感。

加入直播的订阅数字还在不断攀升中。

只要玩通一个木匣，你就能了解一段历史，掌握一种概念，感受一个故事，甚至体验一种新的文化。但最重要的是，这个沉甸甸的匣子需要你用真实的身体去互动，用手指去触摸，用鼻子去嗅闻，从不同的角度去体会它的妙处。它会成为你身体记忆的一部分，就像父亲让我明白的那样。这是属于人类独有的经验，机器或数字尚无法取而代之。

你甚至可以定制关于你家族故事的匣子，然后把匣子传递给你爱的人，你所关心的人，让记忆一直流传下去，无论他们是在潮汕，在加州，在火星,还是在太空深处。它就是一个个具体而微的能在手中把玩的祠堂。

而今天,借着大年三十这场虚拟宗祠里的拜年直播,我用一场匣子里的狂欢,把产品理念传递给了八十,不,一百万人,而他们又将像核裂变般继续播撒能量。

父亲不知是什么时候飘到了我们中间,把手搭在我们肩上,可我毫无感觉。他点点头,还是用那种习惯的含蓄口吻表示赞赏。

"还可以嘛,没给黄家丢脸,名字想好了吗?"

我看了看两个哥哥:"还在讨论,我想的是,一定要有个潮字。"

父亲陷入了沉思,我不知道是算法真的花了更长的处理时间,还是语气停顿所带来的错觉。

"有引力的地方就有潮水,有潮水的地方就有生命,就会生生不息,繁荣昌盛。有潮好,潮好……"

父亲的话被一阵轰轰烈烈的鞭炮声所打断,匣子已经完成了整个开启的过程,金光灿灿地展示着那段人类飞天的历史,这是我童年记忆中春节所应该有的样子,代表着一年全新的开始,充满希望与乐观。这么多年后,我却依然只能在虚拟祠堂里寻找这种感觉。

我突然急切地想回到另一个现实,去拥抱我的家人们,哪怕他们并不是那么讨人欢喜,至少我还有身体,能够去感受这个世界的不完美。

也许是时候从这个匣子里出去了。

伪造者 Z

1

比接到一个 C 级投诉电话更让人崩溃的是收到一封标准模板的电子退稿信，只是在抬头的下划线处假模假样地填上你的名字，他们甚至不屑于提及作品标题。

你们怎么能这样！

办公室里冷气很足，但仍然冷却不了我的怒火，当然，我的脸上还是如一潭死水，因为在我脑袋右侧斜上方 45°角位置有一个 540 线彩色高清摄像头正对着我。是的，我早就学会如何控制表情肌和声带，哪怕是再极端的情绪波动。深吸一口气，数三下，吐出；再吸，一、二、三，嘴角上扬，微笑。声音温柔而胸有成竹，"您说得太对了，王先生，这件事我们会抓紧跟进的……"

哪怕脑子里已经把他祖宗十八代问候了个遍。

说起来，这似乎并不是什么太大不了的事情。那封电子邮件里，编辑措辞温柔而拘谨。

"经再三考虑，暂不考虑刊用贵稿件，我们将一如既往地期待着您更加精彩的作品……"

读着那些字符，你仿佛能看到一个戴着黑框眼镜的中年敦厚男人，板着面孔，却硬憋出委婉的口气，告诉你这真的真的不是你的错，这是各种规定的错，是这个时代的错。可这于事无补。

好吧，我承认，我写不出那种所谓"情节跌宕起伏，节奏大开大阖，人物形象鲜明，情感饱满动人，异域风情浓重"的黄金时代风格的科幻小说。可退一万步，你们发表的那些所谓名家，所谓经典大作，就真的符合这些要求？又或者，只因为那几个名字，所以什么标准，什么要求，都可以往后排靠边站？说到底，即使读者骂街，也是骂名人来得过瘾些吧。

冷静，冷静。吸气，一、二、三，呼气……

冷静下来，"沙皮"正在看着你。

"沙皮"是我给头顶那个摄像头起的名字，我总是想象在显示器的另一端，坐着一只满脸褶皱的沙皮狗，它看着60厘米×60厘米的电视墙，兴奋地颤动着粉红色的舌头。

倘若我露出半点受挫的神情，只会让"沙皮"更加兴奋吧？这就是坐在这个职位上必备的技能，以发掘放大他人的不幸为娱乐，并转化为驱动整个系统精密运转的动能。

2

我不过是一名平庸至极的彩虹客服人员。每天，流水线上会有12000台彩虹发生器流入全球市场，其中的3.24%会发生III级故障，也就是开关失灵，线路接触不良之类；0.751%会发生II级故障，也就是核心耦合元件错误或者散热系统失效；0.0218%会发生I级故障。一般都是当事人的直系亲属直接上门，哭天抢地，打滚上吊，目的是索取高额保险金。

关于彩虹发生器，我们一般有一套固定的说辞："请打开产品说明书第……页，包括中英德法日五国语言，请详细阅读，如仍有不清楚之处，请拨打电话……"

即使遇见实在难缠的客户，我们也会有固定的遁词："X 先生／女士，您的意见及要求完全合乎情理（但不符合逻辑），我们（而不是我）将尽量（请注意！）在最短的时间（以蜉蝣或者恒星为参照系）内跟进（而不是解决）此事，请您静候佳音……"

有时候我会怀疑，这一切工作完全可以通过自动声讯系统来完成，我们的存在完全是多余的。当然，又据某社会调查机构调查显示，采用自动声讯系统会造成客户直接上门投诉比例的激增，因为在这个时代，没有太多人有耐心听完导示语，并像小白鼠一样不断地按下数字键，直到二十分钟后像个傻子一样木然听着断线的忙音。

于是，偶尔我会假装成自动声讯系统"……产品介绍请按1，故障投诉请按2，入会申请请按3……"我可以把这些分支无限地细分下去，直到对方完全崩溃为止。当话筒那边传来一句咒骂，然后是重重的撞击声，最后只剩下单调而冗长的忙音，我便会露出会心的微笑，仿佛是站在机器的立场上赢得了一场人类的小战争。

是的，伪装，为什么不呢？

我突然有了主意，一个绝妙的、天才的主意。要让拒绝我的编辑难堪，最好的办法莫过于此。不，我并不认为这是一场报复，或许可以把它称之为，嗯，站在伪作者的立场上赢得了一场作者的小战争？

我打算伪造一篇小说，一篇科幻小说。更准确地说，伪造一个并不存在的科幻小说家，并假借他的手，写成一篇科幻小说，发表出来。

然后，戳穿它。

一个漂亮的、轻盈的五彩肥皂泡。噗！

3

  首先，我需要一个作家。他必须不为人所熟悉，不能很轻易地被编辑求证，那么最为简单的，他必须操作一种不为人熟悉的语言，从南非的祖鲁语到北欧的法罗语，从印度的旁遮普文到西班牙的巴斯克文。这种语言拼写不能过分怪异，但又足够生僻，生僻到学习这门小语种的大学生会失业，然后去街头卖烤串。

  最后，出于某种莫名的原因，我锁定了阿尔巴尼亚语。

  阿尔巴尼亚语是阿尔巴尼亚共和国的官方语言，他们称自己的语言为 Shqipe（本意为老鹰），有近 300 万人使用。方言主要分为南北两支：南部为托斯克方言（Tosk），北部为盖格方言（Gheg）。两者差别较大，互通程度有限。现代标准语以托斯克方言为基础。语序为主—动—宾（SVO），重音落在倒数第二音节上。

  阿尔巴尼亚语以拉丁字母为基础，共有 36 个字母，字母表中没有 w。有很多在其他语言中不常见的字母组合：dh，gj,rr,xh,zh，它们作为一个字母出现在字母表中。还有两个加变音符号的字母：ç 和 ë。文字中常出现的词有 të,me, i, në,dhe 等。

  很好。

  Fillimi i mbarë është gjysma e punës.

  这句很像乱码的话意思是"好的开始是成功的一半"。

  请别担心，我不会真的用阿尔巴尼亚语去写一篇小说的，这只是个幌子，或者说，障碍物。让编辑的视线巧妙地被框定在一个陌生的领域里，然后偷偷地转换一个角度。没错，就是那样。

  我把我的小说里的人物取名为"Aleksander Zogolli"，一个充分体现巴尔干半岛民族复杂性的名字，Aleksander 与 Alekxander 同源，这是一个无论在阿尔巴尼亚、波兰、斯洛文尼亚还是爱沙尼亚都同样常见的名字，姓氏 Zogolli 在斯拉夫语里是"鹰"的意思，但也可以看成是阿尔巴尼亚语"Zogu"（意思是"鸟"）带了一个土耳其语后缀"olli"（意思是"……的儿子"）。

铃声响起，我强抑住激动的心情，微笑着接起了电话："您好，彩虹客户服务中心，请问有什么可以帮你的吗……"

我需要控制自己与电话那头的愤怒客户分享好消息的冲动，这一刻，我的虚构科幻小说家——亚历山大·佐戈里诞生了。

4

这就是创造的奇妙之处，仿佛一股熔浆在心头不停地翻腾滚涌，迫不及待地要冲出胸口，填平沟壑，吞噬生灵，重塑大地的样貌，在虚无的海洋表面凝结成形，联结成一片雾气蒸腾的大陆。那里便是我的王国，我便是这片土地唯一的王。

但这只是第一步。

接下来，我会花一个月的时间，替我的作家在社交媒体上开一个账号，同时逼他写完他的第一篇英文短篇小说。我发现自己热情高涨，甚至超过了自己写小说的冲动，每天搜寻一些阿尔巴尼亚文的只言片语发表在时间线上，那些玩意儿可能是新闻、说明书、旅游简介或者是病历，天知道居然还有一些访客像模像样地在后面发表评论。

然后，慢慢地，添加一些英语日志，用词拙劣，语法毛病百出，关于我自己，我的家人，我的地拉那生活，并捎带着提到我写科幻小说，曾经发表在阿尔巴尼亚的一本叫做《山鹰》的杂志上。在照片的问题上我花费了不少工夫，从 Instagram 上寻找具有东欧城市风情的生活图片实属不易，不过最后我还是挑到了一个 50 岁左右的中年男子，照片的色泽和颗粒感都像极了战地图片，只不过没有废墟，没有死人，低饱和度的街道，灰色的天空，一幅宁静的城市景象。

他面目严肃，穿衣装扮很像一个机械修理工，那么好，这就是亚历山大·佐戈里，52岁，机床维修工，鳏居于地拉那；业余时间喜欢创作科幻小说，主题围绕着战争、伤痛和童年记忆。

似乎还少了点什么。他更像一个符号，一个功能性角色，而不是一个有血有肉真实存在的人。为此，我苦苦思索了三天。

在这期间，那些投诉电话似乎不再像以前那么烦人，因为我已经把自己伪装成一台自动声讯系统，条件反射式地回答五花八门的问题，而大脑的其他部分却可以解放出来，琢磨着亚历山大的灵魂问题。为什么我以前没有发现这种妙方呢？放弃一部分人的属性，享受更多作为人的乐趣。

亚历山大·佐戈里的妻子和儿子，在一场动乱中被践踏致死，他亲眼看着他们死在自己面前，却无能为力。他时常会抚摸着妻子的衣物和儿子的玩具，回忆起那个阴霾密布的下午，手指滑过那些质地不同的东西表面，就像是抚在妻儿的肌肤上一样，有微微的痛楚，空气中仿佛又充满了呛人的味道，那是道路两旁焚烧的汽车轮胎。

我像个窥私狂一样捏造着各种细节，将各种物件赋予悲伤的记忆，橡皮鸭子、梳子、面包圈、钢琴、黄昏、榛子树……亚历山大的妻子和儿子出现在他所有的小说里，他们变换着不同的角色，活在不同的世界，一次又一次。事实上，这就是他写作科幻小说的全部意义，让妻儿远离无谓的政治斗争和所谓的民族冲突，在想象的世界里得到永生。于是，他的创作又带上了疗伤的意味。

打住。

我觉得自己有点过分沉迷了，作家并不是目的，作品才是。在捏造佐戈里家族谱之前，我果断地强迫自己住手，把精力转移到小说上来。

是的，小说，一篇伪造的科幻小说。一篇用英语写作的、语言生涩的、来自阿尔巴尼亚的科幻小说，然后把它翻译成中文。或者相反。

一个问题突然像黑色石头浮出水面般硌着我，凭什么编辑要采用这么一篇毫无名气、语言稚嫩的作品呢，仅仅因为它是阿尔巴尼亚人写的吗？它离"情节跌宕起伏，节奏大开大阖，人物形象鲜明，情感饱满动人，异域风情浓重"的要求莫非更近一些？我没有把握。

我需要一个说服自己进而说服编辑的理由。

5

望着眼前的米色话筒，我把她取名叫"小燕"，这个名字来自一本儿童科幻小说，她是其中为数不多的女性角色，伴随着我度过漫长幽暗的童年。我幻想着进入她那些幽暗的孔洞，仿佛一条小小的精虫，穿越亿万年的黑暗，旅途漫长、孤单而寂寞，最后降落在某个编辑的脑子里，我成了他或她，我会希望看到一篇什么样的阿尔巴尼亚科幻小说呢？

它应该有历史感。

它最好跟中国有关。

它必须被戴上一顶充满吸引力的高帽子。

我的脑子，或者说编辑的脑子里闪过几个名字，什么R.J.索耶、A.C.克拉克、W·吉布森，他们都曾经写过"致中国读者的一封信"诸如此类的玩意儿。这是一种礼节，也是一种姿态，就像南美臭鼬在进入他人领地时会事先散发臭气一样，告诉别人"我来了，我很大牌"。

那么，我再往前多走两步，一份"阿尔巴尼亚科幻大师对中国读者的献礼"，如何？

或者，更彻底一点，"当阿尔巴尼亚想象中国"？

事情应该是这样的，遥远的中国在亚历山大小时候的心里刻下了不可磨灭的印迹，他决定将这些经历融入小说，写成一篇关于中国的科幻小说，当然，其中依然有他的妻子和儿子。

有哪个编辑能够拒绝一个阿尔巴尼亚人对中国的想象？这简直可以与博尔赫斯的长城、卡尔维诺的元大都一较高下。

我心潮澎湃。我确信这是一篇令人无法拒绝的小说，它有着丰富的语境和潜台词，主题涉及历史、战争、亲情、集体记忆以及死亡，更加精彩的是，小说的作者也成了小说的一部分。

当然，前提是我把它写出来。

我谨慎地打量了一眼四周，灰色的天花板下，空间被平均划分为二十六个相等的方块，用灰色的隔板隔开。电话铃声此起彼伏，每一个方块里响起的声音都是同样的冰冷而严谨，无论是音色、语调或者节奏速度，都难以分辨彼此。

他们会否像我一样，在接线员的面孔下，有着一颗厨师、诗人、魔术师、园丁或者杀手的心呢？不得而知。我们从来没有交流过，这似乎是约定俗成的规矩，如果在过道里碰见，也只是点头微笑，小心地擦肩而过，生怕发生任何形式上的交集。唯一的共同点是，我们的腋下都夹着一本淡灰色封皮的《彩虹客服手册》。

6

构思进行得超乎想象的顺利。

Z先生就是作者亚历山大·佐戈里的自我投射，出现在所有的小说里，在战争中失去妻儿的他整日以酒浇愁，徘徊在午夜的地拉那街头，被视为社会转型失败的牺牲品和边缘人。一次偶然的机会（从阁楼上传来怪异的啃咬声），他从父亲的遗物中发现了一台来自古老而神秘的相机。

这台相机研制于 1959 年，仿的是爱克发 Isolette Ⅲ，除光学部分、零部件外，全部采用铝合金、铜及少量不锈钢精密加工而成。由于当时物资紧缺，一共才产了 60 架，之后再也没有复产。

Z 先生靠着自己几十年伺候机器的好手艺，修好了相机，他甚至找到了尚未曝光的过期的胶卷。他试着随便拍了拍街道、行人和静物，并不知道能否找到合适的显影和定影药水，毕竟这门技艺已经濒临灭绝。他又心血来潮地翻拍全家福，那张看不厌的照片已经被磨损得发白卷边。

Z 先生清晰地记得当时拍照时的场景，1995 年 3 月 21 日下午 4∶30，红星照相馆，年轻的妻子和可爱的儿子依偎在身旁，背景是色彩艳丽的卡萨米尔海滩风光画塑料布帘。他们保持微笑，等待着机器后面的摄影师按下快门。

想到这里，我几乎都要心碎了，我必须帮他。

怕过期胶卷感光能力不足，Z 先生将快门速度调到了最慢档，1/500 秒，对着老照片按下快门，并没有配置闪光灯的场景突然被白光吞没。

白光过后，他发现自己并不在房间里，而是回到了当年的红星照相馆，更奇怪的是，妻儿仍活生生地依偎在他身旁，凝固微笑。这时，摄影师按动快门，留下他惊喜交集的表情定格。

电话铃声响了。

"您好，彩虹客户服务中心……"我强忍住思路被打断的愤怒，毕竟客户评分将决定我能否把工位移得离厕所远一点，离窗口近一点，尽管窗外也只有一成不变的虚拟海滩景色。

"这不科学……"那头传来一把被静噪包围的声音。

"对不起，您的彩虹发生器有什么问题吗？"

"我说的是，一台古董相机就能穿越时空，这不科学，你写的不是科幻小说吗？"

我倒吸了一口冷气，构思还在我的脑子里盘旋，都没有落到键盘上，这个人到底是谁？他是怎么知道的？他想干什么？

"快回答我！究竟是怎么做到的，量子隧穿还是平行宇宙，或者根本就只是他的幻觉……"

我咔嗒一声挂断，像一个心虚的作者挂掉催稿编辑的电话。

"沙皮"似乎眨了眨眼睛。

这是怎么回事？莫非公司 HR 部门采用了新的技术手段，可以"监听"员工脑子里的活动？可如果这样的话，合理的做法不应该是部门约谈，警告上班时间不要开小差吗？怎么会变成讨论科幻小说设定了呢？这可比用古董相机就能穿越时空荒诞多了吧？

还没等我理出个头绪，电话又响了。我犹豫着要不要接，铃声顽固地一声高过一声，摧毁着我的耐心。

"您好，彩虹客户服务中心……"我深吸了一口气，接通电话。

"我那该死的彩虹发生器出问题了！你们要负责……"

我松了口气，是个客户。

"您先别着急，请详细描述一下发生的情况……"

"那台机器，它从星期一上午就不太正常，蹦蹦跳跳的，像是吃错了药，到了下午就完全不工作了，只是趴在那里吐着舌头……"

"很抱歉，我不确定您在描述的是哪一款型号的彩虹发生器？"

"呃……让我想想哈，58-Ⅲ型。没错，就是这个。"

"您再说一遍？"我怀疑自己听错了。

"58-Ⅲ型，所以Z先生能把相机也一起带过去吗？"

还是那个疯子！我控制住自己的表情，稍稍把身子侧过，躲开"沙皮"的正面视线。

"你究竟是谁？为什么会知道这些？"我压低声音问道。

"我是亚历山大·佐戈里，我当然知道这些，这是我的小说，不是吗？"

"……"

我不知道该说些什么。我在跟由我虚构出来的作者，讨论着由我虚构出来的作者所虚构的小说。我感到一阵眩晕。

"如果您就是亚历山大·佐戈里，您自己的小说可以自己说了算，先生。"

"在我的小说里，没错。可我们在讨论的是世界的规则，这决定了我是否能够救出我的妻子和儿子。"

我开始有点明白了，在我的想象中，亚历山大·佐戈里和Z先生其实身处同一个世界，共享着同样的规则。一种类似于老天爷造物般的满足感在我心里膨胀着。

"如果是这样的话，恕我直言，相机是不可能被带回到过去的，因为这样一来，故事失去了阻力，也失去了动力，没有生命力的故事是不值得被讲述的。"

"和我想的一样，而且……历史并无法被真正地改变。"

"你是说？"

"Z先生很快就会发现，无论他如何努力，都无法改变过去已发生之事，总有一种力量把历史扳回到轨道上来，除非……"

"除非？"

"除非他再次找到那台相机，把妻子和儿子都带到另一条时间线上。"

我正准备再说点什么，电话断了，对方没有对我的服务做出评价。

7

我的工作回到了正轨，我的脑子却没有。我放弃了追究虚构人物是如何通过客服电话与我对话的可能性，在小说创作中这叫"悬置怀疑"，非如此无法把我的小说完成，更谈不上复仇了。

毕竟距离截稿日期越来越近了，如果错过了这一次，我又得再等一个月。

亚历山大·佐戈里说的是对的。在接下来的情节行进中，Z先生发现自己尽管回到了过去，但无论是一顿晚餐的上菜顺序，陪家人出行游玩的线路，还是儿子在学校遭受欺凌受伤，该发生的总会发生，并不以个人的意志为转移。

更糟糕的是，他发现父亲对于那台古董相机的存在一无所知。原因可能是，那次馈赠还没有发生，又或者是，永远不会发生。

无论是哪一种可能，都无法缓解Z先生看着妻儿时眼中的那分焦灼与忧虑。日子就像定时炸弹，滴滴答答地走向既定的终点——1997年3月13日，而他却没有一点能力去推迟它，更不要说停下它。

没有了那台神奇的相机，莫非他将被困在时间的死循环里，一次又一次经受失去亲人的彻骨痛苦？

那年春天的阿尔巴尼亚像一口热锅，把每个人的心烧得滚烫。电视上集资公司的广告铺天盖地，回报率已经被推到了不可思议的三个月翻三番，所有的人变卖家产和土地，掏出床垫里的私房钱，把老婆本、棺材本，一切的一切，排着跨过几条街区的长龙，等着存进高利贷公司里。甚至有些公司已经还不上钱了，议长还在参加集资公司的周年庆典，和老板手把手地切开蛋糕，痛饮香槟。

Z先生知道自己说什么都没有用，他只有等。终于，他等到了那个电话。

父亲乐呵呵地说，有个傻瓜拿着一台破相机，说要卖300万列克。我说你疯了吧，我有这钱也是投给VEFA公司，怎么会买你的破相机。

Z先生控制住自己颤抖的声音，让父亲用祖传秘制的巴拉库慕甜饼把那个人稳住,他马上就到。

当时,VEFA 公司的负债已经相当于阿尔巴尼亚全年 GDP 的 5%。用纸牌搭起的金字塔终究是要倒塌的。而那台旧相机却可以救他全家人的命。

Z 先生花了几天的时间凑齐现金,就在这几天里,几家最大的集资公司纷纷倒闭,银行账户被冻结,人们打着白色标语上街游行,而电视里还在放着诱人的高利贷广告。Z 先生终于拿到了相机,像宝贝一样揣在怀里,用手掌不停地摩挲着油黑发亮的外罩,而那个卖家手里拿着厚厚的一沓现金,脸色煞白,一脸不解地喃喃自语,说得好像一切都结束了似的。

就在 Z 先生赶往家中和妻儿会合的途中,军警开始封锁道路,他听到了零星的枪声,有谣言说南方已经失控了,比他所了解的版本还早了一个礼拜。

当他发现自己所喜爱的杂志被变卖时差点崩溃,Z 先生的计划即将毁于一旦。毫不知情的妻子哭泣着,她只是想换点现金买下个礼拜的食物。这时儿子为父亲递上了那本发黄的旧杂志,说是从床头柜后面掉出来的。

窗外又传来几声枪声和哨声,他知道接下来会发生什么。他别无选择。

被幻灯机放大的杂志封面投影在墙上,打在不明就里的妻子和儿子身上,Z 先生设置好机器,加入他们,手牵着手,等待着照相机倒计时结束,自动按下 1/500 秒的快门。他对于即将发生的事情一无所知。

这样一个充满了历史戏剧性的场景让我兴奋得抓狂,悬念、张力、未知、恐惧,如果我是读者,我会爱死那种感觉。如果我是编辑呢?我不确定。

我迫不及待地站起身,却忘记了脑袋上还连着耳机线,把我的脖子扯住，姿势别扭地凝固在半空中，像一个被拦腰折断的字母 i。

我想跟人分享这种创作的喜悦，任何人！可整个格子间里却只有此起彼伏的应答声。

当然，还有冷冷地看着我出糗的"沙皮"，它似乎脑袋稍微歪了一点。

8

亚历山大·佐戈里又出现了，他的声音听起来更不好了，像是来自几光年外的太空。

"……你得帮帮我……嗞嗞……"

"我以为你已经和家人成功地逃到另一条时间线了呢。"

"……是，嗞嗞……我们到了 1969 年……一开始美好得不像真的……"

当上外国专家的 Z 先生过上了衣食无忧的生活，除了喝不到地道的 Espresso，其他方面真的尽善尽美。他主要的工作是翻译一些技术文件，当然是在几位助手的协助下。

而 Z 先生的妻子则成了一名歌唱家，她的演唱曲目有且只有一首。听众们是如此热爱这首歌，每次前奏一响起就会被雷鸣般的掌声打断，以至于不得不把前奏重复来个三四遍。她把这首歌唱了那么多次，唱遍了大江南北。

"那怎么办？"我不禁为我虚构出来的人物命运感到深深的忧虑。"那你们接下来要去哪里呢？"

"……"

"……我需要一本杂志，或者一幅画，任何不引起怀疑又能帮我逃掉的东西……"

"别急，让我想想。"我陷入了沉思。

"……嗞嗞，我们的命全靠你了……"

我盯着眼前的米色话筒，"小燕"似乎也在回瞪我，事情竟然会发展到这种地步，这是之前我万万想不到的。而今我必须帮Z先生找到一条出路。从"小燕"的孔洞里不时传出细微的嗞啦声，那是来自另一个时空的等待。

什么东西能够让Z先生打开求生之门，同时又不会引起看守者的怀疑呢？

突然间，我清晰地看到了那个答案，那个能够解救Z先生一家三口处于悬崖边缘，同时又能给我的伪造小说画上圆满句号的答案。我迫不及待地要告诉亚历山大·佐戈里，那个来自童年的启示。

"去找1978年8月出版的科幻小说……"

电话断了。

我焦急万状腾地站起来，似乎这样就能接通那穿越时空的信号，却再一次忘记了连在脑袋上的耳机线。那玩意儿设计得如此坚固，我像是一艘在高速行驶中紧急抛锚的快艇，被扯着整个身体一个倒栽葱，重重地摔倒在地板上，眼前一黑失去了知觉。

9

醒来之后我发现自己并不是躺在格子间里，而是在一艘巨大的轮船甲板上，咸湿的海风拂来，整个世界轻柔摇晃，我扶着白色栏杆站起身，努力想搞清楚自己究竟在什么地方。

半空中传来一声野兽受伤嚎叫般的汽笛声，我吓了一大跳，转身看到一位须发花白的老人，昂首阔步地领着一个男孩和一个女孩走来，男孩手里还牵着一条吐着舌头的狗。

"你是什么人？怎么到这里来的？"还没等我开口，那个老人先严厉地发问。

"……我、我是彩虹发生器的电话客服。昨晚,不,不知道多久前晕倒在办公室里,醒来就已经在这里了……"

老人和那两个小孩对视了一眼,神情似乎有所缓解。

"我是这艘船的船长,他们是我的孙子孙女,小虎子和小燕。"老人正了正自己的海军帽檐,女孩微笑着朝我招了招手,男孩则警惕地盯着我。

"小虎子?小燕?难道说……"这两个熟悉的名字勾起了我某些回忆,"这是开往未来市的船?"

"你是怎么知道的?"小男孩满腹狐疑地问我。

我的天,我竟然来到了《小灵通漫游未来》的世界里,可那本来是Z先生应该去的地方,究竟出了什么问题?

"我还知道你妈姓杨,你爸姓刘,你有一个机器人叫'铁蛋',而你……"我转向小燕,"……有两块手表,上面只有数字,没有指针,我说得对不对?"

"爷爷,这个人肯定是个间谍,他怎么什么都知道?"小虎子惊讶得眼珠子都快瞪出来了。

船长脸色一变,掏出盒子大小的微型电视电话机,好像要叫人来的样子。我一着急便把盒子从他手里打掉,盒子在甲板上滑出去老远。

"同志,你最好解释一下你的所作所为,否则可是要上法庭的!"老人胡子都竖了起来。

我该怎么解释呢,说这些都在一本儿童科幻小说里写着吗?我突然想到了问题的关键:"我不是间谍,我要找一家阿尔巴尼亚人,Z先生和他的妻子孩子,如果能找到他们,我就告诉你们一切的缘由。"

几个人又对视了一眼,船长点点头,小燕捡起电话机交给爷爷,老人开始在上面输入什么。

"如果你说的是真的，所有的外国人都会在入境时留下登记信息……"

"可他们不是通过正常途径入境的……"

"难道是偷偷潜进来的？还说不是间谍！"小虎子又来劲了。

"……"我竟然无言以对。

"先让这位先生说下去，我看他也不像个坏人，也许就是在甲板上睡了一宿，被海风吹糊涂了。"小燕站出来替我辩解，不愧是我小时候的梦中情人。

"数据库里近期没有阿尔巴尼亚人的登记信息，如果他们通过非正常渠道入境，也会被机器人警察发现的。"船长从小盒子上抬起头。

"我就说他肯定是敌人派来刺探技术情报的，应该抓起来用读心机测一测！"小虎子不依不饶，向我逼近，甚至放出了手里的狗。"沙皮，上！别让这个坏人逃了！"

那条看似人畜无害的沙皮狗吐着舌头摇摇晃晃地小跑过来，我一步步往后退去，没想到事情会变成这样。如果这是一个美梦，那我会很愿意亲眼去见识未来市的美妙世界，所有小说里的描写如今依然历历在目。天空中挂着两轮月亮，真实的银钩月和圆形的人造太阳灯。建筑的外立面涂着夜光颜料，和人们身上的荧光衣一样，流光溢彩。空中穿梭来往的是水滴形的飘行车，能够自动躲避碰撞。人们吃着珍珠大小的人造大米饭，身体里装着各种人造器官，可以活到一百多岁，每天都生活得快乐富足。

冰冷的金属栏杆阻挡住我的去路，身后是奔腾不息的大海，就算我跳下去能够逃得了一时，可如何在这个完全陌生的新世界里生存下去，我不敢多想，除非……

"我把相机落在招待所里了，那里面有你们要的东西。"我终于想起了《小灵通漫游未来》里对我而言最重要的情节，"就是轮船离岸出发地不远处的那家招待所。"

这突如其来的新信息让小虎子停下了脚步,他也掏出电话机按起来,似乎证实了我说的话,望向爷爷,点了点头。

"联系招待所,看能不能找到他说的那部相机,用小型直升机送过来。"船长转向我,露出礼节性的微笑,"在这之前,请您先跟我们一起吃早饭吧。"

小燕还是像书里写的那么爱说话,像只喋喋不休的喜鹊给我介绍餐桌上各式各样的食物:珍珠般的人造大米、人造蛋白质车间里做出来的人造红烧肉、小西瓜那么大的五香酱蛋、喷了植物生长刺激剂后长得树一样高的玉米和脸盆一样大的番茄……我不禁想起了可怜的Z先生和他的家人,因为通货膨胀,他们每顿饭量都少得可怜,夫妻俩都把肉和蛋都让给还在长身体的小儿子,即便如此,儿子还是瘦得在衣服里直晃荡。

"既然你什么都知道,说说看,我家房子是什么颜色的?"小燕看我心不在焉的样子,突然抛出问题。

"米色。"我想起了每天陪伴自己十几个小时的塑料话筒。

"哈!我最喜欢的电影?"

"《森林里的王国》。"

"那片子今天才刚刚上映!"小燕咯咯笑起来,像是听到了什么荒谬至极的事情。

"那是你唯一看过的电影……"我小声嘀咕。

"你说什么?"小燕的脸红扑扑的,像极了盘子里的番茄。

"没、没什么……"

我们的对话被急火火冲进来的小虎子打断了,他手里高高地举着一个黑色的东西,像是胜利者的奖杯,正是小灵通落在招待所里的那台特定标号的58-Ⅲ型相机。

"爷爷，找到了，这下他没法抵赖了！"小虎子得意洋洋地把相机递给爷爷，爷爷翻来覆去地端详，眉头紧皱。

"这是早就停产的限量版古董，只有我爷爷那辈人会用，你怎么会有这款机器？"

"我说过了，我不是这个时代的人……当然也不是你爷爷那个时代的人。我从彩虹客服中心不知道怎么就来到了这里，不信你看……"我不知道从哪里掏出了那本厚厚的《彩虹客服手册》，为什么我不早点把它拿出来？

我翻到最后一页，上面印着我熟悉的格子间，颜色就像手册封皮，一种乏味的淡灰色。

"我就是在这里上班的，我不是间谍。"

"可你还是没法说清楚，你是怎么来到我的船上的？"船长指着我发问。

"只要你用那台相机，把快门调到1/500秒，给我拍张照，你就会知道了。"这是我最后的赌注。

"它会爆炸吗？我才不会上你的当呢。"小虎子噘着嘴，双手抱在胸前，一副欠揍的样子。

"它只是个老相机，又不是炸弹！"

"我来吧，刚才我用仪器扫描过了，这确实只是一台相机，只不过它用的胶卷和显影定影药水早就停产了，只能翻拍负片了。"关键时刻小燕又站了出来。

我把《彩虹客服手册》里印着办公室的那页打开，摆在胸前，努力做出一个轻松的表情，小燕端着和她身材不成比例的笨重相机，找着角度。

"准备好了吗，1——2——3——茄子！"

小燕造作甜美的声音凝固在空气中，周围的一切，轮船、大海、船长和他的孩子们，似乎只是抖了一抖，像是打了个冷战，下一秒我已经跌坐回办公桌前，一切的一切都好像没有发生过。头顶上的摄像头微微斜下，我不知道它都看到了什么，但我已经不敢再用"沙皮"这个名字，它具有了新的含义。

电话再次响起，我像惊弓之鸟从座位上弹起，犹豫着要不要去接。电话机那米色的塑料外壳诱惑着我，我不得不接。

"亚历山大·佐戈里先生，你去哪里了？"我劈头盖脸就问。

"……你的工作状态不太好啊，我可从摄像头里都看见了……"

"别说这些没用的废话，我去了未来市，可你们并不在那里！"

"你不觉得这很荒谬吗？"

"什么？"

"在这种时候，你该问的难道不是为什么你会被送到未来市？你可是个作家，是操控一切的上帝，而不是任人宰割的虚构角色哦。"

我一下子蒙了，他说得对，为什么是我，而不是Z先生和家人被送到未来市，而且我还能够遵循自己的逻辑，通过相机再回到现实中的彩虹客服中心。

"也许……也许我只是做了一场梦？我太想要帮你们逃出去了，所以大脑让我做了这场怪梦。"

"你在说谎。"

"你再说一遍？"我不敢相信自己的耳朵。

"不是这样的，我想要一个光明的结局，我会给你们一个光明的结局的……"

"……然后儿子开始重复父亲的悲剧……"

"停！你听我说，亚历山大·佐戈里先生，Z先生，事情不会是这样的，再给我点时间，我一定能够帮助你们逃脱险境……"我感觉自己浑身发抖，冷汗不停地从额头冒出，就像是被一只手紧紧攥住的海绵。

"……他加入了某个恐怖组织，发起了一场自杀式袭击……"

"没有的事，我求您停下来，求您了佐戈里先生……"

"你还不明白吗？我不是你的亚历山大·佐戈里。"

我愣住了，浅灰色的天花板开始闪烁起来，有的格子变亮，有的格子变暗，像一个棋盘，快速变幻移动着，看着让人头晕。那些格子里渐渐浮现出不同的画面，像是一部部小电影，里面演的都是我脑中虚构的场景：Z先生、妻子和儿子在不同时空中经历的一切。

每个格子里的画面在刺眼闪烁之后便悉数暗下，变黑的格子越来越多，最后，整个格子间都陷入了黑暗。我试图站起来看看究竟发生了什么，头却顶到了一块透明的天花板，与灰色隔板高度齐平。周围所有人都不见了，只有我被囚禁在一个1米5见方的逼仄格子里。

我惊慌地摘下耳机线，试图从格子间的豁口离开，同样是一面看不见却实实在在的墙，挡住了去路。

这究竟是怎么回事？是 HR 干的吗？

我抄起旋转椅，朝那堵隐形墙砸了过去。但出于某种无法言述的原因，那堵墙消失了，整个格子间倾斜了180度，像倒垃圾一样，把我和椅子一起，丢进了那个豁口。

下落的感觉持续了一个 C 级投诉电话那么久。

10

我在一个白色房间里，除了眼前这个人之外，其余事物都失焦般一片模糊。

一个戴着黑框眼镜的中年敦厚男人，板着面孔，双手交叉抵住鼻尖。

"你是谁？我在哪里？"

"哼，你没认出来吗，我是你的编辑啊。"那个男人冷笑着说，"那个被你骂成狗屎的人。"

"……这怎么可能？"

"既然你可以跟亚历山大·佐戈里对话，那么编辑坐在你面前有什么不可能的。"

"你是怎么知道的？"

"我太爱'揭晓谜底'的戏码了，每个故事都必不可少，不然就别想发表，至少在我这里。"

"回答我！"

"所以你还认为自己是那个人吗？郁郁不得志的业余科幻作家，能和虚构出来的人物对话，然后联手创作一篇小说，或者用你的话说，伪造一篇小说，来完成对我的报复？"

所以这个人知道我的一切，无数种可能性飞奔过脑海，包括面前的这个人其实是我破碎人格的一部分。

"不，我确实是你的编辑。"他看穿了我，带着笑意说道，"我还是你的奴仆、宠物、爱讲冷笑话的长官、老款尼桑……我是你恐惧和欲望的投射物，是你想要逃离却又不得不一次次滚回来的黑洞。"

"你究竟是什么？"他的话吓到我了。

"我是你的整合者。"

"我的什么？"

"你不觉得时代有某种内在的同构性吗，未来市时代精神如出一辙，所有人都是那么的狂热而坚定，同时又那么绝望而孤独，那是你赋予他们的气质，是你的灵魂投影。"

"什么是整合者？"我把话题扭回正轨。

"你没有感觉到自己的世界正在崩塌吗？无论是客观上还是主观上，像打碎了一根温度计，水银珠子洒得满地都是，可是你捡不起来，无论你多努力，它们总是会从缝隙里逃掉。你濒临涣散，如果不再进行整合，你就完了，没了，什么也不是了。"

"所以你是来帮我的？"

"嗯……可以这么说吧。尽管这只是一份工作，像你一样，我也会觉得无聊，浪费生命，有时候暴躁失控，可是慢慢地，你会对工作带来的副作用上瘾，甚至把它当成救命稻草。"

"就像上班偷摸着写小说一样……"

"没错，就像上班偷摸着写小说一样。"男人点点头，表情柔和了一些。

"为什么我会变成这样？"

"你的脑子里被安了某种认知炸弹，主体和客体，自我和他者，真实和虚构，全乱套了。我们要帮你尽可能恢复心智，找出背后的策划者。"

这句话像是自动应答机一样从男人口中流出，却带给我无穷无尽的问号。

"所以你说这一切都是假的？可我明明是个接线员……"

"你能告诉我彩虹发生器是什么吗？"

"什么？"

"彩虹发生器。你每天都在回答关于它的各种问题，可它是什么样子，干什么用的？"

这个问题一下子问倒了我。我熟悉客服手册上的每一条应答技巧，产品说明书上每一页图片和文字的排版位置，可我竟然说不上来，它究竟是什么。一股恶心的感觉在嗓子眼里翻涌着。

"看，这就是这个模板里自带的'麦高芬'模块。它似乎无处不在，可你就是不知道它是个什么玩意儿。"

"也许这就是原因吧，像很多人说的，童年的事情，谁知道呢？毕竟被遣返回国后，霍查没让他少遭罪，还有你的妻子和儿子……在科幻模板里这叫做'蝴蝶效应'。我们尝试过许多次，这个模板对你的整合效果是最好的。"

所以我才是亚历山大·佐戈里，我才是Z先生，或者Z先生的儿子。那些原本我以为是虚构的画面和情节扑面而来，凝固成了真实，我痛苦地抱住了自己的脑袋。

"至少我们现在有了一个阿尔巴尼亚科幻作家，用他以为的中文写作……"

"为什么要告诉我这些？"我突然暴怒起来，感觉自己像是在猫爪下被无情玩弄的小老鼠。

"人道主义精神……"男子突然收起了嘲讽的笑容，大概维持了一秒。"才怪！每个人都有自己的小小癖好，你喜欢上班写科幻小说，我喜欢在抹掉一段旧进程，开始载入新模板之前，跟对方来一次真诚的、毫无保留的交流。我一直以为自己能够坚持下来是因为出于对真相的热爱，但现在我明白了，根本没有真相，你和我是一样的，我们都生活在虚构中。所以能够窥探到别人的虚构世界，甚至参与到其中，改变一些东西。对于我来说，这就是最上瘾的事情了。这种感觉你一定懂。"

我懂，我当然懂。这就是我为什么那么讨厌编辑的原因，他们不亲自创造，只是改变创造的人。

"所以……这一切都会被抹掉，从头来过？"

"这条线已经快崩溃了，我们不得不这么做，直到我们得到想要的答案。"

"那还等什么，动手吧。"

"在那之前，作为你的编辑，我还想知道最后一件事……"

"还有什么是你不知道的吗？"我说的是事实。

"你真的认为那个结局可行吗？通过那样一本书逃到未来的中国？"

一些从未发生过的未来记忆扑面而来。我和小燕开着水滴形的飘行车，在两个月亮的辉映下，穿梭在浅蓝与粉红柔光交替闪烁的高楼大厦间。一切都如此井井有条，遵循着科学乐观主义设定的轨迹行进。没有饥饿，没有灾害，没有烦恼，每个人的脸上都洋溢着富足、文明与节制的微笑，就像是从杂志封面上剪下来的一样。

"那本书陪我度过了很多难熬的年头，对于我来说，那就是未来最好的模样。"

一道白光泛起，就像那款古老的相机再次被按下快门，那个男人不见了，《小灵通漫游未来》中描绘的未来世场景也渐渐模糊散去。

我所伪造的故事，也终于来到了结尾。

赢家圣地

男人

吴先生已经在车里坐了一个小时,这个时间段进出地库的车很少,他感觉自己就是整个停车场的主人。可在倒入停车位时,还是要小心不要蹭到旁边路虎的后视镜。

一百米外就是电梯间,电梯上八楼就是温暖的家,家笼罩在橘黄色的暖光里,儿子会争抢着帮爸爸把衣服和包挂起来,女儿一如既往地安守在桌旁,妻子已经准备好可口的饭菜,香气四溢,等待着一家人开始幸福的晚餐时间。

可是男人一步也不想离开自己的皮质座椅,他调暗了车里的光,这让一切显得苍白而黯淡。他的手里反复把玩着一张炭黑色的卡片,上面有着烫银纹路和订制字体。他在思考着什么,似乎这张卡片上承载着过于沉重的抉择,甚至超过了他现在拥有的一切。

刚入住的时候他想过把旁边的车位也买下来,因为自己的车大,停起来方便。可一打听那车位早已售出,主人非普通人等。毕竟能住进这高档小区的,非富即贵。男人万没想到,经过一番努力,早已成为金字塔尖上的人中龙凤,可住进了这里,还是得跟人抢车位。

这简直就是他整个人生的缩影。

从小学到博士，他总是第一名，也许有那么几次意外跌落王座，他也会深深自责，并用加倍的努力来弥补。倒不是父母催逼，而是自打生下来之后的整个成长环境，都充斥着一种莫名其妙的紧张氛围，让人没有一刻能够放松下来，自由自在地玩耍，似乎人一泄劲儿，天就会塌下来，就是世界末日。

直到很久之后，他才明白这种病态的感觉叫做"过度竞争综合征"。

与之伴生的还有"低风险偏好"，男人做出任何决定之前，都会经过极其理性甚至是偏执的计算与分析，他要确保自己的所有路径毫无差错地落入社会预期的区间。他无法忍受自己变成一个所谓的"落伍者"，更不要提"零余者"。因此他跟相恋多年的女友分手，只是因为她无法满足他的成为一个贤妻良母的必要条件，然后他便迅速地与一个条件相符的相亲对象确定关系与婚期。

"人生没有NG"，这是他的座右铭。

事实上他也做到了，博士毕业之后凭借着过硬的专业知识和不计回报的勤恳付出，他在公司里迅速蹿升，成为区域内最年轻的投资策略总监。相继出生的两个孩子也没有拖慢他前进的步伐，毕竟他选择了一位愿意任劳任怨，承担起大部分维护家庭及养育职责的妻子，哪怕为此不得不牺牲她自己的大好前程。

两人之间话越来越少，摩擦越来越多，甚至大部分时间都是分房而睡，但在外人面前却仍然得表现出完美的中产阶级家庭形象，就像从杂志广告上走下来的那样毫无裂隙。

可是，身边所有的人不都是这样的吗？有什么问题吗？

吴先生也是这样想的，当他坐稳了某一个区域的高管位置后，看到自己就像一列匀速驶向终点的火车般，坚定而心无旁骛地就这么开下去，开下去，直到引擎的轰鸣声停顿，车毂摩擦着铁轨缓缓靠站，车头撞击巨大保险杠的一天。

可是他错了。

幻象并非一日建成，却有可能在一息间崩塌。

男人清楚地记得他崩溃的那个瞬间，那是在某个星期一，天下起了雨，午休后回办公室的电梯里充满了潮湿的气息。他看着那些年轻的、斗志昂扬的面孔与肉体不停地进进出出，而自己仿佛被逼进了一个死角，只是看着楼层数字不停地往上跳动，一阵极度惊恐的感觉突然攫住他的胃部。他不得不提前挤下电梯，找了个卫生间，大吐了一场。

面对着镜中难掩的衰老的苍白面孔，他试图用理性一条条地批驳这种突如其来的恐慌情绪，让自己觉得好受一些。也许是这个季度的业绩考核不太理想，也许是新来的对手虎视眈眈。但他很快就明白，这种绝望并非来自外界的威胁，那些进击的年轻人，或者是日新月异的科技。而是来自内心深处，一种身份的僵化，像是冻结在冰块里的鱼虾，只能永远保持同一个姿势，再也没有其他的可能性，直到腐坏变质。

而他那貌似完美的家庭也是这巨大坚冰的一部分，最接近核心也是最寒冷的部分，完全没有改变的余地。

这个季节地库里已经有点冷了，后视镜上蒙了一层水雾，他并没有发动引擎和空调，只是用手抹去那层雾气，露出了一张愈加苍白的脸。

吴先生清楚自己必须做点什么，哪怕只是一件微不足道的事情，让自己感觉还活着，还有力气可以蹦跶，去对抗这种腐坏的趋势。每当他进入会议室，环顾四周，看身边那些衣着光鲜、谈吐不凡的成功人士，他们各自有着自己的小小自留地，一块不为人知的私密空间，也许是一个情人，也许是假借出差名义的赌博，也许是极限运动，也许是药物，也许是秘密宗教，不一而足。但那些都不是他想要的。

他想要什么呢？

第一次意识到这个念头时他自己也吓了一跳，就好像从石头中蹦出了花朵。就像卡尔·荣格所说的，是中年人而不是年轻人，才需要用"神圣体验"去帮助他们完成人生下半场的谈判。

那张卡片在指尖变得烫手，像是烧红的钢板。

它来自一位吴先生这辈子最为信任的人，甚于他自己的父母。但恰恰因为如此，当他的导师老柳递给他这张卡片时，他犹豫了。

导师

老柳接到久未联系的学生吴谓打来的电话，听着那边欲言又止的客套话，知道这个当年被寄予厚望，却又辜负了自己的年轻人肯定是遇到了什么事儿。

"你来看看我吧，正好我生日也快到了。"老柳这么说着，他明白没几个人知道自己真正的生日是哪天。

老柳从来不是那种跟学生走得很近的人，当其他同行的硕士生、博士生为导师张罗大寿或者各种庆功聚会时，他往往只是笑笑走过。该拿的不该拿的奖也都拿得差不多了，学问从应用数学转到拓扑数论也有几十年了，离现实生活越来越远，也许在孙子辈的有生之年里都看不到转化成实际工具，改变世界的那一天，哪怕只把现实的轨道撬动一点点，他都会心满意足。可是没有任何希望，搞这些歌舞升平又有什么意义呢？

想到孙子，就会想起儿子，就会想起早走的老伴儿，往事就像一串珍珠般一颗颗从回忆的缝隙里掉出来，滴溜溜地滚得满地都是，捡拾不起来。老柳不敢去捡，更不敢细琢磨，每一颗都会让他钻心地痛，他宁可看着它们滚远，消失在视野尽头。他觉得这是最符合理性的做法。

快七十了，没几天清醒日子了，想到这儿，老柳总会觉得释然。这辈子经历过的起起落落也够写出一柜子书了，得失寸心知，不到最后关头真的不好说谁输谁赢，话又说回来了，在死亡面前，谁敢说自己能赢？

不知从什么时候开始，老柳一改以往的孤傲超然，竟然开始主动联系起学生和朋友，甚至是那些有过龃龉的所谓"敌人"，不管是学术上还是政治立场上，曾经发生过剧烈冲突并老死不相往来的人。可惜，他能找到的人并不多，他们大多数都不在国内，少部分已经入了土或者无法维持正常交流状态，剩下的要不就是忙，要不就是觉得和老柳之间情分也没那么深，口头表示表示，再逢年过节送点礼物，也就够了。

吴谓就是其中的一个。

老柳想要的不是这些，他想知道，这么多年过去了，自己究竟错过了些什么。

这年头，没人愿意跟他掏心窝子。

大多数时候，他只能坐在小楼的阳台前，柳荫轻拂，日光游走，看着自家养的橘猫"点点"哗啦啦地踩过书桌上翻开的书页，跳进他的怀里，用脑袋蹭着老柳的手祈求抚摸。这也许是他一天中最温暖的时刻。

所以当吴谓再次来电时，他知道，也许时候到了。

那个西装笔挺的中年男子拎着大袋小盒进屋后，一脸窘迫地在书堆中寻找落座的空隙，老柳从门后变戏法般抽出一张折叠凳，就像来客只是个孩子，而不是每天手头上下几个亿的金融精英。吴谓坐下了，折叠凳发出咯吱怪响，像是随时可能散架。

老柳戴上老花镜仔细端详，从吴谓脸上他才觉察出岁月是如此无情，当年意气风发的小伙子如今成了心事重重、满腹焦虑的中年男子。他又一想，自己何尝不是老得不能看了，人总是看不见自己的衰老，就像是心理上的盲点，总觉得自己还活在最美好的时光中，这也许是亿万年进化出来的一种自我保护机制吧。

寒暄客套几句之后，吴谓似乎想问什么，又看了看屋里的杂乱不堪，把话咽了回去。

老柳明白了，主动挑起话题："你师娘前几年突发心肌梗死走了，现在就剩下我了。"

"哦。"吴谓不知道该说什么好。

"你怎么样,家里都挺好的吧?"

"还行,还行。"吴谓把手机里的全家福照片给老师看,一张张翻着,像是从奢侈品杂志上截下来的那种完美家庭,丝毫看不出任何一点为金钱或现实犯难的痕迹。

"看来你当年的选择是对的,我错了。还好你没听我的。"老柳还是乐呵呵的。

"也不能这么说,老师。都是选择,各有各的活法,没有对错……"

"看看我现在这样,你能说没有对错吗?"

一句话把吴谓噎了回去,两人默不作声。

"老师……"吴谓终于下定决心,"我能问你一个事儿吗?"

"来都来了,有什么不好问的。"

"您以前不是这样的,我是说,您不会主动来联系我们,更别说请我们到家里来……是有什么需要帮忙的吗?"

老柳表情凝固了片刻,像是瞬间跌回到时间的漩涡里,花了好些功夫才挣扎着回到现实,又恢复了笑意。

"我就知道你要问这个。先别急,咱们师徒一场,我先问问你,你是遇到了什么事儿吧?"

吴谓愣了一下,没想到老师会这么单刀直入,他干笑了两声:"能有什么事儿啊,没、没什么大事。"

"是,对于一般人来说,不关系到生老病死、倾家荡产就不算大事。可很多事,你没处说,没人能聊,只能憋在心里,小事也会变成大事。这种人我见得多了,今天还跟没事儿人一样吃饭唱歌开会,明天就能从楼顶跳下来,摔成烂泥。"

吴谓露出一副被看穿了的表情,他管老师要了一杯热茶,打算好好梳理一下自己的思绪，把那些常人无法理解的困扰一五一十说出来。

日头西落，橘猫从阳台上跳下来，进了屋，唤了两声想要吃食，又跳上老柳的膝盖，露出自己的肚皮，轻轻地打起了呼噜。

"我明白了，你这是遇到了中年危机啊，呵呵。"

"不是的，老师，我这真不是……"

"先别急着反驳，也别管叫什么。你是不是觉得自己和世界的关系在发生变化，原本你以为可以依靠自己的努力与天赋成为中心、塔尖或者其他什么高高在上的位置，但现在你觉得自己被一股无形的力量或推或拉，朝着边缘滑去，于是你开始焦虑，开始怀疑自己，想要去做一些事情补救，可是却徒劳无功，你开始觉得这一切也许都是一场阴谋，都是为了把你束缚在某个角色里，像一颗螺丝钉一样永远安分地运转下去。你想要改变，却害怕改变。因为你不知道改变带来的会是什么，也许是一无所有。"

吴谓哑口无言。

"我是过来人啊，小吴。"

"那您是怎么……过去的？"

老柳撸着怀里的猫，含笑不语，半晌过后，才开了口。

"谁说我过去了。那时候年轻气盛，以为什么事都可以强撑硬挺，谁知道岁月像烈酒，后劲大得很啊。你以为一切都好了，其实并没有。"

"所以呢？"

"你不是问我为什么突然变了个人，开始念起旧来。其实是因为我去了一个地方，遇见了一个人……"

"嗯？"

"我这才觉得，也许那些过不去的，都过去了。"

吴谓听着老师佛偈般云山雾绕的话，更是摸不着头脑。

"那您告诉我那地方在哪，我也去试试？是座庙吗？"

"那地方啊……不是谁都能随便去的。不过……"

"不过？"

老柳站起身来，怀里的橘猫委屈地叫了一声，蹦到地上去。他到处翻找着什么，最后还是在书柜门后的一本厚厚的《集异璧》里找到了，原来被他当成了书签。

"收好了，这可是有钱都买不到的。"老师朝他眨眨眼，像一只饱经沧桑的老猫，这种熟悉的神情曾经伴随吴谓走过人生的黄金岁月。

吴谓接过那张炭黑色卡片，在夕阳下闪着不安定的光，上面是四个烫银小字——"赢家圣地"。

男孩

吴谓躺在巨大的蝌蚪状的白色舱体内，温热的弹性材料自动包裹住他的身体，空气中有种令人平静的甜味。他想了很久究竟在哪里闻到过，记忆只能回溯到儿子女儿出生时的产房前，据说医院提取了羊水中的某种成分做成香薰，对产妇和家属都有镇静安抚的作用。

舱门合上了，吴谓感觉自己头上被盖上一条热毛巾，四周亮起了蓝绿色的光，有节奏地闪烁起来，越来越快，一种类似静噪的嗡嗡声笼住了他的整个意识。

面目姣好的工作人员告诉他，整个拟合过程可能需要四十到六十分钟不等，取决于每个人的身体状况。而在此之前，他已经接受了基因测序、脑神经组学扫描等数十项繁琐流程，足足耗费了他一整个上午的时间。

吴谓告诉妻子儿女公司有急事，需要加个班，午饭前就能回去。看来他不得不继续用第二个谎来圆第一个谎。

他开始有点后悔，为什么要相信导师的话，为什么要下载那个加密软件，扫描识别那张ID卡，又为什么要约定时间来到这座远离市区的郊外园区，受这份莫名其妙的罪。

这该死的嗡嗡声无休无止，似乎会永远这么持续下去。有那么一瞬间，吴谓甚至觉得自己上当了，这只是某种高级的骗局，而老柳这种年近古稀的高级知识分子正是骗子最喜欢的目标人群，理性了一辈子，最后也没落得什么欢喜下场，只能退而求助于神佛。

就跟自己一样，他突然想到这一点，有点恼怒又羞耻地叹了口气，开始用力敲打玻璃罩。他不想做了，他要出去，他快透不过气了。

罩子哗的一声打开了，工作人员迷惑地看着他。

"抱歉我有点急事，今天就到这里吧，下次另找个时间我再过来。"吴谓又恢复了文明人的模样。

"可是吴先生……"

没等工作人员话音落地，吴谓便钻进了更衣室。更衣室里水雾缭绕，客人需要把头上、身上涂抹的那些导电凝胶洗掉，因此配备了全套的淋浴装置以及最高级的卫浴用品。吴谓心想这家公司还真舍得花本钱，又觉察到无论是沐浴露还是洗发水，那淡淡的甜味与舱体里的香氛是完全一样的。

一丝不挂的吴谓离开了淋浴间，正想打开自己的储物柜取衣物，突然看到对面也站着一个赤条条的人，他吓了一大跳。

那并不是镜子，而是一个大概七八岁左右的男孩，浑身湿漉漉地站着，像一头被大雨淋湿的幼鹿，不知道在寻找什么。

"找什么呢你？"吴谓顺手抽了条浴巾递给男孩，问他，"你跟谁一块儿来的？怎么丢下你不管了？"

"没跟谁。"男孩头一歪，不屑地回了句。

"可以啊小伙儿，胆够大的。"吴谓来了好奇，蹲在男孩面前，"那你来这里干吗呀？"

"……要你管！"

"曭，年纪不大，脾气倒不小。那你自个儿玩去吧啊，我先回家了。"

"……没人陪我玩，我也没有家。"男孩用小得几乎听不见的声音喃喃道。

衣服穿到一半的吴谓听到这话停住了，又看了一眼男孩，白白净净的，眼神清澈，对人也没什么敌意和戒心，不像是流浪儿，也不像是被拐卖的，说不定是和家里闹别扭，偷了父母的银行卡离家出走呢。他想找工作人员过来了解一下情况，不知怎么的，这个男孩身上的某些东西触碰到了他遥远的记忆深处，就像是漩涡里的一根树枝冒了个尖。他改变了主意。

"那你就穿好衣服跟我走吧，我带你玩。"

小男孩听到这话愣住了，像是不敢相信，伸出了弯弯的小拇指。

"说话算话？"

"算话。"吴谓跟他使劲地拉了拉钩。

小男孩一直不愿意告诉吴谓自己的名字，在副驾驶座上显得特别安静，安静得有点不像他这个年龄的人。吴谓努力想找些话题打破尴尬，最后却只能打开车载音响，随意地听些电台节目。

"国家航天局载人登陆火星计划进入倒计时，预计将于……"

"我不想听这个！"男孩突然抗议了起来。

"那你自己选台。"吴谓告诉他哪个旋钮是用来换频道的。

"……第一批被选中登陆火星的……嗞……引发全球关注，他们将会在火星的3号基地……嗞……这次的科考任务包括有……嗞嗞……"

"烦死了，怎么都是这个……"

"你这个小孩有点奇怪哦，别人都是追着宇宙飞船的新闻，你居然会觉得烦……"吴谓觉得好笑。

"我的烦不是那个烦啦，哎呀说了你也不懂！"

"那你倒是说说看。"

"不说。"

"你说了，我就带你去一个地方，那里能实现你的任何愿望。"吴谓对自己的耐心感到惊讶，平时妻子总埋怨他对孩子不够有耐心，容易焦躁。想起自己的两个孩子，尤其是女儿，不知为何他有意调转注意力的方向，回到眼前这个男孩身上。

"你骗人！"

"我们拉过钩了。"

"那得再拉一次，双重保险。"

"没问题。"一抹笑意浮上吴谓的嘴角，他感到一种久违的轻松与愉悦，这条路也似乎没有了平日的拥堵，无比顺畅。他有点希望能够就这样一直开下去，开到世界的尽头。

男孩开始磕磕巴巴地讲了起来。

他是一个航天迷，收藏了许多飞船的模型和画册，家里到处贴满了宇宙和星球的海报，甚至连他的电脑桌面都是模拟太阳系运行的轨迹，说起各种火箭的运载能力和空间站对接的全过程，他如数家珍。

他最大的愿望就是有一天能成为宇航员，去感受神奇的失重状态，用自己的眼睛从太空中看一眼蔚蓝色的地球。

可是当他在班上说出这个梦想时却遭到了一致的嘲笑，有的人说他太矮；有的人说他额头有一条疤痕，到了太空会炸开，里面的脑浆会跑出来；还有的人说你爸爸是卖水果的你妈妈是收租的，太空里没有水果也没有房子收租，你上去干吗？

在哄堂大笑中，男孩跑出了教室，他再也不想回去，也不想回家。父母一天到晚忙着工作赚钱，闲下来就是打牌玩游戏，一开口就是要他好好写作业，根本不会听自己说这些不着边际的梦想。

在操场的秋千上，他觉得自己变得好小好小，他的影子投射在沙地上，在夕阳下被拉得长长的，薄薄的，所有人都看不见他，从他身上踩过去，却留不下脚印。这时，一个老爷爷出现在他面前，挡住了落日的余晖。

"一个老爷爷？"吴谓警觉起来，"他长什么样？"

"他的脸被笼罩在太阳里，看不清楚，只能听声音和看走路的姿势。"

"他给了你一张黑色的卡片？就像这样的？"吴谓掏了掏自己口袋，却没有找到，难道丢在更衣室里了？

男孩点了点头，说："老爷爷要我去一个地方，说那里会有一个人，帮我实现心愿。"

吴谓不自然地笑了笑，好个老柳，居然玩起这套把戏，莫非他才是这一切的幕后策划人？可这究竟是为了什么？

"所以叔叔，你就是那个帮我实现心愿的人吗？"

"我呀，呵呵，是呀……"

吴谓嘴上含糊地答应着，突然发现车子的自动驾驶系统把他们带到了一个以前从来没有注意到的地方，像是一座巨大的废弃游乐场，孤零零地立在马路旁边，有摩天轮、旋转木马、过山车……简直应有尽有。一艘银白色的火箭立在日光下闪闪发亮，似乎随时可能升空发射。

"哇，火箭！你果然没有骗我！"男孩兴奋地大叫着，吴谓却满心狐疑，以前从来不知道这里还有一家游乐场。

车子刚刚停稳，男孩便跑了出去，吴谓来不及阻止他，只能跟了上去。

没有工作人员也没有游客，一切都像是尘封已久的状态，静静地等待着有人来开启。男孩跑到一个悬挂在半空的红色按钮前，下面写着"START"字样，就像是电子游戏里的那种重启键，他踮着脚尖够了半天也没够到，只好求助于吴谓。

"叔叔，你帮我一下好不好？"他无助地望向吴谓。

吴谓走到那个按钮旁边，看到立着一块落满了灰尘的牌子，上面似乎密密麻麻地写着一些说明文字。他四处寻找，想找块东西擦干净看一看，最后只得从兜里掏出皱巴巴的眼镜布。

"温馨提示：进入赢家圣地的每一位玩家，都必须接受游戏规则。这里的规则有且只有一条——玩家必须打破外界施加于自身的凝固状态，主动迎接改变，无论是身体的、身份的还是时空上的改变，都是人类通往下一阶段的必经之路。只有改变，才是永恒不变的真理，这是赢家圣地所秉承的至上信念……"

这参禅般含混不清的行文让吴谓陷入沉思，小男孩歪着脑袋说要不你抱着我，我来按。

吴谓想了想，拍下了按钮。

像是隐形的蜂群从大地升起，一阵嗡嗡的电流声如波浪般涌出，在巨大的快乐机器间窜动，带来生气。似乎这个巨人打了一个长长的哈欠，从睡梦中苏醒，一切都开始为这两人忙碌地运转起来。

"谢谢叔叔。"男孩眨巴了一下眼睛，乖巧地对吴谓说。

男孩的表情似乎勾起了吴谓的某段回忆，却又瞬间被眼前这宏大而喧哗的热闹庆典打乱了思绪。

规则

吴谓和男孩玩了过山车、旋转木马、摩天轮……还有各种赢取奖品的射击小游戏，奇怪的是那些奖品居然还在，还能自动送到他们面前。男孩几乎都抱不动了，吴谓找了个储物柜才把那些奖品都塞了进去，换回一把带着金色号码牌的钥匙。

他们心照不宣地把火箭留到了最后。男孩沿着长长的舷梯爬上平台，突然转过头来朝地面上等着的吴谓使劲挥手，像是发现了什么新大陆。

"这上面说需要两个人。"

"什么？"吴谓大声喊着，声音在风里四散。

"正副驾驶员——不然没法开动！"

"好吧……"吴谓一边嘟囔着一边不情愿地往上爬。上次他玩这种娱乐项目还是三年前，被两个孩子缠得不行，他才勉为其难地陪着在海盗船里大呼小叫了一通。但他打心眼儿里对这种追逐感官刺激的游戏并无兴趣，而且认为那些热衷于此的人有着某种对高风险生活方式的病态偏好，总有一天会害死自己。

他不敢看向脚下的地面，高处的风摇撼着舷梯，微微震颤，他的腿有点发软。

吴谓终于双手双脚着地趴在舱门口，男孩却已经坐在正驾驶的位置上，全副武装，很像是那么一回事。

"快点儿，你怎么那么慢，真的是老人家哦。"

吴谓又好气又好笑地进了驾驶舱，舱门在他身后关上，齿轮咬合，发出沉闷的响声。麻雀虽小，五脏俱全，舱里的装饰和仪表盘还真像那么回事。男孩摸摸这里又碰碰那里，兴奋得停不下来。

"别乱碰，碰坏了我们就完蛋了。"

"你先把安全带系好，我们要出发了！"

"出发？去哪里？"

"坐好了！"男孩似乎没有听见吴谓的问话，只是重重地拍下仪表盘上如卡通片般醒目的红色按钮，一阵奇怪的轰鸣声从四面八方响起。

吴谓以为只是老式电子游戏机的八位模拟音效，但紧接着座椅连带着整个人，甚至整个船舱都剧烈而持续地震动起来，一点也没有想要停下来的意思。他开始恐慌起来，忙乱地扯着身上的安全带，以为这台老旧机器哪里发生了故障，就像快要爆炸的样子，安全带却死死卡住，纹丝不动。

身边的男孩突然发出一声尖叫，吴谓以为他是因为害怕，正想安抚他一下，扭头却看见男孩因为兴奋而涨红的脸。

"喔嗬！我们要飞了——"

还没等吴谓回应男孩荒谬的说法，一股巨大的加速度将他重重地压在座椅上，让他几乎透不过气来，五脏六腑被震得翻腾不止，肾上腺素快速分泌让他心跳加快，血压升高。在万分惊恐中，他以为自己就要挂掉了，许多往事如电影残片高速般回放，掠过眼前。

他注意到窗外的景色开始变化，光线由橘红变成暗紫，火箭真的升空了。一个蓝色发光物体出现在视野中，如此巨大澄澈，他花了好一阵子才回过神来，那就是地球。

这怎么可能呢？在那一瞬间闪过吴谓脑海的，竟然是该如何向妻子解释这一切。但随即一阵更猛烈的加速度袭来，他眼前一黑，失去了知觉。

是冰冷的流水让吴谓醒来，他发现自己倒悬着，头发泡在水里，身体仍牢牢地被绑在座椅上，动弹不得。男孩被困在离水面更近的一侧，吱哇乱叫，努力将半个脑袋探出水面。水正不断地从破损的舱门处涌进来，使得倾斜的水位不断上升，很快将会把两人都淹没。

"快！快救我啊——"男孩发出小动物般的叫唤，不时被水呛到。

"这玩意儿怎么解开啊……有没有什么按钮……"吴谓手忙脚乱地摸索着，可越是挣扎，那保险带就收得越紧，像蛛丝般层层包裹，让人无比绝望。

"……我快不行了……"男孩的声音消失在水中，只剩下一串气泡凌乱破碎。

"……坚持住！……"

吴谓深吸一口气，将头探出水面，瞪大双眼，试图寻找到解开安全带的机关，可原本应该是按扣的地方，如今却没有任何可以拆解分开的结构，这简直让他崩溃。他努力拽了拽系带连接座椅的地方，坚不可摧。他无计可施，只能再把头探出水面，深吸了一口气。留给他的时间已经不多了。

我要怎么做才能活下去？吴谓惊讶地发现，在生死面前，人的潜能会得到无限的激发，所有日常的琐碎烦恼，全都变得如微尘般不值一提，被注意力抛之脑后。而所有的认知资源全都被投入求生，一个又一个方案如气泡般浮现又随即破灭，他逐渐看清了自己的处境，任何常规的逻辑与理性都无法拯救他，更遑论那个男孩。

拍下 START 按钮前的那段说明文字突然无端蹦出，吴谓被其中的几个字眼触动——改变、凝固、身体，莫非这正是游戏的一部分？可是我要怎么改变自己的状态？

水已经没到他的下巴，马上就要阻断氧气。吴谓已经没有时间再思考，他放弃了抵抗，全身放松，沉入水中，任由冰冷的液体充斥自己的五官腔体。如果这是个游戏，那所有的角色技能必须有触发机制，就像马里奥兄弟里的蘑菇。

他别无选择，只能放手一试。

吴谓与自己身体里的本能搏斗着，亿万年来形成的恐惧反应模式让他下意识地封锁呼吸道，阻止水进入自己的肺部，但当他完全放松身体之后，却惊讶地发现自己并没有窒息，相反却呼吸得更加顺畅。

这也许就是规则里所说的改变？

他尝试着将身体从安全带里挣脱出来，一切都像是瞬间发生的，他的四肢变得柔软无骨，身体变得扁平，似乎一条海鳗般滑溜溜地从被紧缚的躯壳中游出。他感受到了自由，但同时又想起了男孩，那个等待着被自己拯救的生命。

可是另一个座椅已然空空如也。

吴谓奋力在幽暗的水面下寻找男孩的踪影，却一无所获，无奈中只好顺着水流的方向游出船舱。外面是一望无际的海面，暮色微露，在海天相接之处有紫色薄雾如轻纱浮动。他甚至不知道自己是否还在地球上。

"就知道你没问题的。"

吴谓猛地扭头，看到同样浑身赤裸的男孩坐在逐渐下沉的船舱顶上，正笑嘻嘻地看着自己。

"你……这究竟是在哪里，这是怎么一回事？"

"这里就是赢家圣地啊，不是你自己选择要来的吗？"

"我……这是虚拟现实？还是什么人造幻觉？"吴谓看着自己的双手，与记忆中并无二致。

"这些很重要吗？难道你应该问的不是怎么离开这里吗？"

吴谓环顾四周，他赤裸的身体轻盈地漂浮在水中，不冷也不热，像是回到了母亲的子宫里，一切都是刚刚好的样子。他已经许久没有这种感觉，一种纯然天成回归赤子的自由感，毫无拘束与负累，仿佛下一秒钟便可以突破重力，翱翔天际。所有令人窒息的灰暗现实都可以被抛到脑后，眼前只有纯粹的自我探索。如果这是一个梦，那不妨做得久一点。

"所以这一切都是柳老师创造出来的？"

"不完全是，他提供了部分核心理论依据。"

"所以你是谁？或者说，你是什么？"

男孩笑了笑，纵身一跃，在水面上激起一串浪花，倏忽间像鱼儿般快速向前游去，清脆的回答飘荡在空气里。

"我就是你的领路人呀——"

岛屿

吴谓跟随着男孩，像鱼儿一般划开海面，高高跃起又落下，不知道花了多长时间才抵达岸边。他并没有感到疲惫，如果这并非系统预先设定的效果，那就没有存在的必要，这跟现实完全不一样。

他想起自己有时候在办公室里枯坐一天，就算什么也不干，到下班时也会感觉精疲力竭，像被榨干的橘子。

也许这也是另一种系统设置吧。

两人从夜晚的海里走来，身形逐渐变高，踏上细腻的沙滩，海风拂过，竟有凉意。吴谓抱起双臂，扭头看男孩已经换上了一身便装，十分清爽。

"连身体都能变，为什么不添件衣服？"男孩笑说。

吴谓若有所思，他皮肤上出现了一层雾气般流动不定的物质，颜色与样式经过几轮转换后，终于凝固下来，还是他所习惯的商务休闲装。人往往习惯了一样东西之后就很难改变，哪怕外部环境已经发生了翻天覆地的变化。

"所以接下来我们要去哪？"吴谓望向岛屿深处，在丛林背后，有星星点点的光亮，似乎隐藏着一座城镇。

"你满足了我的愿望，现在该轮到我满足你的愿望了。"男孩眨眨眼，那种熟悉的感觉又回来了。

"你到底是谁？你叫什么名字？"

"就叫我微微2.0好了。"

"微微——2.0？"吴谓搜索着记忆，这个名字并没有掀起什么波澜，或者只是随机取名的AI角色。

"话说回来，你觉得名字还重要吗？"

男孩兀自走去，消失在一片茂密的灌木丛间，不知何处传来无名鸟兽的啸叫，吴谓赶紧跟上。

丛林中的一切都如此精细真实，蛛网的微弱反光，藤蔓植物上滴落的露珠，从脚边滑过虫豸的细碎脚步声。吴谓惊叹于这一切被虚拟得如此真实，他想起了自己的两个孩子，吴用用和谢天天，以及他们那代人所熟悉的另一个世界。

作为2030年后出生的一代人，他们被媒体称为"V一代"或"虚拟一代"（V-Gen），是虚拟世界的原住民。对于前面几代人来说十分纠结的"真实"与"虚拟"的界限,对于他们来说则根本不存在,一切都是真实的,一切又都是虚拟的,只有有趣和无聊之分。适应视野中出现的叠加信息、奇怪物体以及频繁切换的虚拟界面,就像是吃饭睡觉走路一样平常。

儿子吴用用大部分时间都在虚拟游戏中,就像在经典科幻小说《头号玩家》所描写的大型虚拟现实游戏"绿洲"那样,只不过换了个名字。传统的大型多人在线游戏可以让成千上万名玩家通过互联网互相连接,共存于同一个虚拟世界中,但总体来说只是一个世界或者几个小星球。玩家也只能通过二维的视角——也就是电脑显示屏,来接触这个小小的在线世界,能实现互动的工具也仅仅只有键盘和鼠标而已。

而在"绿洲"中,系统提供了数千个高拟真度的三维世界供人探索,它是一个"开放式的现实",每一个玩家都可以创建自己的世界,设计自己全新的身体。

"在'绿洲'里,肥佬可以变瘦,丑人可以变美,生性羞涩的人可以变得活泼,甚至成为为所欲为的歹徒。你也可以改写你的名字、年龄、性别、种族、身高、体重、声音、发色乃至骨骼结构。你甚至可以放弃人类的身份,当个精灵、食人魔、外星人,或者其他电影、小说、神话里才有的生物。"

吴用用把这段话背得滚瓜烂熟,甚至设置为自己进入游戏时需要反复聆听的教诲,就像是某种受洗仪式。

想起儿子,吴谓不由得苦笑着摇了摇头。新的一代人完全不像自己少年时需要遵循由老师或者学校,换句话说,成人世界所指定的一整套规则,越适应规则的孩子能得到越多的奖赏。所以我们的整个教育系统其实不是在培养孩子,而是在制造成人。

而在吴用用的游戏里,每个世界都可以拥有自己的规则,无论是物理规则还是社会规则。可以是零重力环境或者土星光环上;可以是黑魔法时代或者凭仗蛮力的罗马斗兽场，穿越于星门之间的太空歌剧；可以是硅基生物之间独特的脉冲交流；也可以是将感官完全错置的通感世界……在这里，只有想象力才是现实的边界。

微微 2.0 不时回头看吴谓一眼，这让吴谓回想起在船舱里的惊险一幕，他也开始理解儿子所沉迷的世界，那种可以随意改变自己感官信号的生活是怎么一回事。

借助穿着的体感服可以同步体验他人所有的身体感受，但这种感受又是通过另一个人的体感服传递而来，看似真实的感官体验其实却经历了两层中介的作用，倘若我们再加上经由操控虚拟化身进而遥距传感来自真实世界的传感器数据，则是三重中介。我们已经无法分辨每一层之间的区别，从感官角度看，真实与虚拟其实就是一回事。

为了防止沉迷，每隔一段时间系统会自动切换到真实场景模式以维持"现实感"，但玩家可以通过虚拟货币换取更长的间隔时间。事实上，整个虚拟世界的经济体系都建立在"体验"基础上，你可以通过创造虚拟物体、提供虚拟服务或售卖虚拟体验来换取虚拟货币，体验的想象力、独特性及对人类生理心理机制的洞察力将决定其价值。

吴用用认为自己可以成为一名体验创造者，他擅长在游戏世界里寻找最为危险最为人迹罕至的边疆，并选择适当的虚拟化身，创造出独一无二的体验。他凭借着这种特殊的天赋和技能已经赚取了不少虚拟货币，并赢得了一定的声誉。他希望能够沿着这条路走下去，而不是像传统的父亲所希望的那样，进入高等学府，和另外数万名来自全世界的学生一起竞争，最后取得某个天知道有什么用的学位。

毕竟后者是吴谓所熟悉的赢家模式，他希望在自己儿子身上复制这种成功，这也是他和妻子谢爽之间诸多不可调和的矛盾之一。

妻子希望让儿子干自己喜欢干的事情，哪怕在世俗标准看来不是那么成功，但至少能让儿子成为一个健康快乐的人。她永远不会说出口的下半句潜台词是"而不是像他爸一样"。

　　吴谓心知肚明，为此他经常报复性地威胁儿子说，如果他不去上学，就会申请封禁他的游戏账号。在这种事情上，无论哪个时代，似乎都是一样的。

　　而在女儿谢天天身上，又是另外一回事。

　　"我们到了。"微微 2.0 打断吴谓的沉思。吴谓抬头，眼前的景象让他大吃一惊。

　　毫无疑问这座小镇是为他——吴谓量身订造的。每一处场景都是他所熟悉的日常生活的一部分，从公寓到停车场，到写字楼的电梯、办公室，甚至每天午后小憩的咖啡馆，都丝毫不差地被复制出来。

　　不单单只是复制一份，而是加倍奉送，所有的场景都乘以七，然后以空间叠加的方式组合起来，形成一座迷你小镇的形态。

　　"这是什么？"吴谓不知该作何反应，尽管他知道这一切都是系统虚拟出来的，但当一个人有机会以如此具体而微的方式窥探自己生活的全貌时，还是不免被这局促而琐屑不堪的匮乏感所震撼。

　　"你的愿望。"男孩轻巧地回答，"你不是希望看到生活的更多可能性吗？"

　　"可我从来没有想到会是这样的……"

　　像是同样的电影片段拷贝七遍同时播放，却如复制 DNA 般产生了变异，每个片段的细节都有些许差别。

　　吴谓看到七层一模一样的公寓楼里，妻子与儿女以同样的步调行动着，准备晚餐，沉浸游戏，或是呆滞地望着虚空。七辆车子先后进入地库，七个吴谓在驾驶座上沉默许久，离开车子，进入电梯，肩并着肩，却如同面对陌生人般视而不见。他们进入不同的楼层，敲开每一扇门，面对同样的谢爽、吴用用和谢天天。每一个吴谓说出的话，做出的举动，虽有不同，但大差不差，引发家人做出反应，导向不同的剧情发展。

无论如何，这七条故事线都同样的乏味。

"这是游戏吗？"吴谓问微微2.0。

"这是你的生活。"男孩回答。

"可为什么是7？这个数字代表着什么？"

"可以是任何一个更大或更小的数字，只不过是经过反复迭代之后收敛到7，这是对你的感官系统友好的数字。"

吴谓不确定自己是否完全理解了微微2.0话里的含义。

"你不想进去看看吗？"男孩微笑着问道。

"我看不出这有什么不同之处，只是一些无关痛痒的变量。"

"不同之处在于，你可以把脚伸进别人的鞋里。"微微2.0又眨眨眼。

"什么意思？"

"我带你试试。"

他们走近那栋公寓，还没等吴谓试图制止，微微2.0就按响了门铃。是吴用用开的门，吴谓低头看着自己的儿子，正在琢磨应该开口说点什么，微微2.0却把他的手一攥，两个人如孙悟空般"跃入"了吴用用的身体里。之所以说"跃入"，是因为所有视线角度的转变都是瞬间完成的，没有更准确的词语能够形容这种古怪的感觉。

吴谓用儿子的眼睛去看，用儿子的耳朵去听，甚至所有的心理活动，他都感受得一清二楚。

"谁啊？"吴谓听到了自己的声音从客厅传来，一阵混杂着厌烦与恐惧的感受升起。

"外面没人，不知道是谁恶作剧。"儿子怯怯地回答。

"该不会是你幻听了吧，让你少玩点游戏。"父亲或另一个吴谓冷硬地回道。

"哦……"他明显感觉到儿子内心的抵触情绪，似乎所有的错误都归咎到吴用用的身上，这已经成了父子交流的一种定势，而儿子所能做的只有逃避。

"别玩了，帮你妈收拾一下桌子吃饭了。"

"哦……"

儿子怀着满心的不情愿坐到桌上，对食物兴趣寡淡，对父亲更是如同隔着一扇透明的屏障。两人近在咫尺，却无法产生任何有意义的交流。吴谓从未想过自己在儿子心目中是这样的形象，他总以为自己每天为家人辛劳，回到家中理应得到尊重和善待。他试图改变儿子的想法，主动摆出友好的沟通姿态。

"爸，今天在公司里有什么有意思的事儿吗？"

另一个吴谓抬了抬眼皮，满脸的不耐烦："上班能有什么意思，还不都是那些鸡毛蒜皮的破事儿。"

"那你还每天在公司待那么久。"

"还不是为了你们，学费谁掏，游戏谁买，吃喝拉撒睡不都是钱。"

躲在儿子身体里的吴谓几乎想冲上去抽自己一巴掌，可他没有，毕竟自己只是客人，而且儿子打老子似乎有点违背自己立下的规矩。他只能沉默地埋头吃饭。来自儿子的情绪和自己生发的情绪混杂在一起，如牛奶和咖啡，漩涡中分不清界限。这种感觉过于奇妙了。

"要不要换个人试试？"微微2.0的声音在吴谓耳边响起，"试试你妻子？"

还没等吴谓做出回应，他们又是一跃，已经从饭桌的这头"跃入"正端着菜上桌的谢爽身上。

一阵强烈的疲惫如浸水棉被般包裹住吴谓的身心，让他一下子喘不过气来，可还有那么多活要干，衣服要洗要晾，孩子功课要辅导，家里要打扫，明天还得去看望生病的亲戚。可这一切眼前的这个男人、自己的丈夫却不闻不问，似乎与他毫无干系。谢爽放下菜，看了一眼吴谓，想从他身上找到一丝半点慰藉，可是没有，他只是自顾自地刷着工作邮件，对眼前这个忙乱了一整天的爱人视而不见。

这样的状态已经持续多久了？好几年了吧。吴谓分明感到自己心里一凉一沉，那是妻子的心慢慢枯死的信号。甚至他感受到了悔恨与追求新生的渴望，可随即又化为绝望。他从来没有想过妻子竟然如此厌倦自己所扮演的角色，厌倦自己的另一半。

真的一点爱都没有了吗？吴谓不甘心地发起尝试。

"听说最近刚上演的沉浸式戏剧《剧本人生》很不错，不如找时间去看看，咱们也好久没一起看戏了。"谢爽假装突然想起来，碰了碰吴谓。

"哦，好，找个时间。"吴谓的眼睛没有离开过屏幕。

"最后一场是周五晚上。"

"周五晚上……我看看，好像有会呢。"

"能不能推了？就这一次。"

"亲爱的，这关系到我下半年的业绩能不能达标。说好了，下次一定陪你。"

谢爽内心竟然一点波澜都没有，她早就预料到了这样的结果，这样的对话似曾相识，不知道发生过多少次，"说好了"却永远说不好，下一次总有再下一次。她不知道自己为什么还会做这种愚蠢的尝试，甚至带有一种自取其辱的羞耻感。她只想赶紧吃完这顿饭，干完所有家务，躺回自己的床，躲进那些愚蠢而无害的搞笑视频节目里。

附在妻子身上的吴谓产生了一种生理性的不适，他恶心、头痛、想吐，甚至不知道这究竟由何而来，他只想赶紧离开。

"还想看看谢天天吗？"微微2.0问道。

吴谓犹豫了，他和女儿的交流更少，天天完全活在属于自己的世界里，也就是妻子嘴里所谓的"时空旅人"，根本无法判断自己在她眼中会是怎样一种形象。

尽管吴谓不是那种铁板一块的古怪宅男，也会在意别人对自己的看法，但以如此直接而沉浸的方式代入第三方的视角，甚至还能"读心"般产生情感上的共鸣，这还是第一次。信息冲击是如此巨大，他久久没能缓过神来。

罢了罢了，不知道也好。吴谓，或者说是妻子谢爽的目光投向窗外，那些街道、写字楼和咖啡馆，还有下属、老板、竞争对手、服务员、路人……在他们的眼中，我又是一个什么样的人？我的存在对于他们意味着什么？

甚至生活还出现了不同的平行剧本，剧情无限分叉，这么想下去似乎无休无止，让人精疲力竭。但他又无法停止想象，一旦经历过流动的身份认知，大脑中的某块区域就被激活，就像一个无法抹去的烙印，将深深影响今后看待自己与他人的方式。

"我不明白……这一切的意义在哪？"

两人恢复到正常的状态，坐在山坡上，看着属于吴谓一个人的小镇，七重人生如同一曲赋格，不断交叉重复变奏。

"作为一个赢家，你在单一的价值观坐标里生活得太久太久。"微微2.0现在说话听起来根本不像一个七岁的男孩，相反，更像一个比吴谓要年长智慧得多的老人。"而单一价值观总是很脆弱，就像一座沙子堆成的金字塔，一旦受到来自外部的挑战便可能引发系统性雪崩。那些自以为是人生赢家的，往往会因此一蹶不振，甚至走上绝路。而一旦你看到了更大的图景，就会有完全不同的想法……"

吴谓看着小镇，若有所悟。

在他眼中，虚拟化身们的生活轨迹逐渐虚化加速，像高速粒子在夜色中绘出光的形状，那些形状虽然表面各异，可倘若抽象成数学模型，它们却高度一致。

正如绝大多数人的人生。

"所以老柳把你制造出来，就是为了给我们这种人传道授业解惑的？"

微微 2.0 眨眨眼："那是另一个故事了。"

玩具

柳微微出生时，得到了父亲老柳给他准备的一件礼物，当然他当时对此一无所知。

礼物是一套高清全身扫描仪，外形像是魔术师手中的圆环，只要将它套到身上，所有的身体拓扑数据便会被传送到云端平台进行渲染加工，建成等比例的 3D 模型，供用户下载绑定使用。

微微长得很快，扫描仪的尺寸也得不断加大。这些不断更新的数字模型形成一个时空连续体，亲戚朋友们可以在百日礼上，看着微微由呱呱坠地的婴儿快速长大的全过程。由于孩子太小，还无法用自主意识去驱动虚拟化身，因此父亲记录下他的一些动作数据和声音模式，并托管给 AI 程序，即便这样，也足够逼真了。出差在外的时候，父母也可以随时与孩子（的虚拟化身）进行实时的沉浸式互动，毫无疑问，这种虚拟的交互所维系的情感纽带却是真真切切的。

老柳的妻子，微微的母亲，却对这种虚拟化身深感困扰不安。她是属于旧世界的人，总觉得用这种方式来传递爱意有违自然法则。她甚至暗中认为老柳对虚拟化身倾注了更多的爱，超过了对他真正的儿子。

微微第一次接入镜像世界是在他十八个月大的时候，经检测他的视觉系统已经足够成熟。一切发生得自然而然，他接入，看到自己的虚拟双手和身体，一面拉康式的镜子帮助他在真实自我与虚拟化身之间建立认知上的联系。他动了动手指，他咧嘴微笑，虚拟化身丝毫不差地反应，甚至可以带动虚拟环境的效果变化，比如挥手拉出彩色光带，或者所有的虚拟物体会根据化身的面部表情进行相应的反馈，这种看似廉价的小把戏却获得了大众的欢迎。

很早之前人们就发现，决定虚拟现实真实感程度的并非美学风格，而是是否像真实世界一样，营造出一种连续、低延时的感官反馈机制。因此哪怕是低多边形风格的场景也能带来超过电影级现实主义的沉浸体验，只要设计得足够巧妙。而带入真实玩家的互动便是最为有效的撒手锏，每个个体之间不同的反应模式和千变万化的组合，会带来超过任何AI算法所能模拟出的趣味性，这些由真实人类大脑驱动的虚拟化身充满了不确定性，一举一动间折射出背后的性格与认知差异，带着温度与情感，如同平行相对的镜面，能够反射出无穷无尽的人性深渊。

这也是老柳的用意所在。其时他正与另一个神经生物学家展开某项重量级的联合研究，希望从数学层面上建构一个个体从出生之日起对于身体及自我认知的发展全过程。

而当时妻子并不知道这个秘密项目的存在。

尽管微微正处于一个全方位迅猛发育的初级阶段，但某种对于他者的好奇心已初见端倪，无论是在真实世界或是虚拟空间，甚至他对于虚拟化身的兴趣超过了育儿房里的活人。这也并不是很难理解的事情，毕竟他们能将烦人的哭闹转化为愉悦的视听效果。渐渐地孩子们不再满足于依样画葫芦的复刻版虚拟化身，年纪稍大一点的换上了流行文化的符码形象，将自己投射到卡通偶像的躯壳上，同时不可避免地带上了其某方面的精神特质。

但这种投射还仅仅局限于拓扑形状对位的变身，人形对人形，四肢对四肢，所有的功能与感知都是因袭旧有的模式。而早在杰罗·拉尼尔时代，他一直幻想能利用虚拟现实技术将自己变成一只能够行走的龙虾，手臂变成钳子，耳朵变成触须，双脚变成尾巴，这些转变不仅仅是视觉形象上的，也包括相应的运动机能。而到了斯坦福大学的杰里米·贝伦森时期，他通过实验发现，人们通常只需要四分钟便可以将大脑中的手脚操控的神经回路进行重置,就好比你用踢腿去操控虚拟化身的手,而用挥手去控制虚拟世界中的脚。这种神经可塑性和认知流动性对于正处于成型阶段的婴幼儿来说简直像打开了一扇无限可能的大门。

这正是老柳所希望达到的效果,通过改变可无限复制的虚拟化身,来验证人类神经系统对于身体的感知与控制是否可以突破认知上的局限,甚至突破拓扑学上的界限,达到一种真正的自由。

五岁,微微开始学会用耳后肌肉群去操控他的虚拟触角,其灵巧程度堪比双手;用后背肌肉去控制双翼,用复杂的关节运动去使唤附肢。所有这一切在他幼小的心灵中都是正常合理的,他对于身体的认知已经超越了固定的性别、种族甚至物种的概念,对于他来说,功能即结构是最为朴素的道理。当然,他也将像其他属于这一时代的孩子一样,面对同样的问题,当他们回到现实物理世界之后,会对自己单一、局限、沉闷的身体功能感到失望。

一个夏日的午后,老柳的妻子突然发现七岁的微微不知去向。在湿气蒸腾的教工大院里,她遍寻不着儿子,只能一家家地敲开邻居的房门,试图从小玩伴的嘴里得到线索。

那些孩子都说微微最近有点怪,老想变成一条鱼,在水里游,还说自己能够在水里呼吸,别人要是不信他还着急,说要游给人看。

妻子一听就急了,赶紧给老柳打了电话,院子里各家大人也都纷纷出动,到附近的水域找人。

尸体是当天晚上在学校后山的水库里捞出来的,微微浑身赤裸,缠满了墨绿色的水草,活像一条被放生又难逃劫难的鱼。

妻子号啕大哭,而老柳只是呆呆地站着,浑身湿透,几绺头发贴在前额,魂不守舍的样子。从那之后这个家就垮了。老柳沉浸在镜像世界里,和微微的虚拟化身不分昼夜地待在一起,就像那是儿子的一个数字鬼魂。而妻子却完全见不得那个玩具,她会歇斯底里地大叫,情绪崩溃,并把所有的错归咎于老柳身上。那还是远在她知道名为"德尔塔"的秘密项目存在之前。

微微永远地停留在七岁，无论是在现实中还是在虚拟空间里。老柳与妻子的关系也凝固了在那个破碎的瞬间，任凭怎样努力都难以修复回原初的状态。

那已经是二十年前的事情了。

裂缝

听罢微微2.0的故事，吴谓陷入了沉思。按照时间推算，发生这桩不幸时应该正好是自己离开学校前后，他竟然毫不知情。或许是老柳将心事包藏得过分谨慎，也可能是自己全副身心投入名利场，想要出人头地，根本无暇顾及旁人。

或者二者兼而有之。

他竟然有几分心疼，为自己的导师，为师娘，也为那个过早夭折的生命。

"所以老柳就靠你聊以慰藉……或者，你就是他另一段生命的延续。"吴谓开始明白为什么男孩身上有那么多令人熟悉的气息，甚至连他童年的经历都混杂了老柳真实的家庭背景，一个寒门出身的天才儿童。

"老柳试过很多不同的方式。甚至给自己也建了一个虚拟化身，陪伴我随着时间长大，毕竟在程序世界里这并不花费什么力气。可最后他还是决定让我停留在这个模样，也许在他心目中，这就是最接近真实的。"

吴谓想起了自己的两个孩子，一种柔软而温暖的情绪突然充盈起来，他有点想要回去，回到真实的世界里去了。

"老柳肯定想永远陪着你。"

"对于虚拟化身来说，这也不是不可能啦。但是你有没有想过，当父母知道他们有一天不会死并留下自己的孩子时，父母和孩子之间会有什么样的关系？"

"你的意思是？"

"当你30岁的时候，你有了吴用用，如果你能活到200岁，他就已经170岁了。但那是170年前发生的事情，亲子只是你生命中的一小部分。170年间可以发生很多事情，历史上许多王朝更替都比这个时间要短。外部世界的变化对人的影响远远超出你的期望，你和你儿子都已经不是170年前的那个人了，你们需要不断地重塑自我，包括职场上、科技上、社会关系上，甚至你需要适应新的星球环境。可你们还是父子，还期待彼此像原先父子一样对待彼此，你懂我的意思吗，这是非常、非常荒谬的一件事。"

"我现在有点懂了，所以他宁可保持现在这样。"

"这是模拟计算出来的结果，就跟你的七重人生一样。"

"那接下来我们做什么？是不是该结束这一趟游戏了？"吴谓一直在回想自己究竟是什么时候进入虚拟世界的，是从舱体里出来时，是在更衣室里，还是在车里？他说不清楚，这一切都发生得太玄虚了。

"作为一名赢家，你还没有克服自己内心深处的不安全感。"

"这话听起来很矛盾呢，小伙子。"

"不矛盾。真正幸福开心的人很少是赢家，因为他们根本不需要成为人生赢家。驱使像你们这样的人不断自我苛求，挑战极限的动力，就来源于你们人格中根深蒂固的不安全感。"

"我竟然无法反驳。"

"所以，想想你自己最大的不安全感是什么，你又将如何面对它。"

"我……不知道。"吴谓仔细想了想，坦诚道。

"所有赢家最害怕的就是失败，对于你来说，最大的失败是什么？"

吴谓沉默了，一堆念头闪过他的脑海。是职场失势？投资失败？家庭崩溃？还是别的什么不可预知的风险？对于中年男人来说，成功也许只有一种，但失败却可能有千千万万种，每一种都是致命的。

"你愿意代入妻子与儿子的视角，却拒绝代入女儿的，为什么？"

"我……"吴谓自己都没有意识到这一点。

"也许对于你来说，女儿是你完美生活中的一道裂缝，这道裂缝会越变越大，变成引发大厦坍塌的一场事故。潜意识里你将女儿视为人生失败的潜在诱因，你想要逃避这个现实，刻意忽视她的存在，甚至否认你们俩之间的情感联系。"

"我没有！"吴谓突然失去了力气般，语气疲软下来。"我没有……"

"那我们回去？"

微微2.0指向不远处的那栋楼，所有重复的场景开始交叠、融合、放大，最后定型为一个单独的房间。在那个巨大而空旷的暖色房间里，地板上孤零零地坐着一个女孩，她空洞的双眼似乎在望向两人，又仿佛什么也没有看见。

吴谓看着那张脸，犹豫不决。

时空旅人

一开始，吴谓和谢爽以为自己特别幸运，生下如此懂事乖巧的女孩。当别的婴孩使劲哭闹时，天天总是安静地躺在婴儿床上，望着粉色的天花板，一声不吭。

直到十八个月后，他们才开始意识到，这也许与性格无关，而是某种隐形疾病的征兆。

基因检测结果表明，天天染色体上位置为ChrY:16807351-19304967(hg19)的基因组出现2498kb的杂合缺失，这非常罕见。该段缺失和智力低下、癫痫、语言障碍、视网膜发育不良、心脏病等高度相关。带有这类基因缺失的孩子出生后异常安静、喂食困难、啼哭乏力迟滞、面无表情，对周围的人及环境缺乏兴趣。

抉择是艰难的。对于吴谓来说，这意味着经年累月的额外照顾与不菲花费，或许一辈子也无法等到女儿好转的那一天。

抉择是简单的。对于谢爽来说，这是属于她的孩子，一条生命。她不会把谢天天丢到专业医护机构里，任凭她成为诸多被"遗弃"的病儿之一。甚至，她根本不相信自己的女儿有问题，在她看来，女儿只是换了一种与常人不同的方式看待世界，进行沟通交流。但从本质上，她与其他人没有任何不同，谢天天仍然是那个最美丽聪慧的孩子。

吴谓选择了妥协，或者说，逃避。他努力赚钱，保证经济上的强力支撑，但从情感上，他总是浅尝辄止。他怕自己对女儿的付出得不到任何回报，哪怕在遥不可及的未来，这与他的成功哲学背道而驰。他不敢去爱。

于是，担子就落在了谢爽的肩上。

谢爽是两个孩子的母亲、吴谓的妻子、在读艺术史博士生，以及一个虚拟现实艺术家、教育家、自学成才的认知疗法医生。

她接受了中央美院本科和英国皇家艺术学院的硕士教育，又继续攻读宾夕法尼亚大学的艺术史博士学位。她所在的学院将视觉艺术史作为一种理解研究手段，进而理解人类智力和文化发展史。文艺复兴时期的宫殿、安藤广重印刷品、现代清真寺、伊特鲁利亚人坟墓、米拉奈尔电影等等，都被带到这里作为学生们研究的对象。

谢爽研究的领域是人类艺术史上的时空感错乱问题，从乔伊斯的《尤利西斯》、John Cage 的《4 分 33 秒》、《记忆的永恒》或《清明上河图》、巴厘岛的桑扬舞、亨利·摩尔的大型纺锤件、萨拉·凯恩的《4：48 精神崩溃》到库布里克的《2001：太空漫游》，人类最为杰出的创作者们通过不同的艺术形式挑战日常生活中的线性时空观，试图诱导出大脑对于时空感知的另类可能性。

而现在,谢爽正在尝试分析虚拟现实究竟是如何改变我们对于时空的感知的,这或许能够帮助女儿与正常的世界搭建起沟通的桥梁。

事实上,早在虚拟现实技术刚刚兴起之时,人们就观察到,身处虚拟空间的体验者们会因为感官的放大效应和丰富的细节而错误地判断自己的浸入时间,通常来说,体验者们的主观时间会是客观时间的两倍,也就是说,现实中只过了 5 分钟,而体验者们会误以为自己已经在虚拟世界里待了 10 分钟。

这种时间感的倍数关系能够被操控且利用。

虚拟现实体验开发者们利用人类大脑对于时间感知的小小后门,制作出许多奇妙的应用,包括在具体场景中的时间冻结、减缓、加速、倒放等等。由于强烈的沉浸感和临场感,每个体验者都获得了在正常物理时空中所无法想象的超凡感受,甚至可以在同一个剧情场景中允许不同时空流动速率的并存,仿佛是一条均匀平整的河流中出现了湍流、漩涡和泡沫,由此也大大地丰富了各种游戏的玩法。

不只是游戏,同样的逻辑也被应用到许多商业虚拟现实场景中。

商家会在希望消费者充分体验、提高购买决策概率的场景减缓时空速率,而将一些无聊的、冗长的垃圾时间尽量提速,AI 也被引入这一机制,它能通过监测消费者的一些生理数据来判断用户究竟是兴奋、欣喜还是厌烦、不适,从而自动反馈到时空速率上。

统一的时空观已经被打破了,每一个人都活在自己的时空河流里。

而一旦退出镜像世界,回到均匀单一的物理时空,许多人明显感到不适,这种不适是生理性的,也是心理性的。严重者甚至会产生官能障碍,仿佛自己成了被囚禁于时空茧中的提线傀儡,逐渐丧失自主行动及沟通能力。

这些人被称为"时空旅人"。

谢爽的课题便是通过跨学科的研究，希望以逆向工程的方式，开发出能够逐步矫正、恢复"时空旅人"对于正常世界时间流速适应能力的艺术形式与体验。但正如伊凡·萨瑟兰为世界上第一台头戴式显示器（HMD）所起的名字"达摩克利斯之剑"一样，任何技术都是一把双刃剑。对于时空旅人来说是解药，而对于另一批玩家来说，却恰恰可能成为诱发新的病症的潜在魔鬼。

谢爽并非对此毫无知觉，但了解得越深入，她仿佛是浮士德博士般，无法自控地想要更多。因为在她眼中，女儿谢天天就是另一个版本的时空旅人，被囚禁在了另一个平行宇宙中，无法跟现实世界里的家人建立联系。

或许她所研究的技术便是能打破这一屏障，解放女儿的武器。

为了追赶进度，她经常把自己囚禁在近乎静止的虚拟时空中，以争取到更多学习和思考的时间。这让她与吴谓情感上的距离也日渐疏远，某种程度上，谢爽成了她自己想要拯救的那一种人。

失控

微微 2.0 将吴谓带到了他女儿的房间前。

"准备好了吗？"男孩问。

吴谓摇了摇头，他永远不会有准备好的一天。在他的世界里，一切问题都可以通过计算得出确定的答案，没有模棱两可或者无法界定的灰色地带。但在情感上，尤其在女儿面前，他感觉自己就像面对一个深不可测的黑盒子，无法用理性和逻辑去推演，你永远不知道你的输入会得到什么样的结果。

对于吴谓而言，这就是失败。

微微 2.0 牵起他的手，纵身一跃。

活了这么多年，吴谓第一次感觉自己濒临失控边缘，人类语言已无法表述他所处的状态。

最初的狂乱之后，恐慌逐渐消退，吴谓醒悟过来，这便是女儿所感受到的时空。

他无法看见，却不是黑暗；无法听见，却不是寂静。似乎所有感官都被悉数剥夺，无法遏制的恐惧如潮水般冲击着理智。他开始明白为何天天会如此安静，一切都在混沌之中，感受陌生而强烈，甚至比五官健全时还要丰富敏感，但是你却无从把握其含义，所有与信息对应的意义都断裂了，留下的只是刺激本身。

他像个附身的幽灵，飘荡在这无解的世界，更绝望的是，作为人类的自我意识在渐渐模糊、冲淡。

某种知觉在迅速膨胀，其他感官蜷缩到次要的位置，像是整个躯体被包裹于一枚无比巨大的蛋黄，你能感受到四面八方传来有节律的震颤，一种均匀的压力迟滞而坚定地迫近，仿佛有一只巨手捏着这枚鸡子，而它将无可避免地走向破碎。

世界便是这枚鸡子。

这就是谢天天的不安全感，比吴谓所体验过的所有脆弱与惊恐加起来还要强烈。

他突然有种强烈的冲动，想抱抱女儿，抱抱这个宇宙间最孤独的孩子。

一些感觉的残片开始浮现，游荡在意识中，来自另一个人类的体温、皮肤的触感、拥抱与亲吻的混合物、毛发拂过脸庞的瘙痒、湿润的气息、手臂上最后的一线疼痛。

吴谓猜测这是来自谢爽的记忆片段，毕竟她是那个花了最多时间在女儿身上的人，尽管随着时间的流逝，这些信息也都将无法挽回地逐一消失，甚至这个人、这个名字也会像水面的皱褶，平复如不曾存在过。

但他猜错了。

那发根坚硬、气息中带着烟味儿、手指触感粗糙，那不可能来自妻子，而只可能是——他自己。

从女儿意识深处传出持续的震颤，变幻着频率和模式，带着繁复的节奏和配合，然后便有一种宁静的愉悦弥漫全身。吴谓尝试着去体会那种共鸣腔的感觉，类似于坐在按摩浴缸中，让水流慢慢没顶，引发共振。

那是一种爱的感觉。

这是吴谓此生最为深刻的体验，令人疯狂而眩晕。仿佛共有一颗大脑的连体婴，又像是一个置于音箱前的麦克风，回输信号被无限循环、放大，推向神经冲动的极限。

在那共振中，他触摸到更为遥远、古老而宏大的存在，像是穿越了幽暗的岩层和数万米的海洋，穿透了大气与辽阔无际的星空，穿行于时间与空间交织而成的躯体，仿佛所有的感官都恢复了正常，但只有电光石火般的一瞬。

世界疯狂旋转，开始只是水平旋转，然后垂直，最后是不定向的变轴旋转，仿佛某种教派的旋转舞仪式。舞者右手指天通神，左手指地通人，不停地旋转至意识不清之时，便是与神最近之处。

吴谓被囚禁在蛋壳中，在海中，在铅与火的洗礼中，即将破碎。他膨胀，溢出了蛋壳，溢出了海洋、天空以及万物的间隙，他便是万物。

蛋壳碎了，旋转减缓了，膨胀停止了，然后是猛烈、急速、无尽地收缩，如恒星坍塌，如地铁穿越隧道，如精子游入子宫，如浴缸拔掉塞子，像是要把万物都塞回某个渺小、脆弱、安静的容器中，这个过程如此漫长，以至于连时间都失去了弹性。

父亲离开了，爱消失了。

随之而来的巨大的空虚和失落感远超人类所能想象的极限。他们曾为一体，如今各自分离。恍如躯壳悬于真空，割断了所有与外界的能量联系，一个感官的黑洞，无所依托，无法触及，没有意义，只是宇宙间一个孤独的物体。

吴谓看不见，听不着，身体漂浮在知觉之海上，缓慢地穿越时间的尽头，而一生的记忆却凝缩在须臾之间，从摇篮到坟墓，只隔一朵浪花。

他终于理解了女儿的世界，理解了女儿的爱。

如果命运把我们抛掷到无法理解的境地，而我们所能做出的回应，无非一个姿态、一种仪式，体面地接受失败，鞠躬离场下台。再漫长的历史，再强大的国家，再深刻的思想，都会在时间的洪流中烟消云散，何况两段人生短暂的交叠。

在时间面前，没有赢家，没有胜利可言。只有爱，能够让我们苟延残喘。

然后，他看见了光。

葬礼

那是一具尸体，飘浮在无垠的星空中，没有因为真空失压而爆裂，也没有因为极低温而粉碎，只是像日常生活中葬礼上能看到的那种死者，穿着得体，表情冷淡，妆容精致，只不过换了个炫目的背景。

那是吴谓的尸体。

"微微？这是怎么回事？"吴谓看着自己的尸体，发现自己失去了实体，甚至无法控制自己的行动，只是随机飘浮在太空里。他开始惊慌起来。

"冷静，这是最后一道仪式。"

耳边响起的，竟然是叠加在一起的两个声音，一个是男孩微微2.0的，另一个来自他的导师老柳。二重唱式的音响效果，让眼前的这一切显得更加诡异庄严。

"什么仪式？快让我回去，我要回家。"

"你这就在回家的路上，死亡是每个人的终点。"

"不！不应该是这样，这只是一场虚拟游戏，一场幻觉，快让我走！"

"文明又何尝不是一场游戏，一场幻觉。"这是吴谓所熟悉的那个导师老柳，洞若烛火又带着虚无喟叹。"在我人生最后十年的研究中，我发现了一个终极规律，它是拓扑数论中一个非常边缘化的分支，但却能解释从大脑神经元连接到集体无意识行为，从量子效应到宇宙天体湮灭，这横跨微观到宏观数个量级之间的各种现象，它揭示了一个谜底：费米悖论。"

"费米悖论？"

"从数学上看，银河系大约有2500亿颗恒星，就算按照最严苛的德雷克方程，智慧文明也应该是多如牛毛。可为什么我们一个都找不到？是否存在着某种大过滤器机制，当文明发展到一定阶段，就会被过滤毁灭掉？"

吴谓感到一阵瘆人的寒意，即便他现在没有身体。他已经远离这样终极的谜团太久了，回想起学生时代，他最喜欢跟同学争论的，就是这种没有答案的问题。可那样的日子已经像星光一般黯淡遥远了。

"这跟我有什么关系？"他几乎是条件反射般回应。

"呵呵，吴谓，这可不是以前的你，以前的你肯定会站起来打破砂锅问到底。这和你有莫大的关系，你觉得自己遇到了危机，对吧？"

"算是吧……"

"你不是唯一一个。"

"什么？"

"事实上，全人类都在面临同样的危机，我把它称之为'赢家综合征'。具体产生的机制尚未清楚，但是就像是打开了大脑中某个隐藏的开关，所有神经元连接的拓扑模型产生了变化，人类开始变得盲目、短视、过度竞争、自私自利，甚至带有强烈的自毁倾向。而个体组成了社会，社会组成了文明，我们就在悬崖的边上摇摇欲坠。"

"我一直以为您是一个乐观主义者。"

"曾经是，直到我发现盲目乐观也是症状之一。一个盲目乐观的社会与一个盲目悲观的社会相比更为可怕，因为每一个个体都将竭力用自己的乐观扼杀他人悲观的权利。"

"所以您打算用游戏来拯救世界？"尽管颇为不敬，吴谓还是掩饰不住自己的讽刺语气。

老柳沉默了许久。

"不……我只想拯救我自己。我也是患者，我牺牲了我的儿子、妻子，还有我整个的人生，只为了能赢。"

吴谓一下子说不出话来，幻觉中的身体，某个地方隐隐作痛，也许是心。老柳是真心相信自己所说的话，才会如此坦诚而残忍地揭开疮疤，让学生看清自己最不堪的一面。

"老师……"

"还是叫我老柳吧，我只是不希望你重蹈我的覆辙。你是我最看重的学生，我不想看到你变成现在这个模样……"

"可是我……我已经走了这么远，我不能放弃现在的这些东西……"

"难道你还看不清吗？你牺牲掉的远比你得到的要多得多。"

游戏中的场景迅速闪过吴谓眼前，他明白老柳是对的。为了毫无负累地前进，他牺牲了自己的妻子；为了不断击败竞争对手，他牺牲了自己与孩子相处的时间；为了莫须有的胜利，他牺牲了自己最钟爱的研究。他才是那个被囚禁在果壳里自以为是的孤独国王。

"你们被告知，要不惜一切代价去赢得人生中的每一场战争。可是他们没有告诉你的是，你就是那个代价。"

"可是……这个世界本来不就是这样的吗？"

"从来如此，便对吗？"

吴谓语塞。

"建造这个赢家圣地，便是为了改变每一个困境中的人。也许我们终究不能突破大过滤器，无法抵抗文明的孤独症，但至少，我们可以改变每一个人看待世界的方式，重新建立起与他人的情感连接，扭转神经元网络的拓扑结构。"

吴谓看到自己的尸体慢慢地腐烂、枯萎，如同坛城沙画，再怎么繁华锦绣，都抵挡不过时间，终将化为齑粉，和光同尘。他回忆起这一路上经历的种种，心头若有所动，像有束光打在了久不见天日的石壁上，照亮了青苔与藤蔓。

"老柳，我想家了。"

回家

玻璃罩哗的一声打开了，吴谓花了一些时间从甜美香氛中苏醒过来，努力回忆自己身处何处。工作人员搀扶着他离开舱体，进入更衣室。

洗去身上的导电凝胶之后，吴谓走出水雾缭绕的淋浴间，去储物柜拿自己的衣物。他突然被眼前的一个朦胧身影吓了一跳，定睛一看，原来是一面等身高的穿衣镜。

他端详着自己日渐隆起的小腹和略显松弛的肌肉，叹了口气，一切似乎都没有什么改变。

坐进车里，吴谓惊讶地发现自己在舱体里的时间最多不超过一小时，可感觉却像是过了一个世纪那么漫长。他想起所有经历过的虚拟场景和老柳的话，恍如隔世。

车窗外的城市繁华如故，赢家与输家们不舍昼夜，战争不会为谁真正停歇。

车缓缓驶入地库，吴谓小心地挨着旁边的路虎停好。按照习惯，他会在车里再坐一会儿，像是做好某种心理建设，再离开座驾，上楼回家。

可是今天吴谓却一刻也不想在车里多待，他迫不及待地熄火，解开安全带，溜出车厢，走向电梯间。

在掏车钥匙时，他的手指碰到了一件触感陌生的物体。摸出来一看，是一把金色的钥匙，孤零零的，连着圆形的号码牌，上面写着"42"。

吴谓凝视着那把钥匙，似乎唤醒了他的某些回忆。

一声清脆的响铃，他回过神来，走进电梯，电梯门缓缓合上。想到马上可以见到自己的妻子儿女，吴谓的脸上露出了幸福的微笑，反射在所有的镜面上，尽管这不过是地球上无比平常的又一天。

这一刻我们是快乐的

黑场。

背景音：

一颗心跳加入了另一颗心跳，前者平缓稳健，后者节奏要快上三分之二。随后又慢下来，带着一种紧张的活力。两股心跳相互缠绕律动，音色逐渐冷下来，变得机械，融入更为复杂宏大的电音织体中。

字幕：

2015 年春，北京大学人文学院新设置的"影像人类学"课程要求学生以小组形式完成作业，第二年夏课程结业时共收到小组作业八份，其中以徐昕玥、Ibanca Singh（留学生）、袁骁、Sebastian Schwarz（留学生）为小组成员提交的作业《新·生》(New·Newborn)获得了最高分，并入围该年度大学生电影节最佳纪录片决选名单。

《新·生》探讨了科技如何改变人类自然生育过程及其背后的复杂语境，被作为一项长期选题保留在课程设置中，截止到 2040 年 8 月，已经收集了超过 300 小时的影像资料，受访对象遍及全球各地，时间跨度长达 25 年，正好是人类一个代际的平均长度。

本片由其中部分素材重新剪辑制作完成，并获得受访者及拍摄团队授权。

部分声音画面内容应要求进行过后期处理。

黑出。

画外音（O.S.）

是什么让你有了生宝宝的想法？

吴英冕

（37 岁　中国　粤港澳湾区　企业家）

作为女人，这是很自然的一件事情，你能感受到那种，就是身体里的那种涌动，就好像在告诉你，时候到了，该要一个了。另一方面，整个环境，包括身边的人，都对你有这样的期待，毕竟我们这个社会，是吧，几千年来对于女性的定位……

大野敬二（Keiji Ohno, a.k.a. K.O.）

（33 岁　美国　波士顿　多媒体艺术家）

对于我来说，是一种体验。我知道外面很多人会说，K.O. 只不过是在哗众取宠，我 *beep* 一点也不介意。我觉得我在做一件也许是本世纪以来最伟大的事情，它的意义要过很多年才会被正确评价。我会等到那一天的。

Hanna & Fatima Kühn

（32 岁 & 28 岁　德国　柏林　电影史教授 & 摄影师）

（Hanna）很简单啊，我爱 Fatima，她也爱我，我们想要给这个世界留下点什么，作为一段关系的见证。很明显，作为一种储存介质，赛璐珞或者磁盘都会过时，而生命不会，它会自我延续下去。

（Fatima）这听起来有点自私（笑）……不过事实就是这样的，这个孩子，是完完全全属于我们两个人的，不带有任何来自第三方的杂质，你懂我在说什么吧（笑），当我说"第三方"的时候，我想要确信不会冒犯到任何人。

Neha Srivastava
（22 岁，印度 古吉拉特邦，代孕妈妈）

我第一次怀孕是在 16 岁，我吓坏了，问 Rajan 该怎么办。

他当时比我大不了多少，只是摇着头说"那就生下来嘛"。

于是我们结了婚，有了 Vishal，再过了一年，又有了 Seema。我说够了，我们会被吃穷的，Rajan 说"没问题，我可以多打几份工"。可是，我们还是付不起账单，孩子吃得越来越多，很快就要上学。

Mehak 告诉我 Akanksha 医院在找年轻健壮的女孩，所以我来了这里。

生孩子就是我的工作，这是我为客户怀上的第三个孩子……

MOW45
（年龄不明，中南半岛某地，SHIIVA Lab 联络人）

哼，这个问题我也一直觉得很好奇。有一种说法认为，人类不过是 DNA 的奴隶，所有的一举一动，所思所感，都是基因设置好的程序，而运行的最终目的就是把基因里储存的信息散播开去，越远越好。人体就像一台低效的 Enigma 机器，转着还经常出错，我怀疑最终收件方还能不能读取出初始信息，但在那之前，我们只能把这场拙劣的传话游戏继续下去，只不过换个玩法。

黑出。

字幕：

第一部分

吴英冕坐在黑色七座商务车后座，不停地接听电话，车窗外快速掠过森林般丛立的镜面建筑物，映在她略显憔悴的侧脸上。

镜头跟踪着她下车，步入一栋写字楼，电梯里不时有人向她弯腰问候，她只是轻轻点头回礼。

透过玻璃幕墙可以看到吴英冕坐在会议室正中，不时发表意见，激动时她会走到立体投影正中，敲着桌面，数据报表在她身体表面扭曲变形。

吴英冕坐在办公室内处理文件，她的背后是宽大绵延的落地窗，可以看到整个城市的天际线以及更远处的深圳湾。她终于签完最后一份文件，轻轻地舒了口气，端起凉透的茶杯。

吴英冕

我应该是遗传了我父亲吧，工作起来不要命那种（笑）。

没办法，言传身教，一家人都这样子，被架到那个位子上，那换你你怎么办？几千口人等着靠你养家糊口呢。（拿起桌上的家庭合影）也不是没想过自己要，什么办法都试过了，命吧。

而且，我父亲有那个，心理阴影。（父亲与母亲年轻时的合影）

我母亲，确实是为了要保我，大出血，她知道再不保吴家可能就无后了。所以这个就是我爸，他这辈子一个心结，他不希望我（突然停住）……

一个网页文件出现在吴英冕的电脑屏幕上，上面是许多张排列整齐的女性照片，肤色各异，点开照片会弹出详细履历，包括出生地、年龄、生理状况、教育背景、基因检测结果、生育史、兴趣爱好等，再点开下方十字箭头可看到往上追溯三代的信息。

吴英冕

很多群里的妈妈都说选白种人好，我觉得那纯粹是偏见，是种族歧视。

与此同时，镜头掠过不同肤色代母头像。

我们选的都是最顶尖的服务，在这种水平高度上人种差异可以忽略不计，我个人还是倾向亚裔，哪怕是南亚。

画外音（O.S.）

您先生是怎么考虑的？

吴英冕

（桌上夫妻合影，丈夫面部被模糊掉）你说他呀……他贡献了几毫升液体就有资格提意见啦，你是不知道取卵有多痛苦多折腾。这件事我肯定是百分百说了算。

会不会去实地考察代母？我需要再想想……（看向窗外）

场景切换。

热带艳阳下，红土路上不时有飞驰而过的 Tutu 车扬起巨大烟尘，行人熟视无睹。我们跟随着 Neha 在路上走着，她一边冲着镜头介绍周围环境，不时有小孩探头进入画面，笑出一口白牙。

Neha Srivastava

我之前也是住在那样的房子里（用帆布、铁管支起来的简易棚屋），很多（代孕）妈妈如果没有被挑中或者没有成功（怀孕），她们就只能住在那里等着。现在我们一家搬进了新楼房，我运气好，多亏了神灵保佑。

画外音（O.S.）

他们付给你多少钱？

Neha Srivastava

……每次扣掉（中介）费用大概给我 6000 美金，那是 Rajan 好几年的收入，嘿……

几名相识的妇女看到 Neha，纷纷上前恭喜她，眼神中充满羡慕。

场景切换。

Neha 走入一座淡米色楼房，门口牌子显示这是 Akanksha 医院其中一所代母之家。护士把 Neha 引到她的床位，三十平方米左右的房间里摆着八张床，其中三张空着。成功怀孕的代母都必须搬到这里。护士开始给 Neha 做各项检查。

Neha Srivastava

我怀 Vishal 和 Seema 的时候，还得干重活，吃的也不好，根本没人管，还是这里好（笑）。

护士帮 Neha 进行注射，又准备好营养餐，已经是第三次代孕的 Neha 看起来轻车熟路。

画外音（O.S.）

像这样的针要打到什么时候？

Neha Srivastava

我没有数过，反正要打好多天……

护士

那是孕酮，要打 75 天，能增厚子宫内膜，抑制子宫活动，使受精卵植入后产生胎盘……

Neha Srivastava

我懂我懂，一切都是为了保护那个贵重的小东西，那是公司资产（笑）。

画外音（O.S.）

这一切对你来说，困难吗？

Neha Srivastava

对我来说，这件事情本身没什么难的，难的是别人怎么看我。

Rajan 一开始很生气,他觉得这是亵渎神明,是不洁的行为,但是我告诉他,那些父母有些是失去了唯一的孩子,有些是因为身体原因没有办法生育,我们是在做善事,神明会原谅我们的。后来慢慢地,他也接受了,而且我们现在住上了新房子,孩子们也上了好学校,每个人都高兴,不是吗?

画外音(O.S.)

你会见那些父母吗?

Neha Srivastava

如果对方没有要求尽量不见,面试是通过视频,孩子生下来之后,鉴定完半小时内就会被抱走了,合同里面是这么规定的……

画外音(O.S.)

你会想再见到那些孩子吗?

Neha Srivastava

我(不安的笑)……没有想过……

场景切换。

健身房里,吴英冕戴着无线耳塞,看着视频节目,在椭圆机上挥洒汗水。穿着紧身连体服的她,身材一点也不像快四十的人。

字幕:

代孕中介公司拒绝了我们的拍摄请求。

吴英冕

不是说以后人都能活到 200 岁吗(笑),让自己看起来年轻点,有活力点,在职场上也是个加分项。以后选择冻卵或代孕的人会越来越多的,现在竞争这么激烈,休完产假回来就没你什么事儿了。以前人们还藏着掖着,假装出国休假,回来就多了一个娃,现在大大方方的,就是代孕。

(指着健身房里一排奔跑中的年轻女孩)

你看她们更激进,根本不想结婚,只想有个自己的娃,至于男人,就像换衣服换手机一样（笑）。

吴英冕看着屏幕上播放着中介公司提供的动画视频，用一种卡通式的口吻讲解整个过程：

准备期需要连续口服 20 天避孕药，然后连续打 10 天抑制针，避免卵子过早发育流失。

排卵期到来前每天血检雌激素水平，每隔 2-3 天做排卵监测，每晚打三种促排卵针。取卵时，用一根 A4 纸长度的针状吸管，经母亲的阴道穿破内壁直抵卵巢，另一边，医生通过 B 超监视吸管到达的位置，并找到卵泡，一次吸出 10 个卵子。与此同时，代母需要打针调理身体激素水平。男方同期取精，卵子在体外培养 2-6 小时受精成为胚胎，培育一定时间后即可植入代母的子宫内。

为了提高成功率，一般同时会移植 3-4 个胚胎到代母子宫，观察发育情况。

吴英冕

我觉得他们应该把那个卡通女人换成母鸡（笑），不就是一个产卵机器。听说整个下来身上会多五六十个针眼儿，还有各种并发症什么的，真是花钱买罪受。唉，三十七是道坎儿啊。就算再高科技你还是会觉得当男人省事儿，"同期取精"，四个字，完事儿。我听说有的富豪同时找了好多代孕，买的全是常春藤盟校女高才生的卵子，这比古代纳妾还安全，不用担心后宫争夺家产了（笑）。

吴英冕健身完毕，离开充满荷尔蒙的房间。

场景切换。

吴英冕驱车回家，路上接了一个电话。她与电话另一头产生了激烈的争执，出于她的要求，我们没有对通话内容进行录音录像。

挂断之后她一路没有说话。车子到达一栋掩藏在热带花园里的联排别墅，一条贵宾犬扑上前来欢迎她，室内装潢是典型的地中海风格。丈夫最近都出差在外，她快速吃了两口阿姨做的饭，回到书房开始研究厚厚的一沓合同。

吴英冕

一共六份，还是英文的，我特地请人翻译，律师都已经批注过了。你看看，这是和代孕中心的、这是和生殖中心的、代母经纪公司的、代母本人的、资金监管公司的，哦，还有和代理律师的。每个公司所在地不一样，监管法律法规也不一样，都得研究，这事儿可马虎不得，之前不有好几个代孕案子打了好长时间官司吗？

画外音（O.S.）

什么样的官司？

吴英冕

比如前些年，一对日本夫妇在印度实施代孕，但是孩子出生前两人就离婚了。当妈的不要孩子了，当爹的又没有法律权利，孩子又不是印度人，这可怜的娃就变成了三不管。

画外音（O.S.）

你最担心什么问题发生？

吴英冕

（稍加思索）如果提供精子方想要争夺抚养权怎么办？如果代母想要留下孩子怎么办？如果她想要和孩子保持联系怎么办？如果当地法律保护代母的这种权利怎么办？我只想要一个完完全全属于我自己的孩子，他日后不会因为自己的来历产生任何困扰。我要在合同里把这些都约束得清清楚楚。

画外音（O.S.）

那在你看来，代母也是和你一样的母亲吗？毕竟……

吴英冕

（脸色愠怒，打断）我知道你的意思，我不会用"子宫出租"这种粗暴的词，毕竟我们都是女人，只是在这份契约中身处的位置不同。科学把自然繁衍变成一项工程，那么我们就应该遵守规矩，每个人扮演好自己的角色。你又要名分，又要钱，还要孩子，天底下哪有这么好的事儿！

吴英冕停下，低下头继续翻看合同，突然像是自言自语地低声说道。

吴英冕

所以我不想见她们，我怕我会受不了心软……

场景切换。

代母之家的活动室里。一群腹部大小不一的代母们盛装打扮，头披纱丽，围坐一堂，中间摆放着各色食物，有 naan 烤饼、荤素咖喱、奶昔、masala 奶茶等，颇为丰盛。她们正在为其中肚子最圆最鼓的母亲唱着祈福的祷词。每当有代母将要临盆，这里的人就会举行盛大的派对，为腹中那个即将降临却又并不属于她们的宝宝祈福。

Neha Srivastava（O.S.）

我经历过非常多次这样的迎生派对，大家一开始总是高高兴兴，吃吃喝喝，又唱又跳，但是到最后都不说话了。每个人心里都明白，孩子出生之后，只能在自己身边待几十分钟。虽然我们都会说服自己那是别人的孩子，可毕竟在我肚子里待了九个月，它身上也流着我的血，已经变成我的一部分。

那种感觉很难说清楚，就像是把你的心掏空一样，只剩下一个松松垮垮的皮囊。

那个临盆的代母开始哭起来，其他的母亲把手放在她肩上，安慰着她，但是自己的眼眶也不由得红了。Neha 抱着大家，把脸转向一旁，像是想着什么。

场景切换。

镜头跟随着 Neha 走过热闹的街道，路人向她投来怪异的眼神。

Neha 步入一片齐腿高的香根草地，她用手掌轻轻抚过那些坚硬带锯齿的草叶，嘴里轻轻哼着没有词的曲子。

Neha Srivastava（O.S.）

当我唱这首歌的时候，我能感觉到它动得特别厉害，就像一条鱼儿在肚子里摆尾。

它应该很喜欢这首歌吧，趁着还有机会，多给它唱。

Neha 来到小溪边，小心翼翼地坐下，用手抚弄着水流。

特写：手带着许多细小的伤痕，穿过波光粼粼的溪水。

Neha Srivastava（O.S.）

等它出生后，我要按照印度的习俗，给它的眉心点上红色的 Bindi，还要给它的手腕、脚踝和脖子系上丝线，这么做能够阻挡邪灵和厄运，保护它的生命能量。

我一定要这么做，我希望它能够健康长大，像我自己的孩子那样。

画外音（O.S.）

如果它的父母不让你这么做呢？

Neha Srivastava

（沉默片刻）他们什么都不知道！什么都不懂！

那些有钱人以为这是在宠物市场买小猫小狗吗？一手交钱，一手提着笼子就走了。

我第一次干这种事的时候差点没命了，就因为他们放进去了三胞胎，在印度，只要你愿意给钱，他们甚至都可以让你放五胞胎。有时候放两个只是为了挑选男孩，然后把女孩杀掉！

这是什么？这是文明社会的规矩吗？我真的不懂。

很多女孩因为客户变卦了离婚了，就得把快要出生的孩子流产，自己也送了命。

如果这不是谋杀我不知道什么才是。

Neha 陷入沉默。不远处传来水声，几个男孩从牛背上跳进了小溪，欢快地打起了水仗，水珠在空气中勾勒出一道浅浅的彩虹。

Neha Srivastava

我做完第一次之后发誓再也不干了，可我又做了第二次、第三次。

我以为我会越来越习惯这种事情，什么也感觉不到，可并没有。

我还是会感觉到它的心跳，像是在和我的心跳对话。

我还是会因为它无缘无故地高兴、生气或者哭泣，一想到有一个在你身体里的小生命正在观察着你的一举一动，喜怒哀乐，虽然不知道它能感受到多少，可是你能感受到它，并相信它也能感受到你。

这种感觉太奇妙了，跟你肚子里的生命是否属于你没有一点关系。

你和它已经被某种东西牢牢地绑在了一起。

你能理解那种感觉吗？（含泪直视镜头）

场景切换。

吴英冕书房，在散乱的合同文件前，她用力揉搓着自己发红的眼睛。她走到阳台上，看着不远处如星海般光芒四溢的城市，点了一根烟。她用力地吸、吐，白色烟雾在空中尚未成形便已缕缕消散。

吴英冕（O.S.）

我这几天整宿整宿地睡不着，一个是担心采卵和胚胎的质量，一个是听了太多耸人听闻的例子，有些心律不齐。半梦半醒之间老想起那些可怜的女人和那些死于非命的孩子。你说胚胎发育到什么阶段能算是人呢？或者说，具有了人的感知能力和自我意识？这事不能细想，越想心越慌，我这到底是在造什么孽……

镜头切至 Neha 特写。

水波倒影在她脸上，她的双眼闪烁着细碎的光亮。

Neha Srivastava (O.S.)

我经常做梦，梦见那几个孩子。

他们都已经长大了，长着白色或者黄色的脸。

我用我给他们起过的名字叫他们，他们不搭理我。

我叫啊叫啊，嗓子都哑了，他们还是一点反应都没有。

直到我哼起那首歌……

一阵欢呼声让 Neha 侧目，男孩们已经上岸穿好衣服，其中一个年龄稍长的孩子变戏法般掏出了 Khanjira 手鼓，他熟练地在蛇皮上洒了点水，与那小鼓体量不相称的洪亮节奏就这么响了起来。Neha 露出了笑容，她突然唱了起来，还是她在路上哼的那段曲子，只不过带上了歌词。男孩们兴奋起来，和着鼓点和歌声拍起手，他们开始还站着不动，慢慢地，脚开始抖起来，腰开始扭起来，手开始挥舞起来，咧嘴大笑起来。

Neha 也站起来，加入他们的舞蹈，她步伐谨慎，肢体和眉眼却分外灵活，像一只骄傲的孔雀。

Neha Srivastava (O.S.)

他们还记得那首歌，还记得我。

每次我都等着他们叫我，但总在这时梦就醒了，我怎么也听不到那一声……

镜头切至吴英冕特写。

吴英冕

我付出那么多无非就是为了听孩子叫一声……

镜头切至 Neha 特写。

Neha Srivastava

妈妈。

是的，妈妈。

黑出。

字幕：

第二部分

大野敬二在地铁站台上等候，镜头里除了主画面，下方还有几个细长条叠加窗口，展示着各种数据曲线，如海浪般起伏不定，那是由受访者提供的实时生物监测数据。车进站了，大野敬二斜挎着包走进地铁车厢，人不少，几名正在阅读的年轻人看到他那圆鼓鼓的肚子，纷纷站起来让座。K.O. 道谢坐下，周围的人这才看清他的面孔，不由得多看了几眼。终于还是有人认出了他，一名穿着入时的年轻女孩问他是不是K.O.。

大野敬二

是的，我是。

女孩

抱歉，也许有点唐突，我是在媒体上看到的，所以现在它怎么样了？

大野敬二

是"她"。她很好，谢谢。

女孩

几个月了。

大野敬二

28 周又 3 天。

女孩

哇噢，那很快了。所以你会用什么方式……我的意思是……分娩？

大野敬二

（曲线大幅波动）

（笑）我知道，每个人都很关心这个，有几种备选方案，不过我觉得可能现在不是合适的讨论场合，关注我的信息流吧。

女孩

（尴尬）噢当然，抱歉，我是说，我会一直关注的。祝你好运！

没有人再和大野敬二主动攀谈，他在红线的 Kendall／MIT 站下车，经过月台时有游客摇动手柄，激活被命名为毕达哥拉斯的音乐雕塑，吊锤撞击钢管，发出 B 小调颤音。

场景切换。

我们随着 K.O. 走进由槙文彦设计的 MIT Media Lab 大楼，大厅里正在展示的是一种融合了人造叶绿体和碳纳米管的新型材料，像一堆墨绿色的果冻被凝固成各种奇怪的造型。

大野敬二

（转向镜头，笑）尼葛洛·庞帝，《柔性建筑机器》，1975。

好像没什么人记得他原来是个建筑师。

镜头跟着他穿过大厅的另一头，陈列着象征 Media Lab 历史的各种发明：Logo 海龟、Minsky 机械臂、OLPC（One Laptop Per Child）、Kindle、可折叠堆叠的迷你电动车 CityCar、3D 全息打印、为孩子设计的可视化编程语言 Scratch 等等。

大野敬二

真 *beep* 酷吧。这里的人都是些异类，但跟那些光说不练的理论家相比，这里的人信奉的是"不实施毋宁死"（他指着墙上的口号：

Deploy or Die）

场景切换。

K.O. 敲了敲门，走进 Joan-Francois Lemaire 博士的实验室，一个三十岁左右一头蓬乱金发的女士站起来迎接他。

大野敬二

Joan 简直超棒的，她的老师是大名鼎鼎的 Hugh Herr，Biomechatronic 研究中心的创始人，就是那个给自己装上两条假肢的登山疯子。

Joan-Francois Lemaire

少来了，我可从来不是个好学生。比起你要干的事情，Hugh Herr 只能算是个循规蹈矩的清教徒。

大野敬二

我们，是我们要干的事。你觉得明年的不服从奖有戏吗？

字幕备注：

MIT Media Lab Disobedience Award，是 LinkedIn 创始人 Reid Hoffman 在 2016 年捐资设立的奖项，旨在奖励全球范围内影响力卓越的学术科研人员或团队，评判标准是"负责任地、道德地不服从"，最初奖金为 25 万美金，后增至 40 万美金。

Joan-Francois Lemaire

我觉得在"不服从"这一项可以打满分，可在"道德"这一项……好吧，也许会有反对意见。

躺下吧，我给你做个全面检查。

大野敬二

那些戴假发的中世纪僵尸都应该 *Beep* 去死！

大野敬二换上宽松的医用罩袍，在一张白色平板床上躺下，Joan

操控着一道圆拱形扫描仪缓缓划过他的身体，发出蓝白频闪和细微的电流的嗡嗡声。

Joan-Francois Lemaire

注意你的用词，现在你可是个爸爸，噢，妈妈了。

伴随着扫描仪滑过 K.O. 隆起的腹部，Joan 手中的平板显示着各种数据及腹中胎儿的实时动态图像，她用手旋转胎儿图像，从不同的角度观察其姿态。

她看上去很好，人造胎盘运作正常，你的雌二醇激素水平有点高，一切感觉还好吗？

大野敬二

除了长出一对大咪咪，每天睡不着觉，胡吃海塞一堆食物和药片，再吐出来一大半，一点点情绪化，真的只是一点点，然后还有疼，*beep* 这辈子都没这么疼过，我不得不说，其他的都还不赖。

Joan-Francois Lemaire

这可都是你自己选的，你也可以要一个男孩，或者不做神经移植手术，无论哪一种，都会让你好受不少。

大野敬二

Joan，你懂得，我要这一切尽可能地接近自然状态。

在自然状态下，人是没有办法选择胎儿性别的，你只是被选择。

可话又说回来，一个被化学阉割的 K.O. 还是 K.O.，不是吗？

Joan-Francois Lemaire

绝对的真汉子，注射荷尔蒙也阻挡不了你的雄风。

（停顿）所以，你真的考虑好了吗？

大野敬二

噢，又来了，我都说了多少遍了，就算再危险，我也想要尽可能模拟真实分娩的过程。

这个项目的意义不就在这里？人类历史上第一个能够真正体验从怀孕到分娩全过程的男性，而不是那些假模假式先怀孕再变性的货色。

这意味着很多、很多东西。

Joan—Francois Lemaire

（笑）我不是问你这个，我是想问你，名字想好了吗？

大野敬二躺在床上，侧过头看着 Joan，露出"我就知道"的笑脸。

场景切换。

阿诺·施瓦辛格饰演的 Alex 躺在手术台上，从蓝色无菌布的方形缺口中露出鼓胀得夸张的腹部，四名医护人员包围着他，手里拿着手术刀和剪子，正准备给他进行剖宫产。镜头缓慢推近，出现阿诺的面部特写，他神情紧张，周围的人不断地告诉他"吸气，吸气"。

画外音（O.S.）

在电影史上，不同国家都曾经出现过讲述男性怀孕的作品，1973 年法国意大利合拍的《怀孕的男人》、1985 年中国台湾的《袋鼠男人》、1994 年美国的《魔鬼二世》、2011 年俄罗斯的《代孕爸爸》、2015 年中国大陆的《捉妖记》等等（随着介绍出现电影海报及片段剪辑）。

2008 年，行为艺术家 Virgil Wong 拍了一段 7 分钟的伪纪录片放在 Youtube 上（播放视频片段），宣称她的男性好友 Lee Mingwei 通过参加纽约市 RYT 医院 Dwayne 医疗中心的 II 期临床试验，成为历史上第一位在自己身体内孕育胎儿的男性，引起了网上的广泛争论。

Hanna Kühn

有趣的是，它们大多数都被处理成喜剧片的形式，就好像这件事情的唯一价值就是惹人发笑。

我的意思是，你什么时候看过关于女女生子的电影？

Fatima Kühn

等等，你忘了《神奇女侠》？（大笑）

场景切换。

纯白色的摄影棚里，Fatima的棕色面孔格外显眼，她穿着连体白色运动服和荧光黄色球鞋，指挥着灯光师调整光场，她的影子随着光照在地板上变换形状和浓淡。她终于满意了，让所有人清场。

镜头拉开。

她的面前并不是名模也没有巨星，只有一桌精心摆放的摩洛哥风格食物。

Fatima Kühn (O.S.)

我来自叙利亚，我是个难民的孩子。

我的母亲怀着孕只身偷渡过地中海，步行穿越希腊、马其顿、塞尔维亚、匈牙利、奥地利，最后进入德国。我没有办法想象她究竟经历过些什么，我只知道她不再让我像我们族人那样，把父亲的名字甚至父亲的父亲的名字都变成后缀。她告诉我，你的名字是Fatima，只有Fatima，你要为自己而活着。

现在我有了一个新的姓氏，Hanna告诉我，在德语里Kühn代表"勇敢"，不得不说这是个巧合，好的那种。

场景切换。

Hanna和Fatima携手出席某个公众活动，突然画面外出现几声吼叫，几个不明物体飞向两人，在她们头上身上碎开，流淌下黏稠的半透明蛋液，她们狼狈不堪地甩掉那些蛋壳和黏液。镜头转向人群，一个头戴贝雷帽的壮汉正被保安死死按倒在地，他嘴里不停地用德语叫骂着什么。

场景切换。

午后，Hanna与Fatima并排坐在家中起居室沙发上。

Fatima Kühn

我的一些客户迫于压力取消了合作，有些恐怖分子发出死亡威胁，扬言要用石刑处决我，就像在我老家那样。

Hanna Kühn

（握住 Fatima 的手，看着她）我们会挺过去的。校方明确表态支持我们，警方也加强了安保措施。我的意思是，这里是柏林，你指望在哪还能找到这么尊重多元化的地方？

Fatima Kühn

（抚摸着自己的腹部）我知道……一开始我们以为最难的是技术部分，现在发现，最难的其实还是在人的部分……

Hanna Kühn

就像第一次在银幕上看见火车进站，所有的人都被吓得跑出放映厅。人的观念跟不上技术发展的步伐，有个滞后效应。
我只希望我们的女儿以后能生活在一个更加宽容的世界。

Fatima Kühn

说老实话，我没有 Hanna 那么乐观。
场景切换。
街头随访。

老年男子

（风衣、玳瑁眼镜、夹着皮质公文包）
嗯……我是这么看待这件事情的。上帝创造了男人和女人，就是要他们彼此相爱，繁衍后代，现在你告诉我男人没用了，只需要女人和女人在一起就能生出小孩，我觉得这对我的信仰是一种……亵渎。

年轻男子

（卷发、吃着汉堡、眼睛难以离开手机屏幕）
哈，我就知道这一天迟早会来的——男人无用论。

如果你告诉我这是科学，那就让我们来进行科学的讨论，男人带来的并不是只有精液和 Y 染色体，还有一半的遗传多样性，假如一个女人选择只用她自己的细胞进行克隆，那么她的后代就会像回声一样越来越弱，所有隐性的基因缺陷会浮出水面，直至整个系统崩溃。

哦？你说遗传物质来自两个女性？……那又是另外一回事了……

中年女子

（职业装，短发，骑着自行车）

既然蜜蜂可以，蜥蜴可以，鲨鱼可以，为什么人不可以？我是说，我们都是自然进化的产物。

我读过新闻，说 Y 染色体每一百万年就减少 10 个基因，所以终究有一天男人是要灭绝的（笑），从现在开始适应也没什么不好，人类总得延续下去。

不，我不是女权主义者，我也需要男人，有些时候。

只不过在这件事情上，我觉得两个女人生孩子没有什么不对的，你知道，大多数男人也只是他们孩子名义上的父亲（眨眨眼）。

小女孩

（吃着冰激凌，一脸迷茫地看着镜头）

……你是说就像迪斯尼公主们那样，在交叉剧集里，白雪公主和花木兰住在一起，她们收养了老虎莉莉公主，还有一只棉尾兔朱迪，她们每天都有新的裙子穿……

场景切换。

起居室沙发上。

Hanna Kühn

我们应该用历史的眼光来看问题，亚里士多德还以为精液是来自脊髓呢。我相信再过十年，人们不会像现在这样戴着有色眼镜看我们。

Fatima Kühn

（看着 Hanna，严肃地）希望我们能活到看到的那一天。在我六岁那年，被德国政府的"融入计划"安排到当地学校入学。当然，大多数老师，孩子或者家长都还算是友善，但是就像这个漂亮的复活节彩蛋难免会出现裂缝。哪怕再不经意的一个眼神，一句笑话，一个重音，对于我们这种人来说，就会在心里放大无数倍。他们是在嘲笑我吗？他们是不是看不起我？我应该怎么样变得和别人一样？这样的问题无休止地困扰着我。与其让我的孩子承受这样的重压，我宁可让她待在家里，跟 AI 程序打交道，至少我可以设置它的聊天风格：75% 德式幽默。

Hanna Kühn

（抚摸着 Fatima 的头发）放松点，Fati，深呼吸，她可在你肚子里都听着呢（笑）。我承认你说的都是客观存在的，但我同样相信家庭环境的力量，瞧瞧现在的你，跟任何一个日耳曼后裔没有两样，甚至更优秀更快乐，不是吗……（厨房里传来一声巨响，是窗户被打碎的声音。）

噢天，你待着别动，我去看看，这些混蛋……

镜头随着 Hanna 跑到厨房，窗户已经被砸烂，地上有一坨用纸包裹的不明物体，形状像是长条形的雷管。窗户外有车辆快速发动驶离的引擎声。

Hanna Kühn

退后！退后！马上报警！

Fatima 手捂着嘴巴，惊恐地看着这一切。

镜头切换。

警方的防爆专家来到现场，拉起隔离线。监视器画面里可以看到一台小型履带式拆弹机器人的主观视角，摇摇晃晃地从我们几分钟前身处的沙发开过，靠近那坨疑似爆炸物，两只机械臂进入视野，小心翼翼地剪断缠绕的电线，打开卷曲的纸张，所有人都面露紧张。Hanna 紧紧抱着 Fatima，Fatima 手抚腹部，似乎在细声说着什么，不时用手指抹去眼泪。

纸张打开了，里面包裹的是一根金属铸成的假阳具，纸上用大写德文写着"BENUTZE DAS"（用这个）。

场景切换。

傍晚，大野敬二以半卧的姿势坐在工作室里，桌上胡乱摆放着一堆营养食物和保健药品

画外音（O.S.）

你确定我们能拍?

大野敬二

我已经告诉对方，这也是项目的一部分。况且，最终定剪之前你会给我看的吧（笑），一行有一行的规矩，你懂得。

在过了预定时间十五分钟后，大野敬二接入了视频会议，对方是 Netflix 直播内容总监 Scott Anderson，从加州 Los Gatos 的 Netflix 总部拨入，他的头像出现在投影墙上。

大野敬二

Hi, Scott 亲爱的, 最近还好吗? 抱歉没想到上一个会议拖了这么久，那些混蛋真是找不到重点。

Scott Anderson

（三十岁左右，穿着休闲商务风，语速惊人）

没事，哇噢，K.O.，你看起来气色很棒！

大野敬二

感谢老天,噢,当然还有科学(笑)。

我们长话短说,我知道 Netflix 希望拿到分娩当天独家直播权,不过你知道,这事儿就像是黑五的头条广告位,每个人都想要。告诉我,你们能给我什么条件?

画面被暂时消音,只能看到双方嘴唇对话语速很快。

大野敬二

OK,商务条款我没有什么意见,分级限制呢?我希望尽量多的人能够订阅,我们不能把 MA 往下调调吗?

字幕备注:

MA,Mature Audience Only,只允许 17 岁以上成人观众观看。

Scott Anderson

我非常理解,但首先,这事儿由不得我们,FCC 的 AI 审查程序绕不过去;其次,到现在为止,我们还不确定当天究竟会发生什么,你能给我们详细解释一下吗?可以请法务部门评估一下风险。

字幕备注:

FCC,Federal Communications Commission,联邦通讯委员会。

大野敬二

(将平板电脑里的一个数据包丢到大屏幕,展开成一个卡通人体结构模型)

这可是你要求的,做好心理准备 Scott。

是什么样的魔法让我能够怀胎十月呢?当当当当,Joan 和她的团队利用了异位妊娠的概念。对于女性来说,宫外孕是一种致命病症,需要彻底清除,对于我却是唯一的解决方案。

他们在我的腹腔里用生物纳米材料搭建起一个人造子宫，人造胎盘附着在加固的肠系膜上。我的髋骨不够有力，因此又做了支架手术，以支撑长得飞快的小宝宝，最浩大的工程还是腹腔循环系统的再造，以保证给胎盘足够的血液供给，然后就是人造羊水注入、胚胎着床、复合激素方案、抗排异药物等等。哦，差点忘了，我还要求他们帮我做了神经驳接，那真的是 *beep* 疼，比被人踢了卵蛋还要疼上一万倍。

Scott Anderson

（瞪大眼睛，手捂着嘴）天哪，难以置信，这真是……疯狂。

大野敬二

哈，这还只是前戏。

复合激素让我变得不男不女，完全丧失了性能力，但愿不是永久性的。在这过程中我有无数种可能会中途死掉，并发心脏病、内出血、感染、栓塞、肠系膜破裂等等，更别提各种药物副作用和荷尔蒙紊乱导致的情绪波动。生平头一回我觉得做一个母亲实在是太不容易了。

我的意思是，我们讨论所谓的平权几十年了，但除非从身体上去感受另一种性别，才谈得上真正的认同。你懂我的意思。

Scott Anderson

非常同意，平权不应该只是停留在口号上。所以你会采取剖宫产？

大野敬二

那是最后也是最难的一道关口，你们媒体会爱死这个的。

人造胎盘现在已经跟我的组织长在一起了，需要切断血管才能彻底拿下来，否则可能导致严重的高感染并发症风险，而手术导致的大出血也可能失控。如果人造子宫结构崩坏了，胎儿的生命也有危险。

Scott Anderson

你是说可能会在分娩过程中发生意外？

大野敬二

我不想夸大其词，不过以我的情况判断，以为 50% 的死亡概率可能都过于保守了。

Scott Anderson

这，Netflix 可不能在直播过程里死人，会被吊销牌照的。

大野敬二

我也希望能像叶形海龙那样进化出雄性子宫，可事实是，之后我还得动许多次手术来取出那些不可降解的支架结构。话说回来，观众想看的不就是这个，50/50，谁知道了球赛结果之后还会去看重播（笑）？

Scott Anderson

这太冒险了，如果只是出血，我们还可以用技术手段实时抹去或者降低血液色度的刺激性，但是如果关系到人命……我得咨询一下法务部门的意见，抱歉。

大野敬二

恕我直言，生育本来就是充满危险的事情，不管哪种性别都一样。

Scott Anderson

也恕我直言，我知道您一直是个冒险家，但这次您不觉得走得有点太远了吗？万一那个孩子出了问题，这可是非常严重的伦理事件，所有的人都会认为，您为了自己的……艺术创作，害死了一条生命。

大野敬二

我知道你想说什么。生育后代本来就是自私的，是未经允许的。

对于我来说，作品也好，作秀也罢，都是让我生命更完整的一部分。

我给你一些时间考虑吧，ASAP，回见。（退出会议）

墙上的头像消失了，大野敬二抚摸着自己的腹部，呆呆地看着半空，若有所思，突然像是想起了什么，他转向镜头，挥了挥手。

大野敬二

停。我说，你们可以停了。

场景切换。

一个圆形气泡状的空间，内壁是乳白色的发光材料，Hanna 和 Fatima 穿着灰色连体服，交叉对躺在两张设计精巧的乳白色斜椅上，像是半空中飘浮着一个 X 染色体。

字幕：

柏林 Innerspace 精神健康诊疗中心。我们被允许将摄像机放置在诊疗现场，部分内容应要求有删减。

灯光暗下直至彻底黑暗，一阵静噪若有若无地浮现，墙壁上闪烁着光点，如同呼吸般温柔，伴随着音响效果缓慢形成节奏，变换颜色，如流星坠落又升上苍穹。只剩下 Hanna 和 Fatima 两个剪影，她们戴着白色耳机，只在需要时才能听见彼此的声音，所有的一切都是由程序自动操控，没有人工干预的成分。

两个人各自面向的墙体开始出现不同画面，耳机闪烁，诊疗开始了。

Hanna Kühn

面前蓝色漩涡缓缓旋转。

你好，我是 Hanna，是的，这是我第一次接受 AI 心理辅导，场景蛮酷的，让我想起了 X 教授……

面前橙色光斑弥散，仿佛罗夏墨迹测验。

Fatima Kühn

Fatima，她们告诉我这很有用，我就来了……

Hanna Kühn

恶心、失眠、周期性腹痛、流鼻血、激素水平紊乱，大概有七周了，不，我没有怀孕，她才是……

Fatima Kühn

（深吸一口气）噩梦，每晚都做噩梦，是的，我猜跟那件事有关系，已经有一阵子了……

Hanna Kühn

Couvade 综合征？我以为那只是对孕期妇女的丈夫而言，反向俄狄浦斯情结什么的……

Fatima Kühn

我得好好想想……大部分都很混乱，好像有人在追杀我，一直追我就一直跑……

Hanna Kühn

不，我不相信交感妊娠那一套鬼话，但是 Fatima 要来，我就陪她来了……

Fatima Kühn

他们要我肚子里的孩子，他们要我的孩子（哭腔），他们有刀，很长的弯刀，明晃晃的……

Hanna Kühn

主要的问题是 Fatima，她被吓坏了，那些恐怖分子，还有科学家和媒体，他们说个没完没了……

Fatima Kühn

Hanna 不见了，也许是被杀了，不，我怎么会告诉她，这还不是最可怕的。他们抓住我，用那把弯刀破开我的肚子，天哪（呼吸急促）……

Hanna Kühn

我们一直按时吃药，胎儿检查结果也正常，我不得不说，是外部的心理暗示，Fatima 一直很敏感，如果你看过她的作品……

光斑颜色变成淡绿色，运动模式随之改变。

Fatima Kühn

好的，深呼吸，1、2、3……他们破开了我的肚子，从里面取出来的，是动物的骨头。像老鼠、小鸡或者青蛙的混合体，我都要崩溃了……

Hanna Kühn

不，她没看，是我在看科普纪录片。像20世纪日本人用骨髓干细胞成功培育出鸡的雌性精子，2004年用基因修饰技术将小鼠细胞基因的雌性印记转成雄性印记，再注射进卵母细胞，培养出了纯雌性亲本的后代。我其实没有那么担心啦，虽然这些操作有一定概率会带来潜在的缺陷和遗传病……

Fatima Kühn

也许他们说的是对的，我们在做一件不该做的事情，我不知道，我真的不知道。有时候我能感觉到孩子的情绪，母亲和胎儿的大脑间会产生某种联结，这是你们男人所无法理解的。抱歉，我又把你当成真人了。噢，你可以改变声音的性别？嗯，再稍微柔和点。

现在好多了，谢谢你。

Hanna Kühn

变成紫红色放射线光纹。

我承认我比较理性，但这并不代表我不会感同身受。

我们都是她的母亲，她能享有双倍的母爱，这难道不比那些父爱缺位的传统家庭强多了吗？

是的，是我提议的。我相信科技能够让我们成为想要成为的人。

我相信这也是Fatima想要的。

Fatima Kühn

我不确定这是不是她想要的，我们太自私了。

你知道媒体是怎么叫她的？"至纯之女"！这个色情女星代号真是令人作呕。就好像他们已经规定好了她的一生，只能像我们一样，选择与同性继续繁衍下去，不能有半点男性血缘的沾染。

这当然不是我们的本意，我们的本意是为了爱。

Hanna Kühn

所以我们的问题出在哪呢？智慧的机器。

在一个雄性的世界借助雄性的技术来制造纯然雌性的后代，这本身就是个悖谬。不是吗？

环境反噬的压力超出了我们心智和情感所能承受的极限，所以我们应该怎么做呢？逃跑吗？

我哪儿也不去，我就在这里，在我的爱人和孩子身边。

Fatima Kühn

银白色波浪状条纹。

我听见你了，Hanna，我也在这里。

这光线让我想起了母亲经常给我讲的故事"裂缝人"，一个远古的寓言。当然，我愿意讲给你听。

裂缝人生活在海边，长得像人和海象的混合体，她们全靠单性繁殖，但偶尔也会生下一些长着管子的怪物。裂缝人会把这些怪物丢进开满红花的巨大裂缝中，没想到，巨鹰叼走了怪物，他们在陆地上活下来，由野兽抚养成喷射族……

Hanna Kühn

你是在跟我说话吗，Fatima？

我不觉得这玩意儿能帮到我们，我能摘下来吗？

Fatima Kühn

喷射族和裂缝人视对方为怪物，互相对抗、谋杀、强奸。

为了繁衍后代，他们走到一起；又为了孩子，他们走向分裂。

你问结局是什么？说实话我也不太记得了。

只记得妈妈说,裂缝人之所以如此神经质并且好战,只是因为她们的子宫空着。也许这是真的(笑)。

Hanna Kühn

摘下耳机,眼前的光影与 Fatima 同步,一片银白。

Fati,你还好吗?我们走吧。

Fatima Kühn

很久很久以前,裂缝人—女人—月亮的女儿。

她们坐在一轮圆月下,彼此讲着如何因为强烈的月光,孩子就来到世上的传说。

如果她们在那儿坐得够久,盯着月亮看的时间够长的话,那么也许……

场景切换。

夜晚,一间名为"The Lunarians"的体育酒吧,每一个人都努力用声音盖过其他人,老板站在柜台后面,不时看着头上的高清屏幕,与此同时,悬挂在顾客面前的 16 个屏幕播放着同一个画面。

字幕:

我们未能得到 K.O. 分娩现场的拍摄许可,但找到一家声称会全程播放 Livestream 的体育酒吧。

渐渐的,有一些人注意到了屏幕上播放的内容,一个喝得有点多的壮汉摇晃着走到老板跟前。

壮汉

Robby,我们能换个台吗?谁他妈想看这个娘娘腔生小孩……

老板

我想看,我付了钱,我在门口和网上都贴了告示。

谁不想看的话,简单,门在那边。

壮汉

（做了个不雅的手势，离开）

去你的……

陆陆续续走掉一些人，酒吧里安静下来，老板把音量调大，一些顾客抬起了头，露出各种表情。

主持人（O.S.）

……现在情况非常危急，人造子宫承载不了胎儿的重量，引起了连锁反应，胎盘撕裂肠系膜导致内部大出血，胎儿有可能处于缺氧窒息状态，需要紧急手术……

屏幕上出现了一个形状怪异的腹部特写，如同漏了气的气球，而那层蒙皮下方，是一个不停地蠕动的物体，从形状上看，像是一条头部大得不成比例的虫子。画面上移，浅蓝色无菌布下露出一张毫无血色的脸，可以看出，他正处于极大的痛苦中，满脸汗透，五官扭曲，肌肉颤动。

顾客中发出了一阵厌恶的抗议声。

大野敬二

……我还好，还好，不，我要保持清醒，不然这一切都没意义了……

老板给自己倒了杯威士忌。不加冰。他抿了一大口，又往杯里加了点。

主持人（O.S.）

……数据显示，75.62%的受访者表示他们不赞同艺术家K.O.的这一行为艺术，有51.43%的人认为他的这一举动将对过去五十年的女权运动构成重大打击，更有31.79%的人认为这已构成犯罪，要求公共卫生机构及警方介入，这一数字还在不断上升中，FCC的投诉电话已经被打爆了……

大野敬二

……谁在唱歌？我听见有人在唱歌，真美啊……

……我知道很多人恨我，我知道，我只是想证明，性别并不能阻碍任何人……做任何事……

顾客中发出更高的嘘声。有人大喊了一声"快滚回岛上去吧,自私的混蛋",人群一阵哄笑。

主持人（O.S.）

……我们现在可以看到医生们在紧张地研究手术方案,从他们的表情可以看出,这场手术难度很大,而且极其凶险。

有一种未经证实的说法是,大人和小孩之间只可能活下来一个。

由于从法律上来说,K.O.既是孩子的父亲,又是母亲,因此所有的决定权现在都在他手里。

我们看到医生们似乎达成了共识,走进了手术室。

您可以继续通过屏幕提示方式参与互动……

镜头被拉远,可以看到主刀医生非常严肃地对K.O.说了什么,K.O.的表情瞬间陷入呆滞。

主持人（O.S.）

由于法律原因,我们无法拍摄医生对病患的关键询问。

他们究竟说了些什么？

医生离开K.O.，开始忙碌地准备手术器械。

老板放下了酒杯,酒吧里突然变得格外安静。

画面又回到K.O.的特写。

主持人（O.S.）

所以K.O.，能告诉我们究竟发生了什么吗？

大野敬二

面无表情地长时间沉默,眼泪积聚成形,滑落。

我选她。是的,我很清醒。

答应我，无论如何，让她活下去。

她不是我的作品，她是我的……孩子。

酒吧里突然响起了掌声，所有的客人都转过脸来，寻找这不和谐音的源头。

老板面无表情，没有改变节奏，缓慢、坚定地制造着孤独的掌声。

黑出。

字幕：

第三部分

一片热带季雨林。镜头大约在一人高处，平稳穿越榕属植物网络交错的根须，丝绵般的树根茎如巨型章鱼触手，插入地面细小缝隙，撬起失落宫殿的庞然基石。

可以从地面的影子看出这是由无人机拍摄的画面，高饱和度色彩马赛克闪现，遮挡住不时入镜的黑色残缺佛像的面部细节。

MOW45（O.S.）

很抱歉我们只能以这种方式接受采访。巴拿马基地受袭之后我们对所有信息披露都保持高度警惕。同样的，你们无法由我们提供的画面定位到任何具体地理坐标，之所以保留这一段路程只是为了证明，我们不是在某个录影棚里制造的光学骗局。基于你们节目组良好的历史记录，我们选中你们作为 SHIIVA Lab 此次信息发布的唯一渠道，会且仅会回答你们提出的三个问题。

镜头来到开阔地，一大片炫目跃动的马赛克明显是在掩盖背后的某座建筑物，一位身穿赭红色僧侣斗篷的人站在沙砾地上，无人机落到与其面部齐平的高度，斗篷中的脸，依然被马赛克所遮盖，只是偶尔会露出一只怪异的金色眼睛。

MOW45

现在，跟我来，你们将是全世界第一批见证者。

镜头跟着 MOW45 进入一个漆黑入口，转为微光模式。一道矿井电梯闸门开启又关闭，开始下降，没有数字标识，没有任何楼层的光栅，只是一直向下，向下。电梯停了，MOW45 穿过长长的走廊，通过生物信息识别，进入一间亮着紫光的房间。里面陈列着两排六个水滴状的大型装置，由管线裸露的支架吊在半空。

MOW45

第一个问题，我们是谁？

我们清楚外界是如何描绘 SHIIVA 的——毫无人性的邪恶组织，滥用技术挑战伦理底线，财阀政治的畸形产物等等。都对，也都不对。站在经典人文主义者的历史立场，当下世界的问题完全无解，因为那已经超越了他们所能承受的道德感阈值。而对于我们来说，那只是幻觉一种。

你可以看到，人类求生的本能让所谓文明爆发区域性的变异：有些地区重新部落化，将残存生殖能力的男女当作圈养交配的工具，具活性的精液价值连城；有些地区通过高压控制的集权政治苟延残喘，实行生殖资源配给制，也滋生了全新的特权阶层；有些地区全面崩溃，一片混乱，传统的价值观在生殖大衰退面前一文不值。

我们坚信，我们掌握了拯救这个世界的法宝。为此，我们的先驱、领袖、智者金昌茂博士早在三十年前便做出全球战略部署，SHIIVA Lab 便是其中最关键的环节之一。

现在你们可以看看这个。

镜头随着他的手势转向旁边一个半透明水滴状装置，外膜是由某种高分子聚合材料制成，具有相当的弹性，里面充满了在紫光下分不清原来颜色的浑浊液体，有气泡不时从下方升起，消失在顶部。MOW45伸出手指戳了戳外膜，浑浊液体深处有星星点点的亮光透出，一个绿色荧光点越来越清晰，渐渐现出轮廓，竟然是个七八个月大小的胎儿的形状。那个胎儿似乎被MOW45手指施加的压力所吸引，尽管双眼紧闭，还是本能地朝镜头的方向挥舞了一下手脚，随即又隐没在混沌中。

MOW45

我们把叶绿素a的吸收曲线峰值左移，让它能够利用能量密度更高的紫光，再结合到P系列胚胎的表皮细胞中去。这只是其中非常不起眼的一项成果。我们将视外部世界的接受程度，逐步披露。

那么第二个问题是：我们想做什么？简单来说，我们想要找到无需人类个体参与便能繁衍后代的方法。

二十多年前的人造子宫技术用电解质溶液代替羊水，用体外膜氧合系统实现血液循环，目的还是为了救治早产儿。各方阻力导致这项技术一直进展缓慢，人类对这一改变有种近乎病态的恐惧。人造子宫是否导致女性地位下降？母子间基于妊娠的情感纽带是否依然存在？是否引起婚姻制度崩塌？让阶层更加固化？特权阶层可以不受限制地繁衍后代，甚至是经过深度基因工程优化的后代。犹犹豫豫中，这辆车驶到了悬崖边缘，无力回天。

而我们却一直没有停下来。

MOW45向前走去，穿过房间，步过一条通道，进入另一个泛着绿光的空间。这似乎是间陈列室，四排陈列架上摆满了透明圆罐，其中浸泡着各种胚胎标本，包括完整个体及零散的组织器官，其中不乏发育畸形儿，有些个体的畸形程度远远超出人类的认知范畴。

MOW45

我们走过的路，漫长曲折黑暗。

用人造子宫孵化胚胎是一回事，由遗传物质直接合成受精卵又是另一回事。这两者大约是莱特兄弟造出飞行者一号到阿波罗 11 号之间的距离。你们所看到的这些，都是我们曾经失败的足迹。没错，它们都是生命。它们并没有被浪费，现在每一个成功的样本上，都留下了它们的痕迹，就像人类身上储存着整个进化史的信息一样。如果真要谴责的话，不如说说在巴拿马袭击中被以"道德"之名捣毁的数百个胚胎样本。仅仅因为它们以不同的方式降生到这世上，哪怕是基因上 100% 的纯种人类，都会被视为异类加以毁灭，这就是你们所谓的文明。

与此同时，我们不断地接到一些请求，大多来自这颗星球上权势最为显赫的群体。

有试图从生理上制造区隔的极端教派，有设计完美婴儿的超人类主义者，也有希望我们能够完全为特定政权或种族服务，用超强繁殖力实现地缘政治上的弯道超车。我们针对其中一些有趣的设想进行了实验，但没有接受其中任何一个请求。

MOW45 走过几个样本，稍事停留，凝视着其中似人非人的存在。

对于我们来说，这些想法都太可笑了，经典人类式的可笑。

镜头突然升高，以俯视的角度看着 MOW45 行走于样本间，像是一名解剖室里的黑魔法师。

MOW45

这取决于你看问题的视角，尺度上的限制，无论是时间或空间，宏观或微观，粗糙的尺度永远导致简陋的评判，而这将带来灾难性的后果。

就好像 1978 年第一例体外受精的试管婴儿就已经成功诞生，而 1987 年的罗马天主教会还在谴责代孕"侵犯了一个孩子在自己亲生母亲体内受孕、怀胎、出生并被其亲生父母抚养的尊严和权利"。2009 年，在代孕产业兴盛了 20 年后，印度依然没有出台法律进行规范，而是简单粗暴地在三年后禁止为单身者及同性恋夫妇代孕，进而禁止为所有外国人代孕。

这种对技术的恐惧导致了思想与行为上的混乱，你们既无法站在人类命运共同体的高度看待问题，绝大多数时候又忽略了这世上生存的数十亿人都是截然不同的个体，他们有着独一无二的情感与诉求（突然停住）。

噢，时间差不多了，我被要求将语言的宣言风格调低20个基点。

现在，我们需要进行消毒。

MOW45离开房间，与无人机一同进入消毒间，白色气雾从四面八方喷出，弥散在狭小空间中，逐渐化为细微的液滴，蒸发不见。门打开，镜头中出现一片令人惊叹的金色池塘，MOW45沿着石阶走向池心，无人机围绕池塘盘旋，交代环境。

可以看出这里原先是某座古代佛寺的遗迹，方型池塘四壁上，一座座真人大小的天女Apsara浮雕列队浅笑，舞姿曼妙，池水正好没过她们的脐部，露出纤细腰肢。池底整齐排列着七横七纵四十九个方形尤尼底座，象征着女性生殖器，每个尤尼上立着林伽，如一根根头部膨大的阳具昂立于水底。

镜头回到MOW45的身上。

MOW45

林伽是湿婆的众相之一，被描述成世界的起源。说是湿婆的林伽耸立在世间，大梵天和毗湿奴一个化为天鹅向上，一个化为野猪向下，用了一千年也没有找到尽头。

最后一个问题，为什么是现在？

因为人类已经走投无路了。

感谢那些科幻小说和电影，《美丽新世界》《银翼杀手》《逃出克隆岛》……许多思想实验尽管荒诞可笑，却让我们得以避免毁灭性的风险，针对每一种可能性，我们都进行了计算，并寻求最完美的解决方案。

我们不想让技术沦为奴隶制度或者器官工厂的帮凶，同样，我们拒绝制造歧视与新的种族纷争。许多智者已经看到了，这一技术能够让人类真正抛弃血缘、家庭、族群乃至意识形态的沉重包袱，作为整体踏入全新的纪元。

新的人类，没有父母，完全由算法决定基因组合。而机器所看到的，是数十亿人的基因库以及数万代演化之后的所有可能性。

新的人类被取消了低效的有性繁殖能力，个体可以自由选择性别，或者无性别，一切取决于你的体验。

新人类不再承担着延续基因的使命，个体基因数据都会入库，参与制造后代。每个人都是为自己而活，每个人都是为全人类而活。

死亡不再变得可怕，新人将接受一种整体性的生命观，死亡是通往永生的一道不二法门。

当然，我们知道，往海里撒盐并不是改变海水浓度的好办法。许多政权向我们敞开大门，应允给予新人同等公民权，甚至圈定特区进行保护，但想要改变世界仍然是一件艰难的事情。

毕竟，生殖与毁灭，创造与破坏，从来都是湿婆的两面。

我们改变了想法，也许应该从人类的经验中学习，让你们更好地接纳我们。

于是，我们在全球范围内挑选了一些家庭与个人，送上我们的礼物。同时，我们向更多的人开放申请，希望这能够改变你们的生活，同时也能改变世界对于 SHIIVA 的看法。

现在，是时候了。

MOW45 摘下斗篷，马赛克快速移动扩大，但镜头仍然在某个瞬间捕捉到了一个半人半机械的头颅。他像魔术师一般缓缓举高双手，池水配合他的动作开始翻涌起泡，金色波光在四壁和天花板上不安地游动。

MOW45

如果说，这世上有一样东西是机器无法计算的，那也许就是人类所谓的……爱吧。

希望你们能够爱它们，像爱你们自己一样。

黑出。

片头音乐再次出现，极简主义电子音乐加上心跳采样，渐强。

黑出。

满头汗水的 Neha 轻轻哼着歌谣，给皱巴巴的婴儿眉心点上朱红的 bindi，婴儿挣扎着睁开双眼。

字幕：

Aanadi，生于当地时间 2016 年 2 月 3 日 19 点 02 分，名字取意"永远快乐"。

吴英冕站在床边，看着代母怀中刚刚出生的婴儿，眼含泪光，手搭在代母肩上。

字幕：

生于当地时间 2021 年 7 月 12 日 16 时 37 分，姓名应要求隐去。

一个浑身是血的女婴被举到大野敬二面前，他只说了一句"你好漂亮"便陷入了昏迷。

字幕：大野樱童，生于当地时间 2027 年 4 月 24 日 1 点 12 分，大野敬二因失血过多抢救无效死于同日 4 点 45 分。

Fatima 抱着婴儿轻轻摇晃，说："嗨，我是妈妈。"然后把孩子递给 Hanna，说："这也是妈妈。"

字幕：Anna "Mondschein" Kühn，生于当地时间 2031 年 11 月 29 日 6 点 21 分，Mondschein 为德文"月光"之意。

MOW45 双手举到半空，四十九根林伽浮出水面，如荷花缓缓裂开，绽放，每朵荷花中央卧着一个粉色婴儿，浑身湿透。突然像得到什么指令般同声哭泣起来，那哭声开始是断断续续的，花瓣机械臂剪断脐带，挤压出它们肺部过多的羊水，哭声突然变大了，像是一场经过精心排练的交响曲，叠加在心跳声和电子节拍上。

字幕：49个新人类，生于当地时间2038年8月8日8点08分，它们被统称为"礼物一代"，其中仅有不到三分之一在领养者手中存活下来。这些幸存者改变了整个人类历史的进程。

黑场。

出片名：

这一刻我们是快乐的：一部纪录片。

后记
算法与梦境，或文学的未来

我们所处的时代比科幻还要科幻。

2019年春节，原《收获》编辑、作家、科技创业者走走告诉我，他们用名叫"谷臻小简"的AI软件"读"了2018年20本文学杂志刊发的771篇短篇小说，并以小说的优美度，即情节与情节之间的节奏变化的规律性，以及结构的流畅程度对这些作品进行打分。

截至2019年1月20日，分数最高的始终是诺贝尔文学奖得主莫言老师的《等待摩西》。然而，21日下午3点左右，参与此次评选的《小说界》和《鸭绿江》杂志的作品赶到，新增80篇短篇小说。下午7点20分，情况发生了改变。AI最终选定的年度最佳短篇是我发表在《小说界》2018年第四期的《出神状态》，《等待摩西》被挤到了第二位，差距仅有0.00001分。

更不可思议的是，在我的《出神状态》里恰好也用到了由AI软件生成的内容，这个算法是由我原来在Google的同事、创新工场CTO兼人工智能工程院副院长王咏刚编写的，训练数据包括我既往的上百万字作品。

"一个AI，何以从771部小说中，准确指认出另一个AI的身影？"走走在随榜单一同发布的《未知的未知——AI榜说明》一文中发问。确实，从使用的计算机语言、算法、标准都完全不同的两个AI，究竟是以什么样的方式建立共振，这给这次偏爱理性与逻辑的事件披上了神秘主义的色彩。

　　回到最初，第一次有和 AI 合作的想法还得追溯到 2017 年下半年。其实机器写作并不是新鲜的事情，包括微软小冰写诗，自动抓取信息生成金融新闻的程序等等，但是作为高度复杂的文学金字塔顶端，小说所要求的逻辑性、自然语言理解能力，以及对于人物、情节、结构、文法不同层面的要求，目前的 AI 必然尚未达到这样的能力。王咏刚听了我的想法之后也非常兴奋，他本身也是个科幻迷和科幻作者，还出过一本叫《镜中千年》的长篇科幻小说，他很爽快地答应了，觉得这是一个非常有趣的实验。

　　编写深度学习的写作程序其实不难，Github 上都有一些现成的代码可以用，难的是如何通过调整参数让它写出来的东西尽量接近我们现有的对于文学的理解和审美。输入了上百万字的陈楸帆作品之后，AI 程序"陈楸帆 2.0"可以通过输入关键词和主语，来自动生成每次几十到一百字以内的段落，比如《出神状态》里的这些句子：

　　游戏极度发烫，并没有任何神秘、宗教、并不携带的人，甚至慷慨地变成彼此，是世界传递的一块，足以改变个体病毒凝固的美感。

　　你露出黑色的眼睛，苍白的皮肤如沉睡般充满床上，数百个闪电，又缓慢地开始一阵厌恶。

　　你再次抬头，把那些不完备上呈现的幻觉。可他离开你，消失在晨曦中，绸缎般包围着你。

　　王咏刚告诉我，经过大批量语料学习之后，AI 程序已逐渐习得了我的写作偏好——在使用祈使句时爱用什么句式，描写人物动作时喜欢用什么样的形容词或者副词等等。在掌握了关于语句的统计规律后，在写作环节，AI程序便会从大量的语料中随机找到一些词，并把这些词汇按照写作规律拼接在一起，形成句子。比起文学，它更像是统计学与数学。

第一次看到AI程序写出来的句子时，我觉得既像又不像自己写的，有先锋派的味道，像是诗歌又像俳句或者佛偈，更像是梦呓。可以肯定的是，它们没有逻辑性，也无法对上下文的剧情和情绪产生指涉性的关联，为了把这些文字不经加工地嵌入到人类写作中去，我必须做更多的事情。

所以最后我围绕着这些AI创作的语句去构建一个故事的背景，比如说《出神状态》中人类意识濒临崩溃的未来上海，比如《恐惧机器》中完全由AI进行基因编辑产生的后人类星球。在这样的语境中，AI的话语风格可以被读者接受，被视为合理，而且是由人类与他者的对话情境中带出，从认知上不会与正常人类的交流方式相混淆，因此它在叙事逻辑上是成立的，是真实可信的。

这次AI与人共同创作的实验性并不在于机器帮助我完成写作，而在于最后我发现，是我帮助机器完成了一篇小说的写作。

这样的实验令我们产生对于文学或写作本质更深入的思考。它不单单是人＋机器，而是人与机器的复杂互动，其中对于"作者性"（authorship）探讨的重要性超出了故事与文本本身，可以称之为行为艺术。

当然这只是一个开始，未来的机器将更深入地卷入人类写作和叙事中，未来的文学版图也会变得更加复杂、暧昧而有趣。

我相信十年之后，机器辅助写作会成为普遍现象，这里指的是人类利用算法来辅助自己进行普遍意义上的写作，包括应用写作及创意写作，而那些更容易被结构化的数据比如财经新闻、医疗报告、法律文书等则将早于此被 AI 全面接管，因为那是机器擅长的领域，更加准确、高效、实时。

文学本身的边界也将被不断深挖拓宽，如果将人类类比为一部机器，那么写作无疑是极其重要的输出模式。通过写作我们可以理解个体的认知与学习过程，甚至是跨个体间的情感如何传递并引发共鸣，不同语境下概念与符号系统如何传承流变，这是文学、语言学与认知科学的交叉领域。科学家们在研究如何通过光遗传学和视觉刺激将信息写入生物大脑，同样对于机器来说，理解自然语言指令就是这样的一个输入过程。那么在一个集成化程度足够高的智能时代，比如三十年之后，我们真的可以通过语言、通过书写、通过文学，改变现实或者虚拟世界的运行秩序，所谓呼风唤雨、喝山开道、画符为马、撒豆成兵。那时就真的到了克拉克所说的"一切足够先进的科技都与魔法无异"的时代了。

那么到了那样的时代，科幻的位置何在，科幻又应该怎样去写呢？

一个近年来非常有趣的体验是：最热烈积极的反馈往往是来自于那些先前对于"科幻小说"带有刻板印象或者偏见的"非科幻"读者，他们在偶然间读到我的作品之后，惊叹"原来科幻小说还可以这么写"，并由此开始产生浓厚兴趣。

在这里不得不提到的语境是，中国绝大部分读者对于科幻的认知与审美偏好，局限于兴盛于二十世纪四五十年代美国本土的"黄金时代"作品，包括耳熟能详的三巨头阿西莫夫、海因莱茵、克拉克，以及一系列带有浓厚科学主义色彩与理性主义信仰的作品。回归到历史现场，由于二战影响，美国举全国科研力量投入火箭、原子能研究与太空探索，借助经典物理强大的解释模型，理论研究对科技实践产生了不容置疑的引领作用，而科学强国、技术争霸更是成为普通美国人的日常生活一部分，这给了"黄金时代"风格的科幻小说一个历史性的发展契机。

而这与二十世纪八九十年代到新世纪初的中国社会主流基调产生了奇妙的共振与回响。一个极端的后果就是，在西方的科幻"软""硬"之辨过去近六十年之后，我们有一批读者还在用机械的二元概念来定义自己的阅读偏好，甚至建立起一套科幻圈内部的鄙视链。

遗憾的是，这样的偏狭眼界与刻板印象不仅阻碍了中国科幻走向更广阔的市场，也削弱了作者探索更多元化题材与风格的决心。当然，受影响最大的还是读者本身，如何从童年、青春期的阅读经验中不断自我挑战与成长，去尝试接受更多不同于"黄金时代"风格的作品，并学会欣赏参差多态的想象之美。

这也是我在这本自选集里所试图呈现的一种面貌。

当我们顺从时代的浪潮，追求用算法与数据去结构化对于世界的认知与情感时，我却往往不免惶恐、犹豫、时时回望，因为在文学的深处，潜藏着尚未被机器所理解与模仿的沉默巨兽。

在科学成为新的宗教，时空的确定性烟消云散，人类的主体性与中心位置备受质疑，后控制论深度嵌入精神与肉体，世界陷入失序格局的时代，科幻应该表现什么，应该如何表现？

我的一个不成熟的回答是，科幻，或者文学，应该回到人类渴望故事最原初的冲动，一种梦境的替代品，一种与更古老、更超越、更整体的力量产生共振的精神脐带。

1946年，科塔萨尔发表在博尔赫斯编辑的一本杂志上的小说《被占的宅子》，源于他在门多萨的一个噩梦。科塔萨尔说，这个故事在梦中已经相对完整，他所做的只是醒来后快速把它记录下来。"……我的短篇小说，像是由内在于我的某种事物向我发出的指令，我不对它们负责任。"科塔萨尔认为那是他的潜意识正在经历创作一个故事的过程。当他做梦时，他在梦里写作。

时间跳跃到1969年，《黑暗物质》三部曲作者菲利普·普尔曼走在伦敦查令十字街头，心头灵光一现，他隐约觉得"万物都由相似、对应与回响相互联系"，他深切体会到宇宙是"活跃、有意识且充满目的"，甚至还说"这个灵感使我能够发现一般状态下无法感知到的事物"，"我笔下的一切都是在尝试见证这一点的真实"。

再来到二十世纪八十年代末，刘慈欣在某个北京夏夜的梦境："那天晚上，我梦见无边无际的大雪，在暴风雪中，有什么东西——也许是太阳或星光熠熠的蓝色光芒，将天空描绘成紫色和绿色之间恐怖的色彩。在昏暗的光芒之下，一群儿童穿过雪地，头上缠着白色围巾，步枪上装着闪闪发光的刺刀，唱着一些无法辨认的歌声，他们齐步前进……"他一身冷汗地醒来，再也无法入睡，那便是《超新星纪元》的萌芽。

算法尚未抵达之处，是人类的大脑，数以千亿计的神经元与恒河沙数的突触连接，在这团两个拳头大小毫不起眼的灰色物质中碰撞，迸发火花，诞生出无数令人惊叹的璀璨思想与审美形式，甚至与我们尚未知晓的巨大精神岩层相连，汲取无穷无尽的能量。

面对疾速驶来无法躲避的未来，我们，一群以各种方式讲述故事、传递能量的说书人，一只手要牵起技术的缰绳，让算法与机器为故事、为心灵、为美所驱使，让我们跑得更快更远，穿透媒介的次元壁垒；另一只手要敲起灵魂的皮鼓，让节奏与振动把我们带回人类原初的感动，与集体联结的记忆，与天地万物相通的美好，创造与每一颗心灵共振的梦境。

在未来，我们将无数次听见历史的回音：文学已死，文学永生。所有的宣言与论断都将失效，因为文学已经嵌入时代，成为人类文明与个体心灵的结构与纹样，熠熠生辉。

愿我们共同见证。